레벨업하는 몬스터

WISHBOOKS FUSION FANTASY STORY
지갑송 퓨전 판타지 장편소설

3

지갑송 퓨전 판타지 장편소설

초판 1쇄 찍은 날 | 2017년 12월 12일
초판 1쇄 펴낸 날 | 2017년 12월 19일

지은이 | 지갑송
펴낸이 | 예경원

기획 | 위시북스
편집책임 | 이규재
편집 | 이즈플러스

펴낸곳 | 예원북스
등록번호 | 제396-2012-000132호
등록일자 | 2012. 7. 25
KFN | 제1-191호

주소 | 경기도 고양시 일산동구 호수로 646-24 위너스21 II 빌딩 206A호 (우)10401
전화 | 031-819-9431 팩스 | 031-817-9432
E-mail | yewonbooks@naver.com

ⓒ지갑송, 2017

ISBN 979-11-6098-684-6 04810
        979-11-6098-621-1 (set)

레벨 업 하는 몬스터

3

WISHBOOKS FUSION FANTASY STORY

지갑송 퓨전 판타지 장편소설

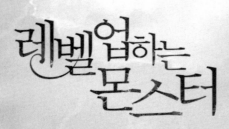

CONTENTS

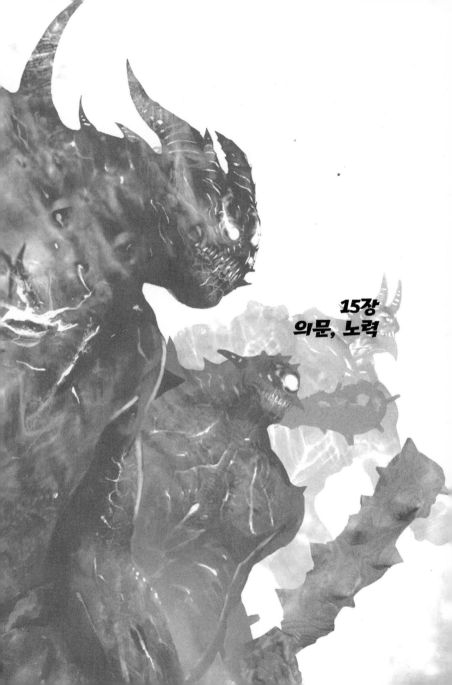

15장
의문, 노력

"저거, 저것 좀 어떻게 좀 해보세요!"

"끄흐으으으……."

고고하게 비행하는 그리핀의 아래쪽은 난리통이었다.

한쪽 팔이 잡아 뜯긴 스태프는 그 단면을 부여잡으며 흐느끼고, 그 이외의 스태프는 도망은 생각도 못한 채 기사들을 닦달했다.

"일단 저희 뒤에서 꼼짝 말고 계십시오!"

그러나 기사로서도 어쩔 수 없었다.

보통 그리핀을 사냥하기 위해서는 원거리 사격이 가능한 사냥꾼이나, 마나를 아주 섬세하게 다루는 기사가 필요하다. 하나 이쪽은 오직 중급 기사 두 명, 중하급 기사 두 명으로 이루어진 호위부대.

애초에 오늘 하급 지대에 그리핀이 출몰하리라 예상했던 사람은 아무도 없었다.

'어쩔 수 없네.'

김세진은 결국 결정을 내렸다. 저들을 도와주기로. 저대로 가만히 두면, 넷의 기사는 몰라도 스태프들은 100% 전멸이다.

그래서 일단 세진은 위협사격을 준비했다. 땅에 포함된 수분을 몸 안으로 끌어올린 후, 입으로 이동시킨다.

그러나 아직 하나의 과정이 더 남아 있다.

그리핀은 불을 무서워하니, 입에 머금어진 물을 불로 변환시켜 쏘아내자.

"뿌— 뿌."

이건 의도가 아니라, 물을 내뿜으면서 나는 어쩔 수 없는 소리다.

그러나 이 맥 빠지는 효과음과는 달리 입에서 뿜어져 나오는 불줄기는 상당히 파괴적이었다. 화염은 포물선이 아닌 일직선으로 빠르게 치밀어 그리핀을 거칠게 위협했다.

마치 섬전처럼 쏘아지는 화염에 그리핀은 당황한 기색으로 이리저리 몸을 비틀었다.

"……?"

그리고 기사와 스태프들은 멍한 눈으로 그 화염을 뱉어내는 정체불명의 생명체를 바라보았다.

뿌— 뿌— 하며 그리핀을 위협하는 화염의 줄기를 쏘아내고 있는 저 귀여운 생명체는 도대체⋯⋯.

이건 확실히 실로 십 년. 아니, 오십 년에 한 번 볼까 말까 한 광경이다. 그들은 지금의 상황을 망막에 필사적으로 새겼다.

"끼에에에엑—!"

그리핀이 거칠게 포효했다. 순간 모두가 긴장했다.

기사들은 혹시 모를 그리핀의 활강을 막기 위해 자신들을 도와주는 저 뿔 달린 물범(?)을 보호하려했다.

그러나 다행히 그리핀은 허공에서 한 바퀴 빙글 돌더니 다른 곳으로 훨훨 날아갈 뿐이었다.

기사들은 후퇴하는 놈의 뒷모습을 멍하니 응시했다.

"⋯⋯온다!"

그때 한 스태프가 외치자 나머지 기사들은 화들짝 놀라 다시금 전투태세를 갖췄다.

하나 이쪽으로 엉금엉금 다가오는 그 대상을 확인한 순간 그들은 무기를 슬그머니 내릴 수밖에 없었다.

"왜 오는 거지?"

기사 한 명이 중얼거렸다.

이 기이한 생명체는 두 팔로 몸을 질질 끌며 일행 쪽으로 이동해오더니 이내 한쪽 팔을 잃은 쇼크로 바닥에 쓰러져 기절한 스태프 앞에 멈춰 섰다.

꿈결과도 같은 신비함에 젖어 있던 기사와 스태프들은 그 제야 정신을 차리고, 중상을 입은 스태프에게 부랴부랴 다가 갔다.

"……얘 뭐하는 거야?"

그러다 다시 우뚝 멈춰 선다.

이 물범(?)은 쓰러진 스태프에게 침으로 추정되는 액체를 뱉어내고 있었다.

'포션의 역할 충분히 할 수 있겠지?'

회복 포션은 골백번도 만들었고, 레비아탄의 몸은 이미 포션이라는 액체를 이해했다.

레비아탄은 마나의 흐름을 몸으로 느낀다. 물속의 마나를 재조작하여 그 성질을 포션과 닮게 하는 것. 설명은 못 해도, 어떻게 해야 할 수 있을 지. 레비아탄의 몸이 이미 알고 있다.

"……어?"

몬스터의 타액이라 추정되는 액체가 팔이 잘려 나간 단면에 닿자, 별안간 푸른 연기가 피어올랐다.

"어 잠…… 이거 야, 이분 한쪽 팔 어디 갔어? 무사해?"

책임자로 보이는 기사가 소리치자, 다른 기사가 부랴부랴 달려가서 수풀 속에 나뒹구는 팔을 하나 가져왔다.

단면이 끔찍하게 찢겨져 있었다. 그럼에도 기사는 그 팔을 쓰러진 스태프의 관절부에 가져다 댔다. 스태프들은 도대체 무슨 짓을 하는 건지 이해가 안 간다는 표정이었으나, 기사들은 모두 진지했다.

저 푸른 연기는 포션이 일으키는 현상과 비슷하다. 그러니 어쩌면…….

"오!"

"우와!"

별안간 사람들의 감탄사가 산속을 울렸다.

흉측하게 잘려 나갔던 팔이 붙기 시작했다.

그러나 멍하니 이 신비함을 감상할 틈은 없었다.

아직 사지가 잘리는 중상을 입은 스태프가 한 명 더 있다.

"얘야, 저기도…… 안 그래도 가고 있네."

기사가 헛웃음을 터뜨리며 중얼거렸다.

굳이 부탁하지 않아도, 저 귀염둥이는 이미 쓰러진 스태프를 향해 엉금엉금 기어가고 있었다.

"다리 한쪽 있습니까?"

때 아닌 힐러의 등장에 긴장으로 가득했던 분위기가 이완되고 스태프들은 나무 아래를 가리켰다. 그곳에는 다리의 무릎 아래 부분만 덩그러니 놓여 있었다.

이번에는 굳이 시키지 않아도, 다른 기사가 그것을 집고서 쓰러진 스태프에게로 다가갔다.

아까와 똑같은 치유 과정이었다. 저 물범이 침을 흘리면, 잘려 나간 부분에 사지를 이어 붙인다.

"……저건 도대체…… 아. 야! 찍었어?!"

멍하니 그 신비한 광경을 바라보던 PD가 황급히 외쳤다.

그리고 다행히, 10여 년 경력의 VJ는 눈으로 보는 것보다 카메라를 통해 보는 게 익숙한 사람이었다.

"휴우."

PD가 안도의 한숨을 내쉬었다. 인생사 새옹지마라더니. 끔찍한 사고가 굉장한 특종으로…….

"이제 도망갑시다. 그리핀이 나타났으니, 지체할 시간은 없어요."

기사가 여전히 기절해 있는 스태프 한 명을 업으며 말했다.

"……그럼 쟤는요?"

여자 스태프가 내키지 않는다는 투로 어딘가로 열심히 기어가고 있는 물범을 가리켰다. 이렇듯 자신들을 도와주었는데. 저 아이의 생사를 지켜줘야 할 의무가 우리에게는 있는 게 아닌가…….

"그리핀을 위협으로 쫓아낼 정도의 몬스터니 알아서 살아남겠지요. 그것보다 어서, 어서요! 분위기가 심상치 않습니다!"

그러나 기사들은 냉정했고, 스태프들은 어쩔 수 없이 그들의 뒤를 따라 발걸음을 바삐 움직일 수밖에 없었다.

무사히 집으로 돌아온 세진은 가장 먼저 하젤린의 전화를 받았다.

─아탄이 인형. 효과의 증명도 끝났고, 특허도 완료됐어요.

"고작 10일만에요?"

─네, 효과를 측정해 봤는데 10일 동안 파동의 감소가 거의 제로 수준이고, 환경적 차이를 감안하면 완전히 0이라서 빠르게 '영속(永續)효과' 판명이 났죠. 근데 정말, 어떻게 이런 걸 만든 거예요? 원기 마나를 회복해 주는 인형 아티펙트라니…… 어떻게 인형에 마법 효과를 부여한 거예요?

"아…… 여러 방법을 사용했죠 뭐."

아무래도 아탄이의 카테고리는 '아티팩트'로 최종결정이 되었나 보다.

세진은 한쪽 볼을 긁적이며 TV를 켰다.

─근데 판매 방법은 정하셨어요?

"네? 아 그건……."

미리 생각해 둔 방법이 있었다.

아탄이의 효과가 아무리 대단하다 하더라도 눈으로는 판명되지 않은 효과다.

그래서 가격을 비싸게 설정하면 아무리 등급이 높다 한들, 팔리지 않을 확률이 높다.

그렇다고 싸게 책정하면 이익이 별로 나지 않고 중하급 회복 포션과 중급 마나 수정의 판매가만 해도 1억 가까이 된다 앞으로 가격을 올리는데 있어서 부담감도 생기게 된다.

"칠흑이랑 새벽한테 그냥 주려구요."

그러니 차라리 처음 두 개는 그냥 가장 영향력이 큰 기사단에게 선물—이라 쓰고 미끼라 읽는다—로 줘버리자.

명문 기사단의 기사들은 감각이 예민하니 한 달이면 이 아탄이의 효과를 깨닫게 될 것이고, 그 이후로는 알아서 소문이 퍼지겠지. 특히 새벽 쪽은 SNS로 나불대는 게 특기라고 들었으니.

—아, 확실히 그것도 좋은 방법이 되겠네요.

하젤린은 세진의 의도를 쉽게 눈치챘다. 사실 놀랄 일도 아니다. 요즈음 기사들의 사회에 미치는 영향력이 높아짐에 따라, 자사 제품을 써달라며 기사단에 후원하는 기업들도 굉장히 많아졌으니까.

—그럼 이 하나는 제가 먼저 새벽에 보낼까요?

"네, 그렇게 해주세요."

이 대화를 마지막으로 전화가 끊겼고 세진은 TV뉴스를 감상했다.

때마침 오늘 있었던 몬스터 필드 난동 사태의 원인을 다루는 뉴스가 나오고 있었다.

뉴스가 지적한 가장 근본적인 원인은 동해 쪽 해저에 생긴 균열이었다.

5.0 규모의 균열에서 다수의 몬스터들이 튀어나오고 있었기에 놀란 중급 지대의 몬스터가 먼저 위험을 알아차리고 바

다로부터 벗어나기 위해 일종의 러쉬를 했던 것.

그래도 지금은 근처 기사와 마법사가 조기에 나서 균열이 열린 해수면을 얼리고서 무리 없이 진압작전을 하고 있다는 듯하다.

─하지만 이 재난의 과정에서 특별한 도움이 있었습니다.

"……어?"

─바로 여태 단 한 번도 발견되지 않은 귀엽고도 신비한 몬스터의 도움이었는데요.

세진이 어리둥절한 표정으로 뉴스 화면을 응시했다. 이건 예상외였다.

대박이랍시고 제작진 쪽에서 방송이 나갈 때까지 꽁꽁 숨겨둘 줄 알았는데…….

─이번 '몬스터의 생태계'라는 다큐멘터리를 제작하는 팀이 촬영 도중에 그리폰의 습격을 받아…….

'홍보구나.'

다음 나온 앵커의 말에 세진은 단번에 이해했다. 일단 토막 영상을 보여주고 모든 영상은 다큐멘터리에서 확인을 하시면 됩니다. 뭐 이런 거겠지.

─한번 같이 보시죠.

영상은 짧게 짧게 편집되어 있었다. 웬 머리에 뿔 달린 하프물범처럼 생긴 생명체가 하늘을 향해 불을 뿌뿌 거리며 내뱉으며 그리핀을 쫓아내더니, 아장아장 다가와 침을 뱉어 중상을 입은 사람들의 상처를 치유해 준다.

　-네, 아주 신기한 광경이었습니다. 요즈음 인간을 도와주는 몬스터에 관한 이야기가 정말 많군요. 근래 중급 지대에서도 웨어울프가 몇몇 기사를 구해줬다는 목격담도 나오고 있는데, 이제 한동안은 이 귀여운 아이가 대중들의 관심을 독차지할 것 같습니다.

　그 멘트를 마지막으로 아탄이 관련 내용은 끝났다.

　'……홍보는 진짜 잘되겠네.'

　때마침, 아탄이 인형의 발매와 동시에 난 뉴스. 세진은 만족스러운 표정으로 TV를 끄려했다.

　-다음 소식입니다. 용병 라이칸의 소행으로 추정되는 범죄가 다시금 발생했습니다. 이번에는 강원도 고성 쪽의…….

　앵커의 다음 멘트가 나오기 전까지는.

　-귀여운 놈이 착하기까지. 엄청 기특하네…… 껴안아주고 싶다……. [추천 1038] [반대 31]

　-근데 저거 정체가 뭐임? 유니콘물범? [추천 559][반대108]

　ㄴ저거 더 몬스터 마스코트임. 오크 무기점이랑 요선 알케미하우스 가면 하나씩 있음. 볼 때마다 졸귀탱이었는데 진짜 있는 몬스터였네;;

ㄴㅇㅇ 그거 이미 기자가 인터뷰함. 김세진이 우연히 봤는
데, 그걸 토대로 만들었대.

―아탄이 인형 우리 기사단에 있음 ㅋㅋ 아티펙트라는데,
원기랑 마나 회복 효능이 있다네. 근데 당장 어제 막 들어와
서 진짠지는 모르겠음. [추천 339] [반대 182]

ㄴㅋㅋ 당연히 개구라지. 인형이 아티펙트라고? ㅇㅇㅇ
요즘 마법사들이 하는 짓 보면 십 년은 이르다. 그딴 개소리
를 믿는 걸 보니 니네 기사단도 영 아니올시다.

ㄴ;; 내 소속이 어딘지는 알고 씨부리는 거냐?

ㄴ알아서 뭐해. 어차피 지잡단일 텐데.

뉴스의 댓글란은 아탄이와 관련된 내용으로 난리가 나고
있으나 오히려 세진은 심기가 불편했다. 아탄이랑 해저 균열
때문에 자신에겐 가장 중요한 '라이칸'에 관한 기사가 아예
묻혀서 올라오지도 않고 있으니.

"하아……."

세진은 한숨을 내쉬며 소파에 풀썩 드러누웠다.

모방 범죄인가? 지금은 그럴 가능성이 가장 크긴 한데……
혹시.

'보름달?'

확실히 보름달이 뜨는 밤에는 특별한 효과가 적용되기는
한다. '늑대의 밤'이라고, 모든 능력치가 15% 정도 증가하고

공격성도 특히 강해진다.

게다가 잠을 잘 때는 항상 흑색 늑대폼을 취하니 있을 법한 이야기다.

'……뭐야, 대체.'

치미는 답답함에 세진은 머리를 거칠게 헝클어트리며 소파에 드러누웠다.

왜? 어째서?

머릿속에서 의문이 끊이질 않았다.

김세진은 약 일주일 동안 라이칸 관련 정보를 끌어모으다시피 뒤졌다.

자기 자신의 기억에 없는 범행은 총 3건이었고 모든 사체는 마치 짐승의 습격이라도 받은 것처럼 찢겨진 상태였다고 적혀 있었다.

그래서 모방은 아닐 거라고…… 그는 생각했다.

모든 게 의문이었다.

계속해서 자라는 키와 날카롭게 변해가는 얼굴형. 그리고 자신도 모르는 사이에 벌어진 라이칸의 범행까지. 이건 어쩌면.

'인간 김세진이 몬스터로 잠식되어가는 건가?'

확실히 지금 자신의 몸속에 있는 다섯 종족의 힘은 균형이 몹시 어긋나 있다.

구체적으로 웨어울프의 마나석을 흡수해 야수의 심장을 얻은 늑대 쪽이 압도적으로 강하다. 무려 중상급 기사와 자웅을 겨룰 수 있을 정도니.

"……하."

세진이 깨질 듯 아파오는 머리를 감싸 쥐자, 창틈 사이로는 새벽녘의 희뿌연 달빛이 스며들어왔다. 초승달의 투명한 빛, 괜히 소름이 돋았다.

그는 근 일주일동안 흑색 늑대의 폼을 최대한 배제하여, 고블린과 오크, 인간으로만 생활해 가며 단 세 시간도 자지 못했다.

그만큼 '나'라는 자아를 한시적이나마 잃는다는 것은, 생각지도 못한 공포이자 두려움이었다.

물론 보름달이 큰 영향을 끼치리라는 가능성도 있었지만, 그것까지 고려하기에는 그의 정신 상태가 너무 불안정했다.

"시발."

그가 욕설을 뇌까리며 머리를 거칠게 헤집었다. 도저히 답이 나오지 않는 난제.

게다가 온전한 인간으로 있을 수 있는 시간도 채 30분밖에 남지 않았다.

이제 흑색 늑대가 인간화를 한 것은 인간이 아니란 걸 깨달았다. 그때 뱀파이어를 발견하곤 의식이 몽롱해진 느낌을 기억한다. 김인수와 마주했을 때 이 몸이 제멋대로 움직였던 때가 선명하다.

"……당분간은."

흑색 늑대폼은 하지 말아야겠다. 세진은 하나의 결론을 내렸다.

인간으로 있을 수 있는 시간이 고작 하루에 5시간 남짓으로 줄어들게 되겠지만, 그래도 정체모를 본능에 잠식되어 아예 인간이 아니게 되는 것보다는 낫다.

그는 저도 모르게 턱을 매만졌다. 수염이 상당히 짙고 길게 자라 있었다.

원래 이렇게 수염이 많이 자라지는 않았던 것 같은데…….

"우읍!"

거기까지 생각이 미치자, 세진은 순간 구역질이 올라 화장실로 뛰쳐나갔다.

요 근래 먹은 게 없기 때문일까. 샛노란 위액이 쏟아져 나왔다.

한참동안 그렇게 속을 게워내고 나서, 그는 세면대 앞에 섰다.

"……."

김세진과 닮은, 그러나 예전의 김세진과는 다른 얼굴이 보였다. 물론 지금 이 불안정한 정신 상태로 말미암은 착각일 수도 있다.

하지만 날카로운 눈매와 굵은 턱선.

이건…… 확실히 늑대와 닮았다.

처음 '웬 마나 원기 회복 효과가 있는 인형 아티펙트가 있다'는 소문이 알음알음 퍼지기 시작했을 땐 대중은 물론 대부분의 기사단과 마법사는 그 소문을 되도 않는 개소리로 치부했다.

아티펙트는 만들기 힘든 물건. 게다가 강도 높은 마법 작용을 견뎌내야만 하나의 '마법 효과'가 인챈트 되기 때문에, 인형 따위의 나약한 물체에는 부가되려야 부가될 수 없다는 게 마법계의 중론이었다.

그러나 그 허무맹랑하다고 생각되었던 소문은 칠흑 기사단의 기사들에 의해 사실로 증명되어 가고 있었다.

"이게 그…… 아티펙트입니까?"

이 곳은 칠흑 기사단의 1등급 훈련실. 대부분의 기사단은 등급에 따라 훈련실도 나뉘어져 있다. 물론 등급이 높을수록 시설도 좋다.

'대한마탑' 소속의 마법사들은 이 훈련실 내부에서 예의 인형 아티펙트를 관람하고 있는 중이다.

"예, 근데 조금……."

마법사 일행을 안내하는 역할을 맡은 담당 기사는 연신 안

절부절못했다. 혹시라도 이들이 인형을 만지거나 할까 두려워서.

인생 역전이라는 게 이러할까. 4등급 훈련장의 선반 위에 덩그러니 놓이거나, 심하면 바닥에도 데굴데굴 굴러다녔던 아탄이.

그러나 그랬던 아탄이는 지금, 강화 마법 유리로 둘러싸인 채 1등급 훈련장의 중심에 고이 모셔져 있다. 칠흑 기사단의 신줏단지가 되어 아주 소중히.

"저…… 조금 물러서 주시겠습니까? 아탄이가 무서워합니다만."

"……."

마법사들은 어이가 없다는 표정을 지었지만, 그래도 순순히 물러나 주었다.

"애매하긴 하지만 확실히 심상치 않은 기운이 있긴 하군요. 언제부터 이 인형의 효과를 체감하게 되셨습니까?"

"얼마 안 됐습니다. 일주일 전? 처음에 이게 4등급 훈련장에 들어왔을 때는 아무도 관심을 안 가졌었는데, 갑자기 하급 기사들의 훈련 효율이 좋아지더군요. 하루 두 시간 훈련하면 진이 빠지던 놈이 세 시간이나 하고, 마나 회복 속도도 비정상적으로 빨라졌습니다. 이 훈련장 안에서만요."

그 말에 마법사들이 오! 하며 살짝 감탄했다. 말로만 들으면 꽤 좋은 효율이 아닌가.

"마나의 샘은 아무런 변화도 없었는데도요?"

"예, 그게 이상해서 측정해 보니까, 4등급 훈련장의 마나 회복률이 1등급 훈련장보다 더욱 높았습니다. 그 기묘한 현상의 원인을 찾아가던 도중에 이 인형의 효과를 발견하게 된 것입니다."

'흐음.'

마법사가 애매한 표정으로 고개를 갸웃했다.

그들의 말로 추정하자면 이 인형에는 마나 회복에 더해 '원기 회복'의 효과까지 있다는 이야기가 된다.

그러나 원기 회복과 마나 회복은 보통 고급 액세서리에 부가되는 값비싼 마법 효과. 이렇게 막 오오라처럼 퍼져 나오게 만들 수는 없는 걸로 알고 있는데…….

"새벽도 똑같은 인형을 선물 받았다고 들었는데…… 왜 그쪽은 아무런 말도 없죠?"

"원래 걔네는 좋은 건 독점하려 하잖습니까. 아마 우리보다 훨씬 먼저 눈치챘을 겁니다. 그냥 입만 다물고 있을 뿐이지."

"……흠."

마법사가 인형을 쓰윽 훑어봤다.

마법의 '마' 자도 모르는 정부가 이상한 아티팩트의 허가를 내줬을 때만 해도, 또 삘짓하네 생각했었는데…… 지금은 솔직히 마법사로서는 한번 해부해 보고 싶은 심정이다. 물론 그 효과가 효과이니만큼 대단히 비싸겠지만, 그 비밀만 알아내면…….

"안 됩니다."

그 음흉한 눈빛을 눈치챈 기사가 마법사를 막아 세웠다. 그에 마법사는 괜히 헛기침을 하고는, 짐짓 대담한 목소리로 물었다.

"크흠. 얼마랍니까, 이거?"

"들은 바로는 사고 싶어도 못 산다고 하더군요."

"……역시 이 정도 아티팩트는 대량 생산이 불가능하겠지요."

"예, 게다가 지금은 이미 뉴스에까지 나와서 그 효능이 증명된 실정이니 국내는 물론 심지어 해외 쪽에서도 단체 '더 몬스터'에 구입 문의를 넣었나 봅니다."

마법사가 고개를 끄덕였다. 확실히 지금 해외 포럼 쪽에도 이 인형과 관련된 내용이 엄청난 반응을 불러일으키고 있으니.

"근데 지금 단체 쪽에서는 아무런 답변을 주지 않고 있어요. 그래서 지금 새벽과 저희를 제외하고는 이 인형을 가지고 있는 기사단은 없습니다."

"아, 그렇습니까?"

"네, 그 덕에 그 아래 기사단은 쓸모없는 경쟁 심리까지 가지고 있는 것 같더군요. 다음 아탄이의 주인은 누가 될 것이냐…… 뭐 이런."

그 말에 마법사들이 피식 웃었다.

기사단과 기사. 마법사로서는 정말 알면 알수록 이해가
되지 않는 족속들이었다.

−……정말 괜찮은 거예요?

"어, 괜찮아."

근래에 정신이 없었던 탓에 본의 아니게 사람들의 연락을
씹어버렸다.

그래도 요 한 달간 마음이 꽤 안정되어, 세진은 자신을 걱
정하는 사람이 있다는 사실만으로도 즐거워할 수 있었다.

−그동안은 왜 연락 안 받으셨어요?

유세정이 물어왔다. 진실된 걱정이 배어나오는 목소리였다.

"뭐……. 바쁘기도 했고. 알잖아? 우리 마스코트 대박난 거."

이건 하루 전, 하젤린으로부터 들은 소식이다.

마나와 원기 회복에 도움을 주는 인형 아티팩트.

수백억을 들여 마나의 샘을 축조하고, 매년 수십억의 유지
비를 감당할 정도로 '마나'에 집착이 심한 기사단과 마탑은
아탄이의 효과가 제대로 판명이 난 즉시 눈이 회까닥 돌아버
렸다고 한다.

해외 유수의 기업과 기사단도 한국 정부를 통해 직접, 그

'마력 문신'과 '아탄이'의 진위를 물어왔다고 할 정도니…….

　─아 맞다. 그 아탄이 어떻게 판매할 계획이세요? 있으면 저희가 다 사고 싶어요. 가격은 최대한 맞춰드릴 수 있어요.

　"아 그건…… 나중에. 나중에 알려줄게."

　그는 아직 이런 복잡한 생각까지 하기는 싫었다.

　아닌 게 아니라 바로 10분 전에 무슨 외교부 사무관이라는 사람까지 아탄이 관련 문제로 전화를 해왔었다. 무슨 미국의 유명 기사단이 진지한 면담을 요청했다나 뭐라나…….

　─네? 아, 알겠어요. 근…….

　"응, 끊을……."

　─아니! 근데! 잠깐 끊지 맛!

　통화 종료를 누르려는 순간에 별안간 유세정이 크게 소리쳤다.

　"……뭐야, 왜?"

　─왜 자꾸 도중에 전화를 끊는 거예요? 나는 아직 할 말 남았는데. 진짜…….

　진심으로 마음상한 듯한 목소리였다.

　"아 미안. 내가 성격이 조금 급해서."

　하루에도 2~3개씩 알바를 뛴 탓에 빨리빨리 정신이 아직까지도 몸에 배어 있다. 생각해 보니 그때와 비교하면 지금은…… 그냥 천국이다, 천국.

　─후…… 저희 그…… 너무 오래 못 본 것 같지 않아요?

"……아, 사냥?"

ㅡ……큼. 네, 사냥이요.

세진은 잠시 고민했다. 이제는 누군가와 함께 사냥을 할 여유는…….

"미안, 당분간은 안 돼."

없다.

그는 여러모로 자신이 흑색 늑대와 동화되어 가는 이 상황의 원인과 해결법을 심각하게 고민해 보았다.

가장 유력한 원인은…… '흑색 늑대의 힘이 정도 이상으로 강해져 힘의 불균형이 생겼다'같다.

이를 해결하기 위한 가장 큰 가능성은, 다른 몬스터폼의 힘을 늘리는 것.

또 다른 가능성으로는 아예 흑색 늑대가 라이칸슬로프로 진화하는 것.

라이칸슬로프는 그래도 사람의 한 종족이니 그걸로 진화만 하면 어떻게든 되지 않을까…….

물론 지금은 두 방법 모두 불확실해 계속 가슴이 텁텁한 상태다. 하루에도 몇 번씩 가슴이 울렁거린다.

어쨌든 그 모든 가능성은 사냥과 관련되어 있을 확률이 높기에 이제 시간 낭비는 터무니없는 사치다.

ㅡ네? 왜, 왜요?

갑자기 유세정이 다급히 말을 걸어왔다.

"그…… 사정이 있어."

－뭔데요?

"말은 못 하지."

－…….

그녀는 잠시 침묵했다. 그러나 곧 무지 힘없는 목소리로 상심했다는 티를 팍팍 내며 말했다.

－알았어요. 그럼…… 나중에 시간될 때 전화해주세요…….

"응, 알겠어."

－그때 제가 시간이 있을지는 모르…….

그는 전화를 빠르게 끊었다.

세정이 뭐라 말을 한 것 같은데…… 다시 버릇이 나와 버리고 말았다.

'……가자.'

그러나 이미 끊겨 버린 통화다.

짐을 한가득 싸매고서 그는 몬스터 필드로 향했다.

햇볕이 쨍쨍 내리쬐는 오후.

기사 한 명, 사냥꾼 두 명으로 이루어진 일행은 몬스터 숲을 거닐며 사냥감을 찾고 있다.

"아…… 그러면 그 인형은 아직은 칠흑과 새벽밖에 없는 거네요?"

몬스터 탐색 와중에 벌어지는 담화의 주제는 요즈음의 뜨거운 감자, '아탄이'였다.

"그렇지. 아무래도 그만한 아티팩트는 많이 만들기 힘드니까. 그런데…… 크흠. 이걸 말해도 될라나 모르겠네."

미모의 여자사냥꾼 두 명을 양옆에 끼고, 의기양양하게 걷는 이 기사는 '중급 기사 오대수' 준명문이라 불리는 '대백 기사단' 부단장의 차남이다.

"네? 뭔데요? 알려주세요~"

"맞아, 왜 말 하다 마는 건데요?"

그가 별안간 말을 멈추자, 두 여자가 교태를 부리며 그의 옆구리를 간질였다.

"컥, 커흠. 이건 비밀인데……. 이건 어디 가서 말하지 마라."

"당연하죠."

오대수가 헛기침을 한번 했다.

순위와 서열에 이상하리만치 민감한 기사단은 아주 사소한 부분에도 경쟁적으로 달려들곤 한다.

사실 기사단으로서는 어쩔 수 없는지도 모른다. 이벤트 격인 '기사격전'에서 새벽 기사단이 칠흑 기사단에게 패배하고 난 뒤, 대중과 언론에게 엄청난 조롱을 당하고 있는 이 시국을 보라.

"요즘 세 번째 아탄이의 주인이 누가 될 것인지, 대중들이 많이 궁금해하고 있는데……."

아탄이 인형.

요즈음 기사단 사이에서 가장 핫한 아티팩트.

벌써 한 달이 지났는데도 세 번째 아탄이가 나타날 기미는 보이지 않고, 아탄이가 오직 칠흑과 새벽에만 공급되었다는 건 그 아래 기사단들의 경쟁 심리를 부추기기에 충분했다.

그리고 언론은 그 재미있는 미끼를 덥석 물었으며 그에 대중들은 관심을 가지고 그들을 지켜보기 시작했다.

과연 '아탄이'의 다음 주인은 어떤 기사단이 될 것인지.

그건 어느새 기사단 간에 하나의 자존심 싸움이 되어 있었다.

"아무래도 우리가 그 주인이 될 것 같다."

"헐, 정말요?"

"와 대박. 고려 기사단은요?"

"어허. 언제 적 고려…… 이미 고려장당한 기사단 얘기는 하지 말자고. 으하하하."

꺄르르르.

말도 안 되는 말장난에도 여자 사냥꾼들은 배를 움켜쥐며 웃어주었다. 그에 더욱 기세등등해진 오대수는 어깨를 쫙 폈다.

"근데 어떻게 그렇게 됐대요? 김세진이라는 작자, 엄청 까

다롭다고 소문났던데. 벌써 문전박대 당한 부단장만 네다섯 명이라면서요."

"그래, 진짜 어려운 사람이야. 우리 아버지께서도 아주 힘들게 연줄이 닿으셨지. 평생이라면 상종도 하지 않았을 무기점 말단 직원의 비위까지 맞춰가면서……. 후. 이 이야기는 여기까지 하지."

그는 아버지의 굴욕이 괴롭다는 듯, 말을 잠시 멈췄다.

"그러나 아버지의 피나는 노력 끝에 세 번째 아탄이의 주인은 우리 기사단이 될 예정이다. 소청과 개벽, 고려까지 제친 것이라고."

이게 우리 기사단의 현 위상이지. 오대수는 잔뜩 자부심이 가득한 목소리로 덧붙였다.

"역시~ 대단해요, 기사님!"

그러자 여인내들이 더욱 들러붙어왔고 오대수의 입가에 걸린 미소는 창천을 닿을 듯 치솟았다.

아— 이 얼마나 좋은 여흥인가. 여기서 제 솜씨를 뽐낼 수 있는 몬스터 하나만 등장해 준다면……

오대수의 그 바람은 얼마 지나지 않아 이뤄지게 되었다.

"어! 저기 오크예요!"

여자 사냥꾼이 수풀 너머 힐끗 보이는 언덕을 가리키며 외쳤다.

"오. 재규어겠구만."

중하급 지대에서 활동하는 오크는 보나마나 별 볼 일 없는 오크 재규어. 오대수는 자신만만하게 앞으로 나섰다. 여자 사냥꾼도 의심의 여지없이 그의 뒤를 따랐다.

오대수는 평판이 안 좋기는 하나, 엄연히 아덴의 시험을 통과한 중급 기사다. 고작 중하급 지대의 오크 하나에 당할 리는 없다…….

"인마!"

오대수가 성큼성큼 다가가서 외쳤다. 그러자 오크가 뒤로 돌아섰다.

그 눈빛과 마주한 순간 세 명의 일행은 일신의 행동이 정지됐다.

오크의 모습이, 대단히 심상치 않았다.

동족보다 붉으락푸르락한 근육과 3m는 될 법해 보이는 거대한 몸은 온통 피칠갑이고, 한 손에는 위협적인 메이스가 들려 있다.

저것은 말 그대로 전사의 모습 단지 이쪽을 바라보며 서 있기만 함에도 그 웅장한 기개가 전해지는 것만 같다.

"……도망가는 게 나을 것 같아요."

한 여자 사냥꾼이 침을 꿀꺽 삼키고는 말했다.

"저, 저도 그렇게 생각해요."

다른 여인도 조심스레 그 의견에 동의했다.

일행은 모두 똑같은 생각을 하고 있었다.

저건 평범한 오크가 아니다. 오우거에게서나 뿜어져 나올 법한 무거운 기세가 온몸을 짓누르고, 붉은 안광을 발하며 이쪽을 응시하는 저 오크에게서는 무려 호걸(豪傑)의 위엄이 느껴질 정도인데.

어떻게 저 오크를 '고작 오크' 따위로 형용할 수 있겠는가.

"……아니, 자네들은 그저 뒤에 숨어 있으면 된다. 내가 다 알아서 해결을……."

그러나 괜한 자존심 때문에 오대수가 쓸모없는 만용을 부리며 검을 뽑아 들었을 때.

"그어어어어!"

오크가 괴성을 내지르며 메이스로 바닥을 내려쳤다.

그 가공할 만한 일격이 발생시킨 충격파에 의해, 마치 뱀이 꿈틀거리듯 땅이 촤르르 갈라졌다.

칠흑 기사단 본부. 고위기사 '김유린'의 개인 사무실 안.

"몇 번이나 말씀 드렸잖아요. 연락을 안 받으신다고."

한 남자와 마주한 김유린은 정말 답답하다는 듯 가슴을 팡팡 두드리며 하소연했다.

지금으로부터 약 10분 전, 그녀가 평범히 서류 작업을 하던 와중에 별안간 채영호가 불쑥 찾아왔다.

그는 언제나 그렇듯 충고와 설교를 5분 동안 늘어놓고는 다짜고짜 김세진에 관한 이야기를 물어왔다. 당장 어제 '연락이 안 닿는다'고 말했음에도 불구하고, 아주 끈질기게 자신의 말이 거짓이 아닌지 의심까지 하며.

"허어…… 너는 애가 인맥을 어떻게 관리했기에 고작 하루 저녁 한 끼로 인맥이 파탄 나는 게냐?"

답답함에 울먹이기까지 하는 유린의 태도에 채영호는 일단 그 말이 진실임은 받아들였지만, 물러나지 않고 이번에는 그녀의 처세술을 문제 삼았다.

"파탄이라뇨! 분위기는 좋았……."

유린은 무어라 반박을 하려다 문득 한 가지 생각이 떠올랐다.

그녀가 그때 저녁식사 자리에서 파악한 김세진은 자존심이 세고 '더 몬스터'라는 단체에 대한 자부심이 컸었다.

그러나 자신은 김세진이 직접 제안한 단체 가입 문의를 단호하게 거절해 버렸다. 물론 마땅한 이유가 있었기에, 그때 그는 그저 웃으며 넘겼었지만…….

'정말 혹시?'

"거봐라. 뭐 켕기는 게 있나 보구나. 하필이면 요새 가장 중요한 사람에게 실수를 저지르다니…… 내가 누누이 말했잖니. 너나 네 아버지는 사람을 대하는 게 서투르니, 나에게……."

"아니라니까요!"

채영호가 역시 그럴 줄 알았다는 듯 유린의 아버지까지 들먹이자 그녀는 책상을 쾅 내려쳤다. 그는 살짝 쫄아 몸을 흠칫 떨었다.

"후. 기다려 봐요."

그녀는 씨근덕거리며 주머니에서 핸드폰을 꺼냈다.

"지금 당장 한 번 더 해볼 테니까……."

그러곤 저장된 수많은 연락처 중 하나로 전화를 걸었다.

'받아라, 받아라, 받아라, 받아라, 받아라…….'

핸드폰을 쥔 손이 부들부들 떨리고, 어느새 이마에는 땀방울이 송골송골 맺혀 있다.

그렇게 약 40초.

"……안 받는구나."

결국 김세진은 전화를 받지 않았고, 유린은 어쩔 수 없이 핸드폰을 다소곳이 내려놓을 수밖에 없었다.

채영호가 그 모든 광경을 한심하다는 표정으로 바라보다가 크게 한탄했다.

"하아. 너는 내가 누누이 말했지. 네 능력만 믿고서 다른 사람을 우습게보면……."

"제가 언제 우습게 봤다고 그러세요. 보시지도 않았으면서."

"안 봐도 뻔하다. 너도 모르는 사이 은연중에 내가 품고 있던 생각이 행동으로 튀어나왔을 게야. 그러니 너도 인지를 하지 못하는 거고."

"아니……."

유린이 이를 꽉 깨물었다.

그러나 김세진과의 연락이 끊긴 건 사실이기에, 그녀는 더이상의 변명을 않고 고개를 푹 숙였다. 어차피 핑계나 변명 따위를 댔다간 이 괴로운 시간이 늘어날 뿐이다.

그냥 꾹 참자. 꾹 참고, 내일 다시 전화해 보자.

그리고 그와 같은 시각.

"으허억!"

오대수는 자신의 코앞에서 멈춘 충격파의 위력에 놀라 바닥에 주저앉고 말았다.

그의 눈앞은 문자 그대로 황폐했다. 마치 대지진이라도 난양 대지가 흉악하게 갈려졌고 그 단면에서는 뜨거운 연기가 부스스 피어올랐다.

꿀꺽.

그 압도적인 장관에 오대수는 저도 모르게 침을 꿀꺽 삼켰다. 만약 자신이 저 충격파에 직격 당했더라면…… 생각하기도 싫다. 아마 사지가 통째로 분쇄되었겠지.

다다다닷.

그렇게 엎어져 있는 오대수의 등 뒤로 달음박질 소리가 들려왔다. 힐끗 돌아보니 두 명의 사냥꾼이 달아나고 있었다. 엎어지고 일어서길 반복하며 추하지만 필사적으로.

오대수는 그런 그들이 원망스러웠다.

"그으으……."

그때 오크의 저주파 소리가 귓등에 메아리치고. 오대수의 심장이 잠시나마 작동을 중지했다.

그는 온통 땀에 젖은 얼굴을 서서히 들어 올려, 언덕 위에서 이쪽을 굽어보는 오크의 모습을 망막에 담았다.

순간 격이 다른 위압감이 온몸을 짓눌렀다.

'……예상보다 훨씬 세네.'

그리고 김세진은 자기가 일으킨 현상에 자기가 놀랐다.

강타.

메이스로 몬스터들을 쳐죽이고 다니다 보니 어느새 얻게 된 액티브 스킬.

단 한 번의 공격에 한해 근력이 3배 뻥튀기 되고 특수한 충격파가 발생한다.

처음에는 그냥 가벼운 보조 스킬인 줄 알았는데 써보니 거의 필살기급이 아닌가.

과연 한 10일 동안 노가다를 한 보람이 있었다.

지금 특성의 레벨은 무려 12고, 영체로 분해 몸속으로 스며든 무기와 장비는 죄다 상품 이상. 이폼은 비록 오크 재규어지만 일신의 무력만큼은 아마 오크 대전사와도 맞먹지 않을까.

"으…… 으!"

세진이 자신의 성장세에 감탄하고 있는 사이, 바닥에 엎어져 있었던 기사 한 명이 가까스로 몸을 일으켰다.

"그 푸으. 으으!"

세진은 기묘한 호흡을 뱉으며 도망가는 기사의 뒷모습을 감상했다.

몇 발자국 걷다가 풀썩 넘어지고, 다시 일어서서 뒤를 힐끗 바라본 후 후들거리는 다리를 애써 움직인다. 애처로운 광경이었다. 그러나 애초에 강타는 조기위협용, 굳이 저 배불뚝이를 죽이고 싶은 생각은 없다.

"그어어!"

세진은 빨리 꺼지라는 의미의 포효를 내질렀다. 오대수는 화들짝 놀라 넘어졌지만, 이내 네발로 기면서까지 필사적으로 도망쳤다.

'그러게 왜 시비를 걸어?'

가만히 도망가면 그냥 모르는 척하고 보내줄 생각이었는데.

그는 오대수의 처절한 모습을 뒤로하고 터벅터벅 걸어 다음 사냥감을 물색했다.

'아. 쑤신다, 쑤셔.'

오늘 하루의 할당량을 끝마치고, 세진은 다시금 동굴로 돌아왔다.

요 10일간. 세진은 오크폼을 한 채 몬스터는 물론 기사와 사냥꾼에게도 싸움을 걸었다. 이유는 단순했다. 혹시라도 진화를 위한 조건이 그것과 관련이 있을까 해서.

그렇다고 사람을 죽였다는 건 아니다. 무기나 장비를 깨부수거나 아니면 기절시키거나 해서 목숨은 곱게 남겨뒀다. 물론 전투 와중에 입는 부상은 어쩔 수 없겠지만 사지가 찢겼다거나 한 사람은 전무했으니 별다른 걱정은 하지 않았다.

'스킬만 주구장창 얻고 있네.'

그러나 이 전투의 목적인 진화는 요원하고, 요상한 스킬들만 얻고 있다.

일격의 위력이 순간적으로 급증하는 액티브 스킬, 강타.

온몸이 금속처럼 단단해지는 패시브 스킬, 불굴의 강체 등등…….

당연 스킬이 많아진다고 해서 기분이 나쁘거나 하지는 않지만 아니, 오히려 좋다. 지금 상황에 오크폼이 강해지는 걸 왜 마다하겠는가.

'근데 이제…… 되겠지?'

지금 그가 하고자 하는 행위는 스킬의 조합.

조합하고자 하는 스킬은 각각 레비아탄의 비늘과 불굴의 강체인데, 당장 10일 전만 해도 스킬 등급이 부족해서 불가능했었다.

그러나 이제 불굴의 강체가 등급 C까지 상승하였으니, 어쩌면 F등급인 레비아탄의 비늘과 조합이 되지 않을까.

'해보자.'

조합을 하기 위해서는 그냥 두 개의 스킬을 조합하겠다고 머릿속으로 떠올리고 있으면 된다. 그렇게 기다리면, 얼마 안 있어 알림창이 떠오른다.

바로 지금처럼.

[스킬이 조합되었습니다. '레비아탄의 비늘'과 '불굴의 강체'가 합쳐진 새로운 스킬, '레비아탄의 강체'를 습득합니다.]
[앞으로 89일 23시간 59분 56초 동안 스킬 조합이 불가능합니다.]

▶패시브 스킬 '레비아탄의 강체'
-F-등급 레비아탄 비늘이 몸을 감싸게 됩니다. (활성/비활성화 가능)
-레비아탄의 비늘은 모든 속성에 일정량의 저항력을 가집니다.
-이 스킬은 어떤 폼이든 상관없이 사용이 가능합니다.

'오! 됐다.'

그는 놀라서 몸을 들썩였다.

본래 레비아탄의 비늘은 '레비아탄'에게만 적용되는 고유한 패시브 스킬. 그것을 불굴의 강체라는 스킬과 조합하여,

몬스터는 물론 인간폼까지 사용할 수 있게 끄집어내는 데 성공했다.

이것도 하나의 성과라 할 수 있겠지.

세진은 시범삼아 스킬을 한번 사용해 보았다.

전신에 서리빛 비늘이 촤르르 솟아올랐다.

"오."

영롱한 비늘로 뒤덮인 오크 언뜻 보면 꽤 폼 나지 아니한가.

세진이 오크폼으로 몬스터 필드를 배회하기 시작한 지 한 달이라는 시간이 흘렀다.

그간 꽤 많은 일이 벌어졌다.

한국의 동해에 발생한 해저 균열은 무리 없이 진압되었지만 균열은 그것이 다가 아니었다.

아프리카 쪽 대서양(海)에도 해저 균열이 발생했고 그것은 아프리카 연합정부의 미흡한 대응으로 아직까지도 진압이 되지 않아 UN 기사단이나 다른 국가 기사단에서 지원을 가야 할 것이라는 소문이 스멀스멀 퍼지고 있었다.

"괴물 오크…… 아, 그 중급 지대 돌연변이가 오크요?"

"아. 네, 그…… 지금 저희가 팀을 꾸리고 있거든요.

그러나 아프리카와는 상당히 거리가 먼 대한민국에서는

다른 게 화제였다.

중하급~중급 지대에 걸쳐 서식하는 한 마리의 오크, 일명 괴물 오크라 일컬어지는 존재. 이 오크는 다른 오크와는 구별되게 일신이 푸른 비늘로 뒤덮여 있다고 한다.

수많은 기사들을 모두 패배시켰음에도 단 한 명도 살해하지 않아 어울리지 않게 '신사'라는 기이한 별명까지 얻은 이 오크는 지금 명성을 원하는 기사들의 대대적인 표적이 되었다.

"저희 팀에 들어오시지…… 않으시겠습니까?"

그리고 인생 최대의 용기를 발휘하고 있는 이 '김원종'이라는 중급 기사는, 유세정에게 그 오크의 토벌을 위한 팀 참가를 권유하고 있다. (보통 기사가 7명 이상일 때 팀이라고 말한다.)

고작 중급 지대를 서성이는 몬스터를 잡기 위해 팀을 꾸린다는 건 조금 많이 이상하지만 오히려 새벽 기사단에서는 중하급~중급 기사로 이뤄진 팀의 결성을 장려하고 있었다.

보통 팀 단위 사냥은 기사들이 중상급 기사 정도나 되어야 시작되는데, 이 오크를 대상으로 한번 미리 경험이라도 해보라는 취지였다.

게다가 이 오크는 무슨 연유에선지 단 한 명의 기사와 사냥꾼도 죽이지 않았으니 별다른 걱정도 없었다.

물론 돌발 상황은 언제나 일어나는 법이지만…… 현재 100여 명의 피습자 중 가장 심한 부상이 갈비뼈 골절인 것을 보면, 이 오크가 분명 불살(不殺)이라는 의도를 가지고 있음은 명확해 보인다.

오크가 살생을 꺼리다니. 아주 불가해한 소리지만, 원래 몬스터는 근본적으로 그 존재 자체가 미스터리 아니던가.

"……."

팔짱을 낀 유세정은 잠시 고민했다.

괴물 오크, 놈의 공식적인 전적(?)은 148전 148승 0패. 챔피언도 이런 챔피언이 없다.

그러니 토벌에 성공하기만 하면 어마어마한 실적이 쌓이게 된다. 그리고 그 실적은 그대로 중급 기사 승급 시험으로 직결될 테고.

잠시 고민하던 세정은 갑자기 핸드폰을 꺼내 들었다.

그녀의 핸드폰 연락처에 저장될 수 있는 커트라인은 중상급 기사, B등급 마법사, 정재계의 간부.

그 속에서 사냥꾼이라고는 오직 한 명. 김세진뿐이었다.

"잠시만요. 근데, 혹시 사냥꾼 자리는 있나요?"

"네? 아……. 어, 없지만 만들겠습니다!"

남자가 크게 소리치자, 세정은 고개를 끄덕이고는 누군가에게 전화를 걸었다.

가능하다면 그 남자와 함께 사냥하고 싶었다. 아니, 이건 어쩌면 그와 만나고 싶어서 만들어낸 변명 혹은 핑계.

그 사람과 연락이 닿지 않은 지 벌써 한 달 가까이 되어간다. 도대체 왜 갑자기 연락을 끊어버렸는지 그녀로서는 이해를 할 수 없었다.

뚜르르르.

연결음이 길게 지속되자 유세정은 저도 모르게 손톱을 물어뜯었다.

초조했다. 왜 전화를 안 받는 거야.

-지금 거신 전화는…….

결국 마지막은 또 이거다.

"하아."

한숨을 내쉰 유세정은 상심한 표정으로 핸드폰을 주머니에 집어넣었다. 그러곤 잔뜩 기대한 표정으로 이쪽을 살피는 남자에게로 고개를 돌린다.

"……할게요."

"오!"

그 예상치 못한 응낙에 남자가 크게 소리쳤다. 심기가 날카로워진 유세정이 미간을 찌푸리자 남자는 멋쩍은 표정으로 헛기침을 한번 했다.

"큼. 감사합니다. 그럼 그…… 사냥꾼님을 위한 한 자리는 남겨두면 되는 건가요?"

세정은 힘없이 고개를 저었다.

"아뇨."

"그럼…….'

"알아서 해주세요. 가급적이면 능력이 있으신 분들로."

그녀는 남자의 말허리를 냉정히 잘라내고서, 터덜터덜 걸어 훈련장으로 향했다.

'……내가 뭐 잘못한 게 있나?'

그러다 문득 갑자기 가슴이 답답해져 왔다. 그녀로서는 이런 답답한 감정조차도 어색했다. 평생 떠받들어졌던 자신이 왜 고작 한 사람에게 이토록 휘둘리고 있는지. 그 이유는 갈피조차도 잡히지 않는다.

단지 그 김세진이라는 인맥을 잃기에는 너무나도 아까워서? 아니, 그것도 하나의 이유지만 그저 그것만은 아니다.

"푸우……."

매가리 없이 걷던 유세정은 어느새 훈련장의 앞에 도착하게 되었다.

절로 한숨이 나왔다.

정말, 정말 이상하게도 매일매일 하고 싶었던 훈련이 요근래는 너무나도 지겨웠다.

요즈음 몬스터 필드의 휴게실에는 팀을 이룬 기사들이 많이 출몰하게 되었다. 그들은 저마다 하나의 목표를 가진 채 이곳으로 왔다.

그 목표는 바로 괴물 오크의 토벌.

괴물 오크, 요새 SNS, 커뮤니티 사이트는 물론 뉴스에까지 등장해 대단히 유명해진 몬스터.

얼마나 유명한지, 언론에서는 '스타 몬스터'라는 정신 나간 별호까지 붙였다. 물론 이 오크가 사람을 죽이지 않았다는 점에 대중이 적대감을 가지지 않고 오히려 우호적인 관심을 주었기에 가능한 일이었다.

"저는 토벌팀의 팀장으로 있는 대백 기사단의 '오대수'라고 합니다."

그런 만큼 몬스터 필드의 휴게실에서는 카메라를 비롯한 방송 장비도 많이 볼 수 있었고 지금도 방송사에서 한 토벌팀을 인터뷰하고 있는 중이었다.

대상은 대백 기사단의 오대수. 자기 말로는 괴물 오크와 처절한 혈전을 벌이다가 아쉽게 패배했다고 한다.

"어떤 각오가 있으십니까?"

"간단합니다. 저번에는 아깝게 패배했지만, 이번만큼은 기필코 놈을 처단할 것입니다."

"아, 자신감이 넘치시는군요. 그러면 팀의 구성은 어떻게 되십니까?"

오대수는 리포터의 민감한 질문에 입술을 달싹이며 뜸들이다가, 내키지 않는 듯 머뭇거리면서 대답을 했다.

"……중급 기사 4명, 중하급 기사 3명입니다."

"어…… 예상외로 많네요? 오대수 기사님은 자기 혼자서 오크와 박빙을 벌이셨다고 하셨는데, 굳이 그렇게 많은 기사가 필요하지는…….”

“어허. 그때는 조금 다릅니다. 제가 그 괴물 오크와 마주했을 때는, 놈의 몸이 요상한 비늘로 뒤덮여 있지는 않았거든요. 아마도 놈이 저와의 혈전을 경험삼아 깨달음을 얻어 성장한 것이 아닌지…….”

오대수가 근엄한 표정으로 말도 안 되는 개소리를 늘어놓았다. 그래도 리포터는 프로 정신을 발휘해 끝까지 들으려 했다. 저 발치에서 새벽 기사단의 팀이 들어오기 전까지는.

“역시 몬스터도 좋은 상대를 알아보는구나 하는…….”

“네, 감사합니다! 잘 들었습니다!”

리포터는 그 즉시 발길을 돌려 그쪽으로 부리나케 뛰어갔다.

“뭐야, 저 무례한…….”

오대수가 얼굴을 잔뜩 찡그린 채 그 뒷모습을 노려봤다. 그러나 곧 리포터가 찾아간 인물의 정체를 알아차리고는, 갑자기 얼굴이 상기되어서는 리포터를 부랴부랴 따라갔다.

오대수, 그가 유세정 팬카페의 간부 중 한 명이라는 사실은 기사단 사이에서도 공공연한 비밀이었다.

카메라의 환영을 받으며 몬스터 필드로 진입한 유세정과

그 외의 팀원들은 괴물 오크의 흔적을 찾기 위해 중급 지대로 직행했다.

세정의 등급은 아직 중하급에 불과했지만 그 능력만큼은 웬만한 중급 기사보다도 나은 수준이었기에 그녀 자신은 물론 다른 기사들도 걱정을 하지 않았다.

괴물 오크. 이름과 그 명성은 웅대하지만 그것은 결국 별로 대단치 않은 기사단 소속의 기사들에게서 얻은 승리일 뿐. 새벽 기사단은 결코 호락호락하지 않다.

하물며 무려 3명의 중급 기사, 3명의 중하급 기사로 이뤄진 팀인데 별일이 있겠는가.

팀원들은 아무런 걱정도 하지 않았다.

"……하하. 오늘 날씨가 참 좋네요."

그래서 이 팀에 참여한 기사들에게 괴물 오크 토벌은 어쩌면 부수적인 목적이었다. 중점적인 목표는 최고의 인맥과 어느 정도는 친해지는 것. 애초에 황금 동아줄이 바로 옆에 있는데 오크 따위가 눈에 들어 올 리 없다…….

"그러네요."

그러나 유세정은 계속되는 물음에도 단답으로 대답할 뿐이었다.

그럼에도 5명의 기사는 포기하지 않았다. 그들은 그녀에게 한마디라도 더 덧붙이기 위해 노력했다.

세정을 제외한 5명의 기사는 모두 남자였고, 그런 수컷들의 머릿속에는 영영 이뤄지지 않을 로맨스가 이미 펼쳐지고 있었다.

하나 그 분홍빛 상상은 오래 이뤄지지 않았다.

쾅.

어디선가 아주 희미한 파열음이 전해져 왔다. 이건 아마…… 둔기의 타격음. 기사들은 굳은 표정으로 서로를 바라보았다. 긴 고민은 필요로 하지 않았다.

가장 먼저 유세정이 소리가 들려온 쪽으로 질풍처럼 뛰쳐나갔다.

세진은 얼굴로 번진 핏물을 닦아냈다. 그가 이번에 상대한 몬스터는 새끼 오우거. 말이 새끼지, 5m는 가벼이 넘기는 괴수였다.

지금은 그저 발치에 쓰러진 고깃덩어리에 불과하지만.

[특성 레벨업]
[모든 능력치가 증가합니다]

거의 2주 만에 특성이 레벨업을 해서 13이 되었다. 몬스터뿐만 아니라 기사까지 때려잡는 게 많은 경험치를 주었기 때문일까, 꽤 이른 레벨업이지만 감흥은 그리 크지 않았다.

지금 시점에서 가장 중요한 건 진화. 적어도 이 오크가 대전사로 진화를 해야만 안심을 할 수 있을 것 같은데…….

"……!"

세진은 순간 이쪽으로 빛살같이 달려오는 인기척을 느꼈다. 하나가 아니라 다수.

'또 팀이야?'

기척으로 보아하니 이번에도 기사들의 팀인 듯했다. 벌써 일주일에 3번이다.

그네들은 대부분이 냄새나 기척을 없애는 아티팩트를 차고 있는 탓에 무지 번거롭다.

물론 도망가고자 한다면 당장 선풍의 질주를 시전할 수도 있지만…… 굳이 걸어오는 싸움까지 피할 생각은 없다.

김세진은 메이스를 굳게 움켜쥐고서 곧 도래할 기사들을 기다렸다.

그리고 정확히 10초 뒤에 후회했다.

"후."

수풀 속에서 모습을 드러낸 기사는 그에게도 익숙한 인물, 유세정이었다.

예상외의 조우에 세진이 당황하고 있는 틈에 다른 기사들도 속속 도착했다.

"……와 진짜다."

한 명의 기사가 오크를 바라보며 감탄했다. 직접 두 눈으로 목도한 괴물 오크의 모습은 실로 대단했다.

태양을 등진 채 굳건히 서 있는 저 웅장한 자태를 보라.

괴물 오크의 상징이나 다름이 없는 푸른 비늘에선 영롱한 빛이 새어 나오고 우람한 근육은 생동감이 넘치게 꿈틀거린다. 오크 족장 아니, 대족장이라 해도 믿을 만한 고고한 풍채다.

"……꿀꺽."

그 정체모를 품격까지 느껴지는 웅대한 모습에 몇몇 기사들이 침을 꿀꺽 삼키며 긴장했다.

단 한 사람을 제외하고.

"갑시다!"

한마디 크게 소리친 유세정이 지축을 박차고 쇄도했다.

그에 잠시 굳어 있던 기사들도 부랴부랴 그녀의 뒤를 따랐다.

"흡!"

숨이 억눌려 잇새로 자연스레 흘러나온 기합, 유세정은 정말 전력을 다해 검을 휘둘렀다. 사선의 검격이 허공에 마나의 자국을 남기며 오크에게로 쇄도했다.

그러나 오크, 김세진은 그 검격을 막거나 회피하지 않았다.

살을 내주고 뼈를 취한다. 일대다 전투에서의 최선은 최대한 빨리 상대방을 전투 불능 상태로 만드는 것. 이 따위 일격은 몸으로 상쇄시키고 자신은 그 본체를 노린다.

'……미안.'

세정이에게는 미안하지만 어쩔 수 없었다. 6명의 기사로 이뤄진 팀은 자신도 힘들다. 괜히 살살 한답시고 염병했다가 이쪽이 위험해지는 일은 사양이다.

애당초 자신은 그들을 살해할 의도가 없지만 저쪽은 토벌을 위해서 달려드는 것이니, 입장 차이도 명백하지 않은가.

그리고 무엇보다…… 잘못이라고 한다면 이렇게 섣불리 돌격한 유세정에게 있다.

"그어어어어-!"

오크는 포효를 내지르며 메이스로 유세정의 옆구리를 후려쳤다. 이건 기본 공격이 아니라, 무려 강도를 조절한 '강타'다.

"끅!"

몸에 내두른 마나 강기가 힘없이 깨어지고 그녀는 외마디 비명을 남긴 채 마치 절구통처럼 튕겨져 나갔다.

쿠당탕탕.

하염없이 튕겨지던 그녀는 나무에 부딪힘으로써 멈춰 섰다. 그러나 몸의 미동은 없다. 확실한 전투불능 상태.

무기를 잘 다룰 수 있는 패시브 스킬의 등급이 B까지 상승함에 따라 그는 상대의 허점이나 실수를 쉽게 파악할 수 있게 되었다. 그리고 방금 유세정의 실책은 섣불리 쇄도하여 메이스의 사거리 안으로 들어온 것.

아마 제 딴에는 기습적인 일격으로 먼저 피해를 입히려 했던 것이었겠지.

한데 실제로 그녀의 일격은 굉장히 매서웠다. 어쩌면 자신과 같은 레벨업 시스템이 적용되는 그녀이니, 일종의 '스킬'이었는지도 모른다.

아니, 확실히 스킬이다. 김세진은 자신의 가슴 비늘에 새겨진 깊은 자상을 내려다보며 헛웃음을 내뱉었다.

그러나 여유는 사치였다. 아직 다섯의 기사가 남아 있으니.

"세정 씨!"

다음 타깃은, 여유롭게 '세정 씨'라고 부르짖는 남자 기사로 정했다. 아무래도 지금 상황이 장난인 줄 아는 것 같은데……저런 상황 파악도 못 하는 놈에게는 참교육이 필요한 법.

김세진은 다른 기사들의 공격을 기민하게 회피한 후, 쓰러져 있는 세정에게 달려가려는 남자의 등에 메이스를 후려갈겼다.

"으악!"

등을 내보였던 기사는 단발마를 내지르고선 풀썩 쓰러졌다.

이 메이스에 부가된 성질은 오직 하나뿐이다. B등급 '파괴력 강화'.

그만큼 무식할 정도로 어마어마한 위력이 지닌 무기인데 그걸 무려 등 뒤에서 얻어맞은 이상 의식이 남아 있기를 기대하는 것 자체가 욕심이다.

그렇게 세진은 두 명의 기사를 어이없을 정도로 쉽게 속아 낼 수 있었다.

하지만 본격적인 전투는 그다음부터였다.

앞선 두 전례 때문일까. 나머지 네 명의 기사는 결코 빈틈을 보이지 않았다. 그들은 서로 합을 맞춰 서로가 서로의 빈틈을 보완해가며 오크를 상대했다.

그 기가 막힌 협공에 세진의 발이 점차 뒤로 밀려나기 시작했다. 아니, 이미 수많은 공격을 허용했다. 단지 공격의 깊이가 너무 얕아 레비아탄의 비늘을 뚫지 못했을 뿐.

기사들도 그걸 알고 있는지, 그들은 유세정에 의해 비늘이 헤진 가슴팍을 집중적으로 공략했다.

그러나 이토록 수세에 몰렸음에도 김세진은 걱정하지 않았다.

아직 하나의 비기가 더 남아 있다. 5분 동안이지만 무려 지금보다 두 배는 더욱 강력해질 수 있는 '역전의 전사'.

물론 그걸 쓰면 기력이 소모되어 오늘 사냥은 끝이지만…… 역시 이토록 합이 잘 맞는 기사 네 명 상대하기 위해서는 어쩔 수 없다.

"조금만 더! 이제……."

한 명의 기사는 이 유리한 기세에서 희망을 엿보았다.

문자 그대로 조금만 더, 조금만 더 몰아붙이면 이제 승리를 쟁취할 수 있을 것만 같았다.

별안간 오크의 몸에서 흉흉한 기운이 뿜어져 나오기 전 까지는.

"……뭐야?"

"계속 쳐!"

그 불길한 느낌에도 불구하고 기사들은 공격을 멈추지 않았다. 전황이 유리한데 공격을 멈추는 것은 하수들이나 하는 짓.

……애초에 앞서 유세정을 챙기느라 나뒹군 한 남자 기사가 제일 하수였지만.

하지만 갑자기 오크의 움직임이 달라졌다. 몸과 눈에서 퍼져 나오는 정체 모를 붉은 기운 때문일까. 움직임이 더욱 날렵해지고 그 위력이 훨씬 강맹해졌다.

휘잉.

허공을 가른 메이스의 풍압에 고목나무가 박살이 나고 단지 스치기만 했을 뿐임에도 허벅지의 신경이 끊어진 듯한 격통이 전해졌다.

"시발!"

결국 기사들은 욕설을 뇌까릴 수밖에 없었다. 어느새 전세는 압도적으로 역전되고 그들은 버티기에 급급했다.

하나, 그 단지 버텨내는 것도 오래 지속되지는 않았다.

"크어어어어어—!"

어느 순간 오크가 거센 포효를 내지르며 메이스로 땅을 내려치자, 지각(地殼) 전체가 허공으로 치솟았다. 그뿐만이 아니었다. 이 가공할만한 강타에서 발생한 충격파는 범위 안의 기사들에게 오롯이 전해졌다.

사지가 짓이겨지는 격통이었다.

"읏."

"끄윽."

패악적인 힘이 휩쓸고 간 공간은 처참했다. 평지는 깊은 구덩이가 되었고, 그 속에 빠져 버린 기사들은 온몸을 휩쓰는 고통에 정신을 차리기도 힘들었다. 심지어 이미 개중에 두 명은 기절해버렸을 정도.

그들로서는 이런 극한의 고통과 죽음의 공포는 사실 처음이었다. 사냥꾼, 군인과는 구별되는 고급 인력이랍시고 받들어지며 살아왔었기에.

애초에 몬스터를 그저 돈주머니로 보고 사냥을 단순한 '노동'으로 쉽게 생각해왔던 기사들은 목숨을 담보로 내건 사냥꾼과는 그 마음가짐 자체가 달랐다.

몬스터 사냥이 단지 도축에 불과한 기사들은 그저 생명체를 '벤다' 혹은 '죽인다'에 익숙해졌을 뿐, 결코 칼날과도 같은 마음은 갖추지 못했다.

'진정한 기사'라는 중상급 이상의 기사가 되기 위한 평가항목에 마음가짐이라는 게 있는 것은 결코 우연이 아니다.

"……."

김세진은 터벅터벅 걸어가 그런 그들을 굽어보았다. 오크는 유독 승자의 우월감을 좋아한다. 그래서 이렇듯 패자를 내려다보는 건 꼭 필요한…….

"야!"

그때 익숙한 음성이 메아리쳤고 세진이 뒤를 돌아보았다.

그곳에는 어느새 정신을 차린 유세정이 서 있었다.

"저기요! 기절한 기사 세 분 데리고 도망치세요!"

그녀는 세진에게 검을 겨냥한 채, 구덩이에서 고통스러워하고 있는 기사들에게 소리쳤다.

순간 그 속에서 소란이 일었다. 어떻게 당신을 두고 도망갑니까, 뭐 그런 흔한 이야기였다.

"어차피 이 오크는 사람을 죽이지 않는다면서요!"

그러나 그녀는 그 사실을 지금만큼은 확신하지 못했다. 이 오크에게서 뿜어져 나오는 흉흉한 기운 때문이었다.

"하지만……."

"어서요! 그리고 저도 다 생각이 있어서 이러는 거니까 어서 꺼지라고요!"

'……얘가 왜이래?'

유세정의 태도에 오히려 오크, 김세진이 당황했다.

하지만 지금 그녀의 모습은 곧 과거의 언젠가와 오버랩 되었다.

식탁의 트롤을 마주했던 때. 그녀는 그때도 혼자서 트롤을 마주하며, 자신에게는 도망가라 종용을 했었지.

"……사람은 죽이지 않는다 했으니 너무 자극하지 마시고, 그냥 저희와 함께 후퇴하는 것이……."

"자극은 그쪽이 다 해놓고 뭔……. 그냥 가서 도와줄 사람이나 불러오라고요, 좀!"

유세정이 다시금 외쳤다.

"……?"

하지만 이번에는 조금 달랐다. 그때는 그저 대책 없이 도망가라 일렀던 것이라면, 지금의 그녀에게는 필살기가 하나 있었다.

우웅.

바람이 불고, 검이 진동하며 마나가 모여들기 시작했다.

그녀의 검에 초고압으로 압축되어 가는 검기가 아마도 그 필살기.

검이 공명할 정도로 고밀도 고농도로 농축된 검기를 넘어선 '검강'.

그녀는 중상급 기사도 쉬이 다루지 못하는 어려운 기술을 해내고 있었다.

남은 두 기사들은 그 광경을 확인하자, 쓰러진 기사 셋을 짊어 메고선 빠르게 움직였다. 팔다리가 분질러졌어도 역시 기사는 기사. 웬만한 일반인의 전력 질주보다도 속도가 빨랐다.

그리고 그런 그들이 완전히 물러서고 나자, 유세정은 본격적으로 몸 안의 마나를 바닥까지 긁어서 모아냈다.

그 예리한 마나의 기운은 세진도 긴장하기에 충분했다.

그래서 그는 메이스를 강하게 투척했다.

숙련도가 높아졌기에 부메랑처럼 휘게 하는 건 일도 아니었다.

지상 최고의 전략, 일명 선빵 필승.

전력을 다해 마나를 모으던 유세정은 그 갑작스러운 일격에 대응하지 못했다.

콩!

"꺅!"

그렇게 그녀는 후두부에 메이스를 얻어맞아 기절하고 말았다.

"……."

솔직히 어이없는 결말이었다.

스킬만 쓰면 뭐해. 그걸 제대로 다룰 수 있어야지…….

역시, 어린 티는 이래서 난다. 금지옥엽처럼 자라서 뭔 고생을 했겠어. 괜히 콧대만 높아져서 만용을 부리는 나쁜 습관만 배워서는…….

"후."

주변을 슬쩍 훑어본 김세진은 인기척이 없음을 확인하고는 인간폼으로 변했다.

그러곤 유세정을 업고서 발걸음을 움직였다.

조금 기다리면 도와줄 사람이 오겠지만…… 그때까지 혼자 둘 수는 없는 노릇이니.

'그러니까 같이 도망이나 갈 것이지. 진짜 바보네.'

그는 자신의 등에 업힌 유세정을 속으로 힐난했다.

그러나 그 입가에 만큼은 미소가 걸려 있었다.

[조건 완료: 5개의 팀 격파.]

-앞으로 하나의 조건을 더 완수하면 오크 재규어폼이 '오크 대전사' 폼으로 변경됩니다. (1/2)

"……어! 김세진 씨!"

새벽의 집사이자 비서실장인 박현오는 초조함에 줄담배를 태우며 누군가를 기다리다가, 저 멀리서 이쪽으로 걸어오는 두 사람을 발견하곤 부리나케 달려갔다. 정확히는 한 사람만 걸어오고, 다른 하나는 그 한 사람의 등에 업혀 있다.

"오랜만이네요."

김세진은 빨빨거리며 달려온 박현오에게 유세정을 양도하고는 피식 웃으며 말했다.

"예, 진짜 오랜만입니다. 그간 왜 연락이 없으셨던 겁니까? 아가씨가 얼마나…….”

“아 지금 얘가 많이 아프니까 그 얘긴 나중에 하죠.”

“……예.”

“포션은 먹여 뒀으니 걱정은 하지 않아도 될 겁니다.”

세진의 말에 박현오가 안도의 한숨을 내쉬었다.

“진짜 괴물 오크, 그놈을 잡으러 가다가 이렇게 된 겁니까? 분명 여섯 명이 팀을 이뤘다고 들었는데…….”

“……괴물 오크요? 어…… 그 오크가 워낙 강력했나 보죠? 아니면 몇몇 기사들이 멍청했거나.”

박현오는 그 이후로도 많은 걸 물어봤다. 어떻게 유세정을 발견했냐, 괴물 오크는 어떻게 됐느냐 등등…….

세진은 우연히 그들이 전투를 치르는 장면을 목격했고 무슨 일이 생길까 걱정되어서 지켜보다가 유세정을 데리고 도망쳤다고 변명했다.

“그럼 이만. 오늘 일, 감사했습니다.”

“네, 뭐…… 조심히 가세요.”

그렇게 유세정을 떠나보낸 세진은 아주 오랜만에 집으로 발걸음을 움직였다.

그리고 그날 밤.

입원한 유세정과 그 이외의 새벽 기사단을 두고, 괴물 오크와 관련해서 난리가 났다. 실시간 검색어에도 오르고, 뉴스란도 점령했다.

「무려 새벽 기사단도 실패한 괴물 오크 공략…… 남은 건 칠흑 기사단뿐?」

「절체절명의 상황에 유세정을 구해준 건 사냥꾼 김세진.」

「이번에도 단 한 명도 살해하지 않은 괴물 오크…… 대중은 오히려 그 연전연승을 반긴다.」

뭐, 이런 식이었다.

16장
미래의 청사진

김세진은 일단 집으로 돌아왔다. 아직은 오크의 강함이 부족해서 불안함이 모두 없어지진 않았지만 그래도 요즘 내팽개쳐 둔 일이 너무 많다.

요 근래 가장 활발한 연금술사로 꼽히던 고블린 연금술사는 약 3주 동안 아무 포션도 내놓지 않았고 세 번째 아탄이는 아직 탄생조차도 하지 못했으며 오크 대장장이의 '한 달에 두 개' 공약은 고작 두 달 만에 깨질 위기에 처했다.

물론 지금은 하젤린에게 빚진 돈도 다 갚았고 설렁설렁 태업해도 평생 먹고살 만한 돈을 벌 수 있겠지만…… 김세진은 굳이 거기서 자신의 인생을 멈추게 하고 싶지는 않았다.

처음 4개월, 이번 1개월. 무려 5개월 동안이나 음습한 동굴에 틀어박혀서 지켜낸 소중한 인생인데 적어도 감히 상상만 했던 야망을 실현시킬 수 있는 기회를 마다하지는 않을 것이다.

"네, 포션 가져갈 직원 좀 보내주세요. 뭐 별일이 있었던 건 아니에요. 그냥…… 비밀이에요."

오랜만에 하젤린에게 전화해서 포션을 가져가라 말했다. 하젤린은 기뻐하며 요 근래 고블린 연금술사가 종적을 감춘 탓에 언론과 기사, 대중들까지 걱정했다고 말을 늘어놓았다.

"예, 다음에 봐요."

그는 5분여간 이어진 하젤린과의 전화를 끊고서 이번에는 인터넷을 켰다. 접속한 사이트는 '더 몬스터' 단체의 공식 홈페이지.

유세정이 사람을 시켜 만든 사이트라서 그런지 때깔은 무슨 포털사이트 급으로 뛰어난데 아직 알려지지 않아서 그런지 하루 접속자가 자신 포함 2명뿐이다.

그 활성화를 위해. 김세진은 일부러 이 사이트에 글을 쓰기로 마음먹었다.

「장인, ORK가 만드는 '오크 시리즈' 무기의 주인을 구합니다.」

─오는 일요일 오전 9시부터 일주일 간, 오크의 대장간 본점에서 면접을 실시합니다(면접관은 단체장 김세진).

─준비물은 사전에 고지했던 양식 그대로, 솔직하게 적어 오시

면 됩니다.

　－가격은 합격자와 협의.

공지 글을 작성하고 엔터를 누르자마자 휴대폰에 진동이 울렸다. 그는 컴퓨터에 시선을 고정한 채 전화를 받았다.

"여보세요?"

　－…….

그러나 전해오는 말이 없었다.

액정 화면에 찍힌 이름을 슬쩍 보니 '유세정'. 그는 피식 웃었다.

"왜 전화했어?"

　－……이제야 받으시네요.

세진이 다시금 묻자, 그녀는 그제야 대답했다. 한기가 잔뜩 서린 목소리였다.

"미안, 일이 있어서."

　－알아요, 뭐. 그리고 미안할 것까지 있나 싶기도 하고. 어차피 내가 멋대로 건 거니까, 별로 빈정이 상했다거나 그러지는 않아요. 나는 친하다고 생각했는데, 오빠는 아니었구나. 뭐 이런 느낌이 살짝 들었다랄까. 근데 별건 아니에요. 그냥…….

쓸데없이 장황하게 늘어놓는 게, 안 봐도 잔뜩 토라진 모양새다.

김세진은 왠지 지금 핸드폰을 쥔 그녀의 얼굴이 상상이 되었다. 눈이 가늘어지고, 입술은 댓발 튀어나와서는 애꿎은 손톱이나 긁어 대고 있겠지.

"그건 그렇고. 몸은 괜찮아?"

─……네? 아, 괜찮아요. 그런데…… 오빠가 저 구해줬다는데 맞아요?

"응, 우연히 그 근처에서 사냥하고 있었거든."

─뭐요? 사냥꾼이 혼자서 중급 지대에서 사냥을 하고 있었다고요?

순간 뜨끔했으나 그는 부러 한숨을 내쉬고선 날카롭게 말을 이었다. 이럴 땐 뻔뻔한 게 최고다.

"야, 너 근데 무슨 사냥꾼 무시하는 것처럼 말한다?"

─네? 아 그건 아닌…….

"뭐가 아니야. 너 그러고 보니까, 나 처음 만났을 때도 내가 사냥꾼이라 말하니까 무슨 벌레 대하듯이 했었지?"

─예? 아, 아니에요! 무, 무, 무슨 버, 버, 내가 무슨 오빠를 벌레 대하듯했다고, 내가 언제…… 오해예요, 오해…….

자신의 죄는 자신이 아는 법. 그때를 떠올린 그녀는 횡설수설 말까지 더듬으며 무지막지 당황했다.

"다음부터 그러지 마라. 사람 무시하는 거, 그렇게 좋은 습관 아니야."

이건 진심이다. 이른 나이에 사회라는 전선에 뛰어들면서 정말 수도 없이 많은 사람을 만나왔지만, 그중 가장 혐오스러운 부류는 지위와 능력으로 타인을 재단하고 자신보다 하급이라 판단하면 아주 철저히 무시하는 작자들이었다.

—……알겠어요.

그녀는 살짝 삐친 목소리였지만, 그래도 이건 제 잘못이 맞았기에 별다른 반항은 하지 않았다.

"아, 그리고 하나만 부탁해도 돼?"

김세진은 기왕 그녀가 전화한 거, 부탁까지 하나 하려 했다.

—응? 부탁이요……? 뭔데요?

"너 SNS 같은 거 하니?"

—네? 아……. 하죠. 왜요. 팔로우 해드려요? 오빠 아이디 뭐예요?

"아니, 그건 아닌데……."

살짝 의외였다. SNS하고는 담 쌓고 살아왔을 줄 알았는데…….

"지금 단체 공식홈페이지에 오크 대장장이 관련 글 하나 올려놨거든? 그것 좀 퍼트려 줘."

—네?

"보면 알아. 부탁할게."

그렇게 말한 김세진은 무의식적으로 또다시 전화를 끊을 뻔 했으나, 가까스로 참아냈다.

—……네, 알겠어요.

"그래, 고마워."

둘 사이의 대화는 그렇게 끝맺음을 맺었다.

그러나 둘 중 그 누구도 전화를 끊지 않았다.

ㅡ……안 끊어요?

"응, 네가 먼저 끊어. 뭐 할 말 더 있으면 하고."

ㅡ……언제는 할 말 있다고 해서 더 들어줬나…….

이번에는 들어줄게ㅡ 김세진은 덧붙이며 다시 컴퓨터로 시선을 옮겼다.

문득 아탄이가 생각나서였다.

그는 다시금 타자를 치기 시작했다.

「아탄이의 세 번째 주인을 구합니다.」

ㅡ모든 사항은 면담을 통해 결정합니다. 면담 장소는 강원도에 원주에 위치한 단체 더 몬스터의 사옥 '엘론 빌딩'.

ㅡ개설된 게시판에 문의 글을 올리시면 개별적으로 연락을 드릴 예정입니다.

ㅡ됐어요, 뭐. 할 말 있지도 않고…… 끊을게요. 자세한 내용은 사이트 들어가서 확인하면 되죠?

"응, 총 두 개 있을 거야."

ㅡ네, 그럼 끊을게요.

그러나 그는 이번에도 끊지 않고 기다렸다. 세정 또한 마찬가지였다.

─오올~

"……진짜라니까. 시험하지 마."

그에 그녀는 장난기 섞인 감탄사를 한번 내지르고는, 이번에는 진짜 끊을게요─라는 말을 마지막으로 전화를 끊었다.

'세정이 SNS면 많이 홍보되겠…… 잠깐.'

그러다 문득 그는 한 가지 생각이 떠올랐다.

'나도 SNS나 할까.'

방년 23세. 한창 사회에 끼어들고 싶은 욕구가 큰 나이. 그러나 여태까진 살기 위한 노동이라는 풍파에 휩쓸려 그런 걸 즐길 여력조차 갖추지 못했었다.

"……큼."

그는 헛기침을 한번 하고는, 이번에는 자신이 먼저 유세정에게 전화를 걸었다.

3월 21일. UN 기사단은 아프리카 대륙의 남쪽에 한해 1등급 위험, '궤멸'을 선포했다. 1등급이란 위험한 몬스터가 너무 많고 진압할 물자와 인력이 부족하여 그 지역을 포기해야 하는 단계.

일단 균열의 진압은 아주 힘들게나마 성공해 아프리카 대륙의 남은 80%는 지켜냈지만, 그 나머지 20%는 등급이 분간되지 않는 극악의 몬스터 필드가 되어버려 인간이 살 수 없는 지역이 되었다.

이처럼 수많은 사상자가 발생한 대사건에 대한민국을 포함한 전 세계의 언론에서도 관심을 가지고, 지구촌의 수많은 사람들이 애도를 표했다.

또한 이번 일을 계기로 몇몇 관련 단체는 몬스터와 균열은 돈벌이가 아니라 수많은 사람의 목숨을 앗아갈 수 있는 최악의 위험이라며 지금처럼 낙관만 하지 말고 경각심을 가져야 할 것을 촉구했다.

그러나 너무 먼 나라의 일은 가슴 깊이까지 와닿지 않았기 때문일까. 활활 타오르던 애도의 불길은 일주일도 안 지나 사그라지고 민중들의 관심은 금세 다른 화제로 옮겨갔다.

그 시작은 유세정의 SNS였다. 팔로워 수가 이백만에 육박하는 그녀는 당장 일주일 전, 단체 '더 몬스터'에 관련된 글 하나를 올렸다.

그건 요 근래 아프리카 균열사태 때문에 완전히 잊혀진 '세 번째 아탄이'와 '오크 시리즈'에 관련된 글이었다.

글은 게재된 그 즉시 기사들은 물론 대중들에게까지 폭발적인 관심을 얻었고, 더 몬스터의 공식 홈페이지는 트래픽을 감당하지 못하고 아주 잠깐 서버가 터지기도 했다.

'……언제까지 기다려야 되지?'

그리고 지금 이 곳은 그토록 화제가 되었던 단체의 중심지. '더 몬스터' 전용 사옥의 꼭대기 층, 5층.

김유린은 속절없이 흘러가는 시간에 한숨을 내쉬었다.

오늘은 해야 할 일도 특히 많은데…… 그렇다고 이 중요한 안건을 놔두고 개인 업무하러 도망갈 수도 없는 노릇. 그녀는 속이 까맣게 타들어가는 것만 같았다.

'근데 많긴 하네. 뭐…… 그만큼 좋은 물건이긴 하니까.'

대기실에는 수많은 기사들로 북적였다. 국내 기사들은 물론, 외국 기사단에서 파견 온 기사와 마법사까지 무척 다양했다.

이건 아마 요 근래 세계에서 가장 유명해진 캐릭터 인형, '아탄이' 때문.

요즘 기사단은 물론 마탑까지, 모두 단체 '더 몬스터' 홈페이지에 올라온 공지를 보고 경쟁적으로 구매 요청서를 보내왔다. 그 수가 너무 많아 하루에 열 번만 관련 면담을 한다고 들었는데…… 이렇게 기사가 많은 걸 보면, 아무래도 다른 기사단의 중책들은 수행 기사까지 대동하고 온 듯했다.

'……나도 몇 명 데리고 올 걸 그랬나.'

차오르는 외로움에 김유린은 살짝 후회했지만 다시 고개를 거세게 저었다.

어차피 혼자 간다고 하지 않았으면 채영호가 끼어들었을 일. 오히려 지금이 더 낫다.

"어! 김유린 기사님 아니십니까."

유린이 하염없이 기다리는 와중에 별안간 남자 기사가 다가와 그녀에게 말을 걸어왔다. 그러자 순간 주변의 시선이 모두 이쪽으로 집중되었다.

"아…… 네, 안녕하세요."

이런 상황이 싫어 일부러 모자와 마스크까지 꼈건만…….

유린은 살짝 불편했으나 친절한 태도로 모자와 마스크를 벗고서 맞이해 주었다.

아탄이를 위해 이곳에 모인 기사들은 대부분이 기사단의 간부급 이상일 테니, 함부로 대해서는 안 된다. 게다가 자신은 다른 기사를 은연중에 무시한다는 채영호의 말도 괜히 떠올랐다.

"칠흑도 왔어?"

"허어, 이거 참. 욕심이 너무…… 크음."

한데 순간 분위기가 급변했다. 넓은 대기실 안, 기사들이 모두 날카로운 눈빛으로 김유린을 적대시하며 흘겨보기 시작했다.

그녀는 살짝 당황한 표정으로 자신에게 다가온 남자 기사를 바라보았다.

그러나 그는 마치 지금 상황이 무척 마음에 드는 듯 흐뭇한 미소를 지으며 일부러 목청껏 말했다.

"근데 칠흑 기사단은 이미 아탄이가 하나 있는 걸로 아는

데……. 뭐 이해해요. 두 개가 있으면 좋긴 하겠죠. 한국 최고의 기사단이라는 타이틀도 한동안은 무사할 테고. 사실 다른 기사단보다 칠흑이 가져가는 게 국가적인 차원에서도 좋을 테니까요. 그렇죠?"

아주 노골적으로 엿 먹어라─라는 의도가 담긴 말이었다.

그에 살짝 화가 난 유린은 무어라 대응하려 했으나, 이름 모를 기사는 무운을 빕니다─따위의 말도 안 되는 내뱉고서 어딘가로 사라질 뿐이었다.

"아니, 저…….'

그녀가 씩씩거리며 벌떡 일어났으나, 주변에서 들려오는 소리에 잠시 생각이 멈추고 말았다.

"어휴, 혼자 온 거봐. 괜히 실적 분산될까 봐…… 참, 괜히 최연소 고위기사가 아니네."

"독하네, 독해."

얼굴과 이름은 없었고 오직 목소리만이 들려왔다.

유린은 그제야 눈치챘다. 이곳은 거대한 정치판이다. 이들은 아탄이를 위해 잠시 예의마저도 잊어버리고 말았다…….

적의가 담긴 목소리에 연신 얻어맞던 그녀는 결국 자리에 철푸덕 주저앉았다.

이곳에 자신의 우군은 존재하지 않는다.

그렇게 김유린은 기사들의 공격적인 시선과 차가운 비아냥을 오롯이 혼자서 견뎌내야 했다.

"그럼 잘 부탁드립니다, 단체장님!"

"잘 부탁드립니다!"

대백 기사단의 부기사단장, 오정혁과 그 아들 오대수가 허리를 90도로 숙였다.

그들의 옆구리에는 아주 두꺼운 서류철과 종이가 끼워져 있었다.

저것들은 모두 그들이 PR을 위해서 준비한 자료들.

대백 기사단이 아탄이를 구매하면 '더 몬스터'에 어떠한 도움을 줄 수 있는지, 실리적인 이야기부터 감성에 호소하는 전략까지. 그들은 아주 만반의 준비를 하고서 김세진을 맞이했다.

물론 기사단이 아탄이에 관심이 많은 건 알았지만, 이토록 본격적일지는 예상 못 했던 김세진은 그저 머리가 아플 뿐이었다.

가뜩이나 시간도 부족한데…….

"아. 예…… 그렇게 하지 않으셔도 되는데 감사합니다. 결과는 2주 뒤에 공표하겠습니다."

언뜻 봐도 자기보다 나이가 많은 둘이 이렇게 비굴할 정도로 예의를 차리는 모습은 그렇게 보기 유쾌하지만은 않았다.

"최대한 잘 생각해 주시면 좋겠습니다. 방금 전에도 말씀

드렸다시피, 저희 기사단에서는…….”

오정혁은 마지막에 마지막까지, 자신의 기사단이 김세진과 그 단체에 줄 수 있는 혜택을 읊으며 끝까지 노력했다.

“……후.”

그렇게 면담이 끝난 후, 잠시 쉬는 시간. 김세진은 일단 종이에 그들이 말한 내용을 모두 적어 놓고는 핸드폰을 꺼냈다.

“……오, 벌써 5만 명됐네.”

고작 3일새에 팔로워 5만을 찍어버렸다. 과연 유세정이 해준 홍보의 위력은 대단했다.

홍보래 봤자 그냥 팔로우를 해준 것뿐이지만…… 그녀의 팔로우는 오직 한 명, 김세진뿐이었으니 대중들은 그의 SNS 계정에 관심을 안 가질 수가 없었겠지.

–다음, 들여보낼까요?

그때 새벽에서 붙여준 임시 직원이 물어왔다.

“예, 그렇게 하세요.”

그러자 문이 열리고 뒤이어 한 여인이 저벅저벅 걸어 들어왔다.

세진에게도 익숙한 기사, 김유린이었다.

한데 그녀의 상태가 조금 이상했다. 얼굴이 벌게지고, 고운 머리는 헝클어졌으며, 얼마나 깨물었는지 입술에서는 피가 살짝 새어 나오고 있었다.

그녀는 어금니를 꽉 깨문 듯한 모양새로 터벅터벅 걸어와 김세진의 집무책상 앞으로 와 앉았다.

"……될까요, 아버지?"

"그럼. 딱 봐도 분위기 좋았잖냐. 그리고 여태 김세진의 측근에 쓴 돈이 얼만데. 그 무기점의 엘프 매니저한테도 선물이랍시고…… 크음. 이건 나중에 얘기하자."

"매니저요?"

오대수의 물음에, 오정혁은 한심하다는 듯 그를 바라봤다. 세상 물정 모르는 아들이 가엾고 딱하다는 눈빛이었다.

"무기점의 엘프 매니저. 지금 김세진의 애인이라 추정되는 여자 말이야. 너는 어떻게 된 게…… 후, 됐다. 말을 말지 내가."

오정혁이 고개를 절레절레 내젓고는 성큼성큼 걸어 먼저 엘리베이터에 올라탔다. 대수는 그런 아버지를 선망의 눈빛으로 쳐다보다가 이내 큼지막한 미소를 지은 채 그 뒤를 따랐다.

"역시 아버지십니다. 그 짧은 새에 단체장의 애인과 친해지시다니……."

"아서라. 아직 추정이라고 말했잖냐. 확실한 건 아냐. 뭐. 김세진이란 남자가 그 엘프를 보고도 아무런 흑심이 들지 않았을 리는 없겠지만…… 근데 너는 도대체 뭐가 좋다고 방실방실 웃는 게냐?"

오정혁은 그렇게 말하며 아들의 뒤통수를 툭 때렸다. 그럼에도 오대수는 여전히 초롱초롱한 눈망울로 자신의 아버지를 바라볼 뿐이었다.

왠지 조금 모자란 아들, 그러나 아버지로서는 미워하려야 미워할 수가 없었다.

"에이 짜식. 살 좀 빼라고 내가 누누이 말했건만."

그는 아들의 뱃살을 꼬집으며 피식 웃었다.

"……괜찮아요?"

김세진이 조심스레 물었다. 그러자 거무죽죽한 안색의 유린은 한숨을 푹 내쉬고는, 힘없이 고개를 끄덕였다.

"여기, 저희 칠흑이 생각하는 조건입니다."

그러곤 제본된 보고서를 한 권 건넨다.

"아, 예."

세진은 일단 보고서를 받아 들고서 그 내용을 한번 훑어봤다.

이게 벌써 5번째 미팅이지만, 솔직히 대부분의 내용은 머릿속으로 들어오지 않고 튕겨 나갔다. 글씨도 작고, 숫자와 수식도 많고 쓸데없는 영어도 있고…… 누가 '국립' 기사단 아니랄까봐, 전형적인 관료형 보고서다.

'진짜 전문 직원이 필요하겠네.'

그는 유세정에게 부탁해서라도 전문적인 직원을 구해야겠다고 다시금 다짐했다.

"으음."

그는 일단 대충 모든 내용을 이해한 척 보고서를 덮었다. 하나 그런 그를 살피는 김유린의 표정이 심상치가 않았다. 그녀는 들릴 듯 말 듯한 한숨을 내쉬고는 상심한 목소리를 힘없이 뱉어냈다.

"……제대로 읽어보시지도 않으시고……."

"네? 아, 아뇨, 제대로 읽었습니다."

뜨끔한 세진이 손을 휘저으며 일축했지만, 그러나 유린의 눈가는 더욱 슬프게 축 처질 뿐이었다.

"……김세진 씨."

"예?"

별안간, 유린이 무어라 할 말이 있는 듯 입술을 달싹였다. 그러나 그녀가 하고픈 말은 쉬이 튀어나오지 않았다. 그녀는 한참이나 그렇게 고민하기만 하다가, 이내 이래선 안 된다고 생각한 듯, 고개를 거세게 젓고서 짐짓 활달하게 말을 이었다.

"그때 주신 선물 잘 받았습니다."

그러나 툭 튀어나온 문장은 지금의 상황과 상당히 어울리지 않았다.

세진은 순간 당황했으나, 그래도 최대한 태연히 대답했다.

"아…… 예, 잘 받으셨다니 다행입니다."

"그…… 제가 선물받은 아탄이와 지금 아탄이는 다른 거겠지요?"

"네? 아…… 네, 효력은 다릅니다만 유린 씨에게 선물한 아탄이도 꽤 좋은 물건이에요."

"역시 제가 잘 때마다 옆에 두고 자는데 뭔가 특이하더군요. 세진 씨 말대로 마음이 안정되고 그러는 게…… 어느새 없어선 안 될 제 최측근이 돼버렸습니다."

"아하하…… 다행이네요."

처음엔 사적인 이야기로 시작된 대화는 공적인 부분으로까지 이어졌다. 그러나 뭔가 툭툭 끊기는 상당히 부자연스러운 대화였다.

유린은 일부러 활기 넘치는 척 가장했지만…… 그녀는 사실 꽤 소심한 여인. 열 번의 전화와 여덟 개의 메시지가 씹혔던 기억이 앙금처럼 남아 계속해서 떠올랐다. 게다가 당장 10분 전에 수많은 적들에게 정신적인 공격을 얻어맞았는데 평소와 같은 상태를 유지할 수 있을 리가 없었다.

"……"

결국 대화는 머지않아 끝나고 두 사람 사이에는 침묵이 가라앉았다.

마냥 듣기만 했을 뿐 이런 미팅을 주도해본 적이 없던 김세진은 괜히 애꿎은 서류 쪼가리 넘기기만을 반복했다.

1시간 30분.

그러다 불현듯 얼마 남지 않은 시간이 의식을 스쳤다. 유린을 보아하니 지금 할 말도 별로 없는 것 같고…… 세진은 조심스럽게 물었다.

"이제 가실까요?"

"……예? 아…….""

그러자 유린은 별안간 잔뜩 실망한 표정이 되어 시선을 아래로 내리깔았다. 그도 그럴 것이 미팅이 시작한 지는 고작 10분 남짓. 다른 기사단이 최소 20~30분 이상 했던걸 감안하면 꽤 큰 차별이다.

"대신 나중에 같이 밥이나 한 번 더 할까요? 그때 다 못했던 얘기도 남아 있고."

그 어두운 안색을 캐치한 세진이 미소를 지으며 물었다.

"에? 아, 좋아요. 제가 마침 다음 주 토요일이 비는데……."

"그럼 그날 그때 만났던 레스토랑에서 어때요?"

"……네, 괜찮습니다."

"좋네요."

세진이 손을 건넸고, 유린은 얼떨떨한 미소를 지으며 그와 악수를 했다.

그녀는 이번에야말로 그의 마음을 되돌리겠다. 따위의 결연한 표정으로 그의 손을 더욱 강하게 움켜쥐었다.

요 근래, 김세진의 일상은 꽤나 복잡해졌다.

인간으로서 할 일이 많은 점심에는 인간폼으로 여러 업무를 보다가, 그렇게 정확히 4시간이 지나면 단체 사무실에서 나와 몬스터 필드로 향해 성장을 도모한다.

언제나 그랬듯이, 몬스터 필드에서의 세진은 인간이 아닌 괴물 오크였다. 몬스터 도감에 게재된 정확한 학명으로는 '프로늄 비늘을 두른 오크 재규어'.

프로늄이라는 푸른색 금속과 오크의 전신에 붙어 있는 레비아탄 비늘의 생김새가 비슷하다 하여 이렇게 이름이 지어졌다.

게다가 이 괴물 오크의 사진과 소식은 국내를 넘어 해외 커뮤니티 사이트로도 퍼져갔고, 세계 곳곳에서 커다란 반향을 일으켰다. 그 탓에 BBD, CNC를 비롯한 해외 유수의 방송사 또한 한국으로 건너왔다. 한국에서만 존재하는 유니크하고 강력한 몬스터를 찍고 싶다. 뭐 이런 식이었다.

'⋯⋯이제 사냥도 진짜 조심히 해야겠네.'

그리고 김세진은 유세정에게 빌린 아이디로 새벽 기사단만의 어플인 '새벽 페이지'를 둘러보며 나지막한 한숨을 내쉬었다.

중급 기사는 물론 중상급 기사까지 괴물 오크를 토벌한답시고 팀을 꾸리고 있단다. 유세정이 입원한 것에 대로한 기사단장이 공지로써 현상금을 무려 20억이나 걸어 놓았으니, 참여하지 않을 도리가 있나⋯⋯.

"푸흥."

그리하여 지금 김세진은 오크폼으로 동굴에 틀어박혀 있을 수밖에 없었다. 그러나 가만히 앉아 귀중한 시간을 축내기만 하지는 않았다.

마력 문신.

그는 오크의 전신에 문신을 새기고 있다.

'티도 안 나네.'

다 완성된 문신을 바라보며, 김세진은 만족했다.

오크는 손재주가 없는 만큼 그 모양새가 아주 투박하지만 문신 색은 오크의 피부와 비슷하여 그다지 눈에 띄지 않고 레비아탄의 강체를 활성화하면 비늘에 뒤덮여버려 아예 보이지도 않아 별 상관이 없다.

[중급 속성저항 포션이 스며듦에 따라, 속성마법에 일정 부분 저항할 수 있게 됩니다.]
[속성마법의 파괴력에 따라, D등급 이하의 속성마법은 무시할 수 있습니다.]

세진이 굳이 이 문신을 새긴 이유는 마검사라는 특성이 있는 중급 기사에게 호되게 당하고 나서 얻은 교훈. 오크는 물리적 피해에는 대단히 강하지만 '마법'이 깃든 공격에는 아주 취약하다는 점 때문이었다.

"후……."

완성된 문신에 만족하고 있던 와중에 돌연 가슴이 답답해져 다시 한숨이 나왔다.

'오크 대전사는 언제 되냐.'

남은 조건 하나를 완료해야 재규어가 대전사로 진화할 수 있고, 그쯤 되면 이제 힘의 균형에 대해서는 안심해도 될 터. 그러나 도대체 빌어먹을 '조건'이 뭔지는 아직 감도 잡히지가 않는다.

'가만히 있으면 뭐하냐……'

오크는 똥 씹은 표정이 되어 어쩔 수 없이 터덜터덜 걸어 동굴 밖으로 향했다.

바로 다음 날 이른 오전.

"인터뷰?"

―네, 타임지에서 저희 단체원들을 인터뷰하고 싶다고 연락 왔어요. 왜 제 쪽으로 제안이 들어왔는지는 모르겠지만…… 어때요 오빠?

세진의 아침은 유세정의 모닝콜이 반겨주었다.

"……타임지? 그거 되게 유명한 거 아니야?"

아무리 없이 살아온 고아라고 해도, 오다가다 주워들은 단어가 하나씩은 있게 마련. 그중 하나가 바로 방금 유세정이 언급한 타임지였다.

─네, 맞아요. 주간지 중에서는 세계 최고 권위일 걸요? 그런데, 그런 타임지에서 이번 주 주제 중 하나가 '떠오르는 단체'라고 우리를 인터뷰하고 싶다네요.

유세정은 키득키득 웃으며 즐거움을 가감 없이 표출했다.

─나중에 막 오빠가 올해의 인물 이런 걸로 선정되면 웃기 겠다.

이렇게 말도 안 되는 오바도 하면서.

"……그건 말이 안 되고. 너는 하고 싶으면 해. 근데 나는 안 될 것 같네."

세진은 아쉬움을 가득 담아 거절했다. 무지 하고 싶지만, 요즘은 시간이 너무 빠듯하다. 인터뷰에 시간이 얼마나 뺏길 지도 알 수 없는 노릇이니.

─예? 왜요? 단체장은 오빤데 오빠가 빠지면 어떻게 해 요……. 그러면 고블린 연금술사님이랑 오크 대장장이님이 랑, 또 마법사 셰나린 님은요?

"어…… 그분들도 안 돼."

─아앗!

그녀의 낭패 어린 비명이 들려오자 세진은 피식 웃었다. 연금술사와 대장장이의 정체. 언젠가는 그녀에게도 알려줘 야 하는데…….

'그냥 언제 날 잡고 알려줘야겠다.'

세정이와는 많이 친해졌다고 생각한다. 벌써 세정이를 알게 된 지 약 9개월 가까이 지났고 처음 미성년자였던 그녀는 어느새 성인의 문턱에 발걸음을 내디뎠다.

그간 많은 일이 있었다. 함께 TV에 출현하기도 했고, 사냥을 하기도 했으며, 자신의 정체를 숨기고 그녀를 두드려패기도 했다.

그렇게 그녀는 이제 자신에게 있어 충분히 믿을 수 있는 그리고 믿을 만한 사람이 되었다.

ㅡ그, 그럼 이거 그냥 거절할게요. 너무 그…… 부담스럽네.

"어? 왜 거절해. 우리 단체 인지도를 높일 수 있는 기횐데."

ㅡ……네?

"하고 싶잖아. 그냥 네가 해. 나나 다른 단체원들 알아서 포장 좀 해주고 하면서."

유세정은 말문이 막힌 듯 아무런 반응도 내보이지 못했다.

"아. 그것보다, 내가 말한 직원은 구해줄 수 있어?"

ㅡ네, 네? 아……. 그거요? 네, 새벽 내부에서 뽑았으니만큼 능력은 의심하지 않아도 돼요. 근데 신청자가 꽤 많아서…….

"아, 그런 건 괜찮아."

사람의 겉모습으로부터 그 속을 판별해 내는 것은 과거로부터 가장 어려운 일로 꼽혀왔다. 괜히 표리부동, 구밀복검이 따위 사자성어가 많이 탄생한 것이 아니다.

그러나 김세진은 그 깊은 내면까지 꿰뚫어볼 수 있는 능력을 터득했다. 어느새 등급이 B까지 오른 '늑대의 동공'이 바로 그것인데, 이 스킬의 등급이 많이 오른 덕에 세진은 인간형일 때에도 타인의 '존재'를 판단할 수 있게 되었다.

방법은 간단하다. 동공을 극도로 예민하게 활성화하고서 타인의 눈을 바라보면, 그 눈동자의 색이 주인의 심성에 따라 다르게 보인다. 먼저 양극단인 악(惡)과 선(善)이 각각 검은색 하얀색이고, 그중 어느 쪽으로 치우쳤는지에 따라 탁한색, 맑은 색으로 나뉘게 된다.

게다가 이것은 심성뿐만 아니라 해당 분야에 관련된 '능력'의 판별도 가능한데 이를 위해선 전신에서는 뿜어져 나오는 기운의 세기를 보면 된다. 찬란한 황금빛에 가까울수록 비범한 사람, 색에 매가리가 없고 연할수록 평범한 사람.

물론 그럴 때면 자신의 동공이 샛노란색으로 물들지만 이건 렌즈로 해결할 수 있으니 상관치 않아도 된다.

"내가 알아서 할 테니까. 그냥 좌르르 모아서 5분 동안만 보면 돼. 몇 명인데?"

─270명이요.

"그래 딱 좋…… 뭐? 270?"

근데 이건 또 예상치 못한 숫자다.

뭐가 이렇게 많아? 새벽은 세계에서도 손꼽히는 대기업.

한데 그 자리를 버리고서라도 고작 C─등급의 단체에 취직하고자 하는 사람이 무려 270명이나……

"뭐가 그렇게 많아?"

─저희 단체의 비전이 좋기도 하고 하지만…… 무엇보다 오빠가 조건을 좋게 걸었으니까 그렇죠. 무슨 월봉을 세후 600씩이나 줘요? 보니까 복리후생도 좋던데.

"아니, 그거야 뭐…… 사람에 투자할 돈을 아껴서야 쓰나."

이건 어쩌면 가슴에 응어리진 한(恨) 때문이었다.

사람은 사람답게 대접해야 한다.

어린 나이에 온갖 천시와 구박, 조롱과 무시를 견뎌내며, 그는 그 지극히 당연한 금언(金言)을 뼈저리게 깨달았다.

─네, 일단 이번 주 금요일에 단체 빌딩에 모이게 할 예정이니까, 오빠가 잘 알아서 하세요.

"어. 너는 인터뷰 알아서 잘 하고 가능하면 내 이야기는 좋게 말해줘."

─……흐응. 네, 뭐 단체장님께서 그렇게 말하신다면야 절대복종해야지요. 그게 우리 단체에 들어오기 위한 조건인데.

갑자기 튀어나온 그 의미심장한 말이 세진의 폐부를 찔렀다.

"……너, 그거 어디서 들었냐?"

─뭘 어디서 들어요, 소문 쫙 퍼졌던데. 가입 조건이 '절대복종' 플러스 '다른 단체 가입 불가'라던데요. 맞아요?

"큼…… 전자는 아니지만, 후자는 그렇게 해야겠네. 나는 박쥐는 싫거든."

그때는 장난으로 한 말이었는데…… 그게 왠지 공식적인 가입 조건으로 내달린 듯했다. 왠지 모르게 김인수의 얼굴이 떠올랐다. 그놈이 퍼트렸나?

─그래도 들어오고 싶다는 사람 널렸던데요? 아 맞다. 그 주지혁 중상급 기사가 우리 단체에 들어온다는 거 사실이에요? 지금 루머 엄청 돌고 있던데. 우리 기사단 사이에서도 난리예요 난리. 주지혁 출세한다고, 기사들이 질투도 많이 하던데.

"아, 지혁 씨? 착하고 착실하잖아."

'단체'라는 이름까지 내걸고서 언제까지 고작 세 명으로 있을 수는 없다. 그래서 세진은 요즈음 주지혁을 눈독들이고 있다. 실제로 지혁에게 넌지시 물어봤더니, 상상만 해도 아주 좋아 죽겠다는 표정을 짓기도 했고.

"이미 가입 신청서 받았어. 내일 승낙하려고."

─좋네요. 그분이면 믿음직스럽고. 흐음…… 그럼 내일 주지혁 씨랑 밥이나 같이 먹어야겠네~?

유세정은 살짝 묘한 목소리로 은근슬쩍 말꼬리를 늘렸다. 어쩌면 이건 그의 질투를 유발하고자 하는…….

"어, 좋네. 같은 단체원끼리 친하게 지내야지."

─…….

그러나 김세진의 반응은 무미건조 그 자체였고, 그녀는 깊은 한숨을 내쉬더니 전화를 뚝 끊어버렸다.

"……뭐야?"

급작스레 통화가 끊긴 핸드폰을 주머니에 꾸겨 넣고서 김세진은 크게 기지개를 켰다

오늘은 일이 없는 주말 그러나 그로서는 가장 빡세게 굴러야 하는 날이다.

가자, 몬스터 필드로.

오크와 오우거의 힘 싸움. 보통이라면, 오크 재규어는 오우거의 주먹 한방에 A4용지처럼 압축되어야만 했다. 그게 어느 세상, 어느 지역에서나 보편타당한 상식이었다.

"그어어어어어!"

그러나 전황은 오히려 정반대였다.

오크가 전력을 다해 휘두르는 메이스는 오우거의 나무 몽둥이를 바스러뜨린 것으로도 모자라, 그 팔의 일부까지 찢어버렸다. 흉악한 파괴력이었다.

"으으……."

무기와 한쪽 팔을 잃은 오우거는 중심을 잃고 서서히 무너져 내렸다.

가만히 기다려도 승리는 뒤따를 터. 하나 오크는 성미가 급했다. 그는 전신에 뒤덮인 서릿발 같은 비늘을 흩날리며 높이 도약해, 오우거의 얼굴에 메이스를 후려갈겼다.

콰아아앙!

그 일격으로부터 퍼져 나온 거대한 충격파가 초목을 휩쓸고 오우거는 그렇게 이승을 하직했다.

그렇게 격전을 마친 오크는 본래 있어선 안 되는 '관중'에게로 몸을 돌렸다.

"……와."

"오…… 짝짝."

저 네 명으로 이뤄진 일행 중 두 명은 아예 미쳐 버렸는지, 이쪽을 바라보며 박수까지 치고 있다.

김세진은 어이없다는 표정으로 그런 그들을 노려보았다.

상황은 이러했다. 약 20분 전, 중하급 지대를 배회하던 세진은 이곳에 있어서는 안 될 몬스터 '성체 오우거'를 만나게 되었다. 무늬, 뿔 같은 특징이 없어 평범했지만, 그래도 성체 오우거는 명백한 '중상급'지대에 서식해야 하는 중상급 몬스터.

별안간 느닷없이 튀어나온 오우거는 저기 있는 일행을 쫓고 있었고 김세진은 찰나의 고민도 없이 '역전의 전사'를 발동하고서 오우거에게로 달려들었다.

"……도망가야 되는 거 아냐?"

"아냐. 저 오크 사람 안 죽여."

"아니, 나도 알지. 근데 안 죽이는 거지 안 때리는 게 아니 잖아."

"……그렇긴 하지."

다행히 저 네 명중 한 사람, 두려움에 귀가 바르르 떠는 수인만큼은 정상인 듯했다.

"그럼 잠깐. 나 셀카 좀 찍고……."

그러나 기사로 보이는 한 여자는 정신을 차리기는커녕, 더욱 미친 짓을 자행했다. 그에 어이없어진 김세진은 그쪽으로 서서히 묵직한 발걸음을 움직였다.

"……됐다. 이제 도망가!"

여기사는 오히려 오크가 카메라 화면에 더 잘 나올 때까지 기다렸다가 사진을 찍고서 타다다닷- 부리나케 도망갔다.

'……세상은 넓고 미친 사람은 진짜 많네.'

명언을 다시 한번 되새기며. 김세진은 오우거에게 다가가 그 심장에 박힌 마나석을 뽑았다.

오우거, 그것도 무려 성체 오우거의 마나석. 이걸 재료로 문신을 새기면 굳이 깊이 생각하지 않아도 무지막지한 '근력'을 얻게 될 터.

괴물 오크가 오우거의 힘을 얻게 된다면…… 생각만 해도 즐거웠다.

"그릉?"

그러다 문득, 세진은 오우거의 허벅지에 부착되어 있는 물체를 하나 발견했다.

자세히 바라보니…… 하나의 알이었다.

표면에 접착력이 있어 어떠한 것에도 쉽게 달라붙을 수 있는 알. 세진이 알기로 이런 특징을 가진 알은 오직 하나뿐이었다.

그리핀. 매의 머리와 날개를 가지며, 몸통은 사자인데 앞발은 또 매의 것인 기묘한 몬스터. 중급 지대의 창공을 지배하는 그리핀은 그 위엄 있는 생김새로도 대중에게 유명하다.

그리고 하나 더. 그들의 알은 표면이 이상하리만치 끈적끈적해 다른 여러 물체에 잘 부착되는데 그래서 중급 지대에서 사냥을 하던 사냥꾼이나 기사들도 아주 드물게 이 그리핀의 알을 발견하곤 한다.

'오우거가 걸어오다가 묻었나?'

세진은 터덜터덜 걸어가 그리핀의 알을 붙잡았다. 특유의 점액이 기분 나쁘게 질척거렸다.

'깨 먹을까.'

그는 알을 훑어보며 입맛을 다셨다. 우연찮게 그 알을 발견한 사람들이 말하길 그리핀 알의 맛은 대단한 별미라고 했다.

게다가 이 알 안에서 태동하는 존재는 필시 사회의 골칫거리가 될 몬스터. 그 본성과 본능으로 말미암아 아무리 새끼라도 절대 인간에게 길들여지지 않는다 하여 '괴물'이라는 이름이 붙은 것이 아니겠는가.

"쿵."

그렇게 프라이를 해먹을까 찜으로 해먹을까 생각하던 와
중, 정말 불현듯. 그는 자신이 지니고 있는 패시브 스킬의 목
록이 떠올랐다.

▶패시브 스킬 '포식자' [숙련등급 C-]
-적을 처치할 때마다 조금씩 강해집니다.
-피식자는 포식자에게 공포를 느끼고 굴복 혹은 지배되기를 원할 수도
있습니다.

관련된 스킬이 하나 있었다. 웨어울프로 각성하면서 얻은
모든폼 범용 패시브 스킬.

사람과 사람 사이는 피식-포식 관계가 아니기에 적용되
지 않았지만, 지금은 충분히 가능성이 있다. 실제로 당장 30
초전만 해도 이 알을 깨트려 계란 프라이 해먹을 생각을 하
지 않았던가.

"……크릉."

그리핀을 타고 다니는 오크 혹은 인간. 상상해보니 뭔들
멋지지 아니한가.

그는 괜히 헛기침을 한번 하고서 그리핀의 알을 확장 주머
니 안으로 집어넣었다.

다음 주 금요일, 더 몬스터 단체에 근무할 전문 직원을 뽑는 날.

김세진은 거의 한 시간 만에 모든 면접을 끝냈다.

일단 첫 번째는 능력이 먼저였기에, 전신에서 피어오르는 황금색 오오라가 가장 진한 사람을 가려냈다. 그렇게 해서 먼저 270명중 30명이 선정되고, 나머지는 직접 개별 면담으로 그 심성을 판별했다.

악인은 가장 기피해야 할 대상이었으나, 마냥 착한 선인도 안 되었다.

그러나 무려 27명의 눈동자가 이미 탁한 색으로 물들어 있었고, 세진은 어쩔 수 없이 아주 맑은 색을 지닌 나머지 3명을 뽑을 수밖에 없었다.

어쩌다보니 90 : 1이라는 극악의 경쟁률이 되어버렸지만, 그래도 제대로 된 사람을 뽑았다는 생각에 세진은 만족했다.

"반갑습니다."

김세진이 자신의 앞에 선, 한 명의 여자와 두 명의 남자를 바라보며 말했다.

"단체장, 김세진이라고 합니다."

"반갑습니다!"

그들의 대답은 모두 힘찼다.

"모두 자기소개 좀 해주실 수 있나요? 먼저 왼쪽의…… 소진희 씨부터."

"아, 예! 저, 새벽전자 기획팀에서 2, 2년 동안 말단 노릇을 하던 소진희라고 합니다아아앗!"

소진희는 볼에 주근깨가 귀여운 젊은 여성이었다. 잔뜩 긴장한 그녀의 대답에는 힘이 아주 바짝 들어가 있었다.

한데 세진은 살짝 의문이 들어 고개를 갸웃했다. 그녀로부터 뿜어져 나오는 기운의 세기는 이 셋 중에서도 특히 뛰어나다. 한데 어째서 2년 동안 말단에…….

"조한성이라고 합니다. 저도 마찬가지로 새벽전자의 홍보팀 대리였습니다."

다음은 조한성이라는 든든한 체격의 남자였다.

근데 이번에도 약간 애매했다. 능력도 좋고, 나이도 꽤 있어 보이는데 고작 대리? 없는 지식으로도 대리가 그렇게 높은 직급이 아닌 건 알고 있다.

"저는 유동입니다. 새벽물산 재무팀 과장인데…… 그 명퇴를 기다리고 있었습죠. 허허. 근데 이렇게 또 다른 기회를 얻어서…… 좋네요, 좋아."

이름이 특이한 중년 남성은 순박한 미소를 지으며 뒷목을 긁적였다.

모두의 소개를 듣고 나니, 세진의 가슴속에 묘한 감정이 일었다.

기업 새벽에는 능력이 좋고 자신의 학벌과 여태까지 쌓은 실적을 어필한 사람들은 많았다.

그러나 심성까지 올곧은 이 세 사람은 고작 말단에 머물러 있거나 퇴임을 기다리고 있다고 한다. 주변 사람들의 견제 때문에? 혹은 그동안 그 착한 심성을 호구라 비하하는 동료나 상사들에게 이용을 당해왔기 때문에?

"……네, 소개 감사드립니다. 여러분들의 직급은 일단, 모두 '팀장'부터 시작하겠습니다."

그 연유가 어찌되었든. 김세진은 이토록 재능과 가능성이 넘쳐나는 사람들을 홀대하고 싶지는 않았다.

"……예?"

"어?"

김세진의 갑작스러운 선언에 세 사람의 얼굴이 급작스레 변화했다. 동공이 급격히 확대되고, 입이 떡 벌려졌다.

말 그대로 세상 놀란 표정. 요 근래 단체 중에서도 가장 두각을 나타내어, 뉴스 기사 SNS 등등 사회와 통하는 모든 창구에 빼먹지 않고 등장하는 단체가 '더 몬스터'이니만큼. 그들은 갑작스레 팀장이라는 높은 직책에서부터 시작하게 될지는 꿈에도 상상하지 못했다.

"뭘 그렇게 놀랍니까? 직원이 세 명이고 팀이 세 갠데. 당연히 팀장이 되셔야지."

그는 그렇게 말하며, 책상 아래 가득 쌓여 있던 서류를 들어 올려 책상 위로 쿵 내려놓았다. 한 번이 아니었다. 쿵, 쿵, 쿵. 총 네 번.

갑작스레 팀장이 되었다는 기쁨과 놀람도 잠시, 세 직원들은 별안간 등장한 가공할 만한 업무량에 침을 꿀꺽 삼켰다.

"이게 아탄이 관련. 요거는…… 기사단이랑 마탑에서 제휴 요청 들어온 거 그리고 이건…… 가입 신청서? 아 이건 그냥 다 불태우면 되겠다."

불행 중 다행으로 한 뭉텅이의 서류가 책상 아래로 가라앉았다.

"나머지 하나는…… 우리 단체원이 만든 무기랑 포션 판매 뭐 그런 거니까 재무 관련이겠네요. 자! 모두 각자 업무 가져가서서 열심히 해주세요."

김세진이 박수를 짝짝 쳤다. 그러자 오크의 무기점에서 임시로 빼온 직원들이 단체장실 안으로 들어왔다.

"이분들이 사무실로 안내해 줄 겁니다. 아, 그리고 업무 다 하시면…… 최대한 쉽고 깔끔하게 그림도 몇 개 좀 넣어서 보고서를 만들어서 제출해 주세요. 그리고 또 직원이 더 필요하면 알아서 데리고 오세요. 제가 보고 판단해서 좋은 사람인 것 같으면 꽂아 드릴게요. 낙하산, 아시죠?"

김세진이 방긋 미소를 지어 보이자 세 직원은 멍하니 고개를 끄덕였다.

그 이후로 일주일이 더 흘러 세 번째 아탄이의 주인이 결정되었다.

조건은 새벽이 명성은 칠흑이 가장 높았지만, 그래도 두 기사단이 독점하는 모양새는 마냥 좋지만은 않았기에—실제로 정부에서 부탁하기도 했다—김세진은 대백 기사단을 선택했다. 부기사단장 오정혁과 그 아들 오대수가 아주 간절하게 매달리기도 했고, 조건도 새벽 다음으로 좋았기 때문이었다.

그 사실이 공표가 되자 실시간 검색어는 단체 '더 몬스터'와 대백 기사단, 그리고 아탄이로 도배되다시피 했다.

들려오는 풍문으로는 공표가 난 날, 대백 기사단 소속 기사와 사냥꾼들이 모두 모여 기쁨과 승리의 회식을 했다나 뭐라나.

참고로 아탄이는 바로 이틀 뒤, 대백 기사단에서 보낸 의전차량을 타고, 수많은 기사들의 호위를 받으며 대백 기사단으로 옮겨질 예정이다.

'도대체 언제 부화하냐.'

그러나 지금, 정작 인터넷에 난리를 일으킨 장본인은 고작 알 하나를 두고 전전긍긍을 하고 있다.

그리핀은 생존을 위해 부화를 특히 빨리 한다고 들었으나, 가져온 지 이 주일이 지났음에도 그대로다. 설마 안에서 죽어버린 건 아닐까, 아니면 무정란인 건 아닐까. 그런 걱정에 고블린폼의 김세진은 집안을 빨빨거리며 배회했다.

부르르.

그러던 그때. 부화기에 앉혀져 있던 알에서 미세한 진동이 일었다.

그 즉시 세진은 퍼뜩 달려가 부화기 앞에 엎드렸다.

순간 고민이 파도처럼 밀려왔다. 오크폼, 인간폼, 고블린 폼. 도대체 어떤폼으로 이 아이를 맞이해야 할까.

하나 고민할 시간은 그리 많지 않았다.

희미한 진동을 일으키던 알이 갑자기 통통 튀어 오르며 난리법석을 일으키기 시작했다.

"……아오."

결국 세진은 인간형으로 변해 알 앞으로 다가섰다.

때마침 알이 쩌저적 갈라지고, 삐약, 삐약 거리는 작고 귀여운 생명체가 세상 밖으로 튀어나왔다.

"……."

세진은 순간 할 말을 잊었다. 사람이든 짐승이든, 역시 그 새끼는 언제나 옳은 법. 눈도 제대로 못 뜨는 이 아이는 정말. 너무 사랑스러웠다.

"삐약— 삐약— 빼액— 빼애액— 빼애애액— 빼애애애애애액!"

그러나 아무리 귀엽다 하더라도 역시 몬스터의 핏줄. 놈의 주둥이 사이로 거대한 굉음이 마치 우레처럼 터져 나왔다.

귀여운 외관에 홀렸던 세진은 그제야 정신을 차리고 스킬 '포식자'를 본격적으로 활성화했다.

그는 그리핀의 머리를 손가락으로 문지르며, '네 주인은 나다' 따위의 복종과 굴복의 의미가 담긴 의념을 계속해서 흘려보냈다.

"삐애…… 삐약…… 삐약……."

그러자 천둥 같던 울부짖음의 볼륨이 서서히 낮아지더니, 이내 쌔근쌔근 하는 숨소리 정도로 희미해졌다.

사상 최초로. 인간이 몬스터를 길들이는 데 성공하여 그리핀이 하나의 애완동물로 변하는 순간이었다.

"……귀엽네."

멍하니 중얼거린 세진은 그 머리를 쓰다듬었다. 연한 솜털과 말랑말랑한 살결의 감촉이 부드러웠다.

아직 눈을 다 뜨지도 못하는 새끼 그리핀은 자신을 매만지는 손길을 느끼고는 그쪽으로 고개를 돌려 혀를 빼꼼 내뺐다. 그러곤 할짝할짝 그 손을 핥는다.

세진은 그런 그리핀을 아빠 미소로 바라보았다.

"……아!"

그러나 아직 해야 할 일이 하나 남아 있다. 그리핀의 주인은 오직 인간 김세진만이 아니다.

그는 오크와 고블린폼으로 차례차례 변해 자신의 생김새를 그리핀에게 각인시켰다. 다행히 아직 세상 물정을 모르는 어린 그리핀은 그 모든 걸 고요히 받아들였다.

"……흠."

그렇게 어느 정도의 시간이 흐르고, 다시 인간폼으로 돌아온 세진은 '늑대의 동공'을 활성화했다. 이놈의 잠재력이 궁금했기 때문이다.

'아, 이건 좀 아쉽네.'

하나 참 안타깝게도 이 그리핀에게서 뿜어져 나오는 기운은 평범함 그 자체였다.

'……그래도 괜찮다.'

그러나 상관은 없다. 건강하게만 자라준다면 '마력 문신'이 어떻게든 너를 지상 최강의 그리핀으로 만들어 줄 테니까.

시간은 유수와 같이 흐르고 마침내 불어온 봄바람은 헐벗은 나무를 따스하게 에워싸며 초목의 태동을 알렸다.

그간 김세진과 '더 몬스터'에 관련해서 무척 많은 이슈들이 타오르고 또 사그라졌다.

가장 먼저 오크 대장장이의 무기 두 개가 발매되었고, 그 두 무기 중 하나는 5등급 명품(명품의 단계는 1~5단계로, 숫자가 1에 가까울수록 더욱 좋은 명품이라 취급된다.)이라고 판명되어 크나큰 반향이 일었다.

하나 그 과정에서 심한 논란도 휘몰아쳤는데 바로 오크 대장장이가 해외 기사단의 기사에게 그 명품을 판매했다는 이유였다.

오크의 무기를 구매한 기사는 북미 전역에서도 다섯 손가락에 꼽히는 '베리타스 기사단'의 부기사단장, '안젤라'.

부기사단장이 직접 오크의 무기점까지 찾아와, 한국말까지 써가며 아주 정중하게 부탁했기에 성사된 거래였으나, 대한민국의 언론과 기사단은 그 사실을 두고 미친개마냥 물어뜯었다.

부기사단장인 안젤라가 해외에서도 손꼽히는 미녀라서 오크 대장장이가 혹했다, 혹은 이미 성매매를 했다, 뭐가 됐든 대장장이는 명품 무기를 해외로 반출한 매국노다 따위의 음해소문이 걷잡을 수 없이 퍼져갔고, 그에 결국 김세진이 SNS로 하나의 성명을 냈다.(본래는 기자 회견으로 하려 했지만, 공식적으로 오크 대장장이와 김세진은 다른 사람이기에 그건 좀 아닌 것 같아 그만뒀다.)

'한국의 기사들은 특정 등급 이상이 되면 대장장이를 찾아오는 것을 부끄럽게 여긴다. 그러나 대장장이에게도 명예는 있는 법. 오크 대장장이는 자신을 더욱 중하게 여겨주는 안젤라를 선택했을 뿐이다.'

가장 먼저 김세진의 40만 팔로워에게 퍼진 이 SNS글은 이후 유세정과 김유린이 공유해 주었고, 새벽의 도움과 함께 여론의 상황은 순식간에 역전. 참고로 이 일로 안젤라가 김세진을 팔로우 했다.

시류도 못 읽고 아직까지 대장장이를 무시하는 안일한 태도의 대한민국이라며 비난과 비판의 화살은 기사단과 친 기사단 성향의 언론들에게 돌려졌다.

그러나 그 여론전은 뒤이어 터진 다른 핫이슈에 의해 빠르게 묻혔다.

새벽 기사단 소속 중상급 기사 '주지혁'의 더 몬스터 가입 소식이 바로 그것이다.

김세진의 단체는 가입 탈퇴 관련 루머마저도 사회의 관심을 받을 정도로 성장했기에 세진이 관공서에 공문을 제출하고서 바로 다음 날. 곧바로 수많은 기사가 터져 나왔다.

그 즉시 기자들은 주지혁에게 몰려가 인터뷰와 소감 그따위 것들을 요청했고 주지혁은 갑작스러운 관심에 당황하면서도 그저 '김세진 단체장님은 물론 그 단원들을 모두 존경하고, 그들과 함께할 수 있게 되어 기쁘다' 따위의 정석적인 답변을 했다.

거기에 더해. 주지혁은 단지 더 몬스터에 가입했다는 사실만으로, 대한민국 기사들 사이에서는 최고 권위를 지니고 있는 주간지 기사의 밤(Night of Knight)이 뽑은 '올해 주목할 만한 기사 30인'에 선정되었다.

그러나.

정작 그런 수많은 관심과 논란을 야기한 단체장은 지금 몬스터 필드의 한 동굴에 틀어박혀 있을 따름이다.

'날 수 있겠어?'

오크 김세진은 그리핀의 등에 설치한 안장에 올라탄 채 의념을 흘려보냈다.

"끼룩."

몸집이 꽤 커진 그리핀이 혀를 삐죽 내빼며 고개를 갸웃했다.

성장 속도가 어마어마한 것은 몬스터의 대표적인 특징. 태어난 지 고작 3주가 흘렀음에도 그리핀은 거의 청소년기의 그리핀 정도로 성장하게 되었다.

'날 수 있겠냐고.'

머핀이가-세진은 이 그리핀의 이름을 그리핀의 '리핀'을 따서 '머핀'이라 지었다-알아듣지 못하자, 그는 다시 의념을 흘려보냈다. 그러나 이놈은 의도를 착각했는지, 머리를 뒤로 길게 쭉 내빼어 세진의 얼굴을 혀로 핥을 뿐이었다.

"크릉. 크르응!"

결국 세진은 화를 냈고, 머핀이는 그제야 그 의도를 이해했다.

휘이이잉.

매의 거대한 날개가 사위에 바람을 휘몰아치며 펄럭이자, 머핀이는 오크를 태운 채 서서히 하늘로 활공하기 시작했다.

아직 온전한 성체로 자라나지 못했고, 오크의 무게가 무거운 탓에 단지 숲의 나무를 살짝 스치는 저공비행일 뿐이었다.

그러나 기분만큼은 죽도록 상쾌했다.

아래쪽에서 이름 모를 사람의 외침이 들려올 때까지만.

"으악! 그리핀이다!"

저공비행은 금세 눈에 띄었고, 최하급 지대의 기사와 사냥꾼들은 그 위에 누가 탔는지도 확인하지 않고 부리나케 도망쳤다.

이건 확실한 민폐였기에, 세진은 결국 몇 분 날지도 못하고 지상으로 내려왔다.

'……아쉽네.'

쩝. 입맛을 다신 그는 동굴 한편에 마련한 쉼터에 머핀이를 묶어 놓았다.

"……집으로 데려가고 싶다."

어느새 인간으로 변한 김세진은 한숨을 내쉬며 그리핀의 머리를 쓰다듬었다. 마냥 좋아하며 눈꼬리가 초승달 모양으로 휘는 머핀이는 너무 사랑스러웠다.

그냥 확 몬스터 길들이는 데 성공했다고 기자 회견 해버리고 집에서 키울까…… 세진은 진심으로 그런 고민을 하며 자리에서 일어났다.

"밤에 또 올게. 기다리고 있어."

그가 손을 휘저으며 동굴을 떠났다.

그리고 잠시 뒤.

"끄아아아암."

홀로 남겨진 머핀이는 쉼터 안에 남겨진 장난감을 두 팔로 후려치고는 따분한 기색으로 하품을 했다. 마치 방금 세진에게 지었던 미소는 단지 억지였다는 듯. 대단히 시크하고 차가운 모습이었다.

17장
전조

청명, 하늘이 차츰 맑아지기 시작하는 4월 4일.

훈련이 일찍 끝난 유세정은 별로 할 일도 없고 해서 강원도에 위치한 더 몬스터 사옥으로 향했다.

겸사겸사 단체일이 어떻게 진행되고 있는지 보고 단체장인 김세진과 이야기도 나누기 위해.

"사옥이 굉장히 좋군요."

그러는 와중에 혹이 하나 달라붙긴 했다.

중상급 기사 주지혁.

그는 눈을 동그랗게 뜨고서 단체의 사옥을 살펴보았다. 세련되고 오밀조밀하니 잘 건축된 외관은 고작 C-등급 단체 전용 건물이라고 믿기 힘들 정도였다.

"네, 뭐…… 당연하잖아요. 새벽이 지은 건데. 안 좋을 리가 있나요."

무심히 대답한 세정은 하이힐 특유의 또각또각 소리를 내며 사옥 안으로 들어갔다. 주지혁도 그런 그녀의 뒤를 조심스레 따랐다.

"안녕하세요."

들어가자마자 무척 고운 미성이 두 사람을 반겼다. 1층 카운터의 직원은 아름다운 여자 엘프였다. 그 엘프를 발견한 즉시 미간을 찌푸린 유세정은 뭔가 오묘한 표정으로 그녀에게 다가갔다.

"……직원분이세요?"

"네, 오크의 무기점에서 매니저로 일하다가 승진해 이곳으로 왔습니다."

세정의 경계서린 목소리에도 엘프는 아주 친절히 대답해 주었다.

"흐음…… 그래요. 그건 그렇고 지금 세진 오빠는 뭐해요?"

"단체장님께서는 오늘 아침에 잠깐 오셨다가 집으로 돌아가셨습니다."

"……아."

세정이 아랫입술을 살짝 깨물었다. 괜스레 짜증이 났다. 문자에 답장을 좀 해줬으면 이렇게 헛걸음 할 필요가 없었는데…… 도대체 세 시간 동안 어디서 뭘 하고 있는 거야.

"알겠어요."

퉁명스레 대답한 그녀는 발걸음을 돌려 사옥 밖으로 나가려 했다.

"아쉽군요. 아, 근데 훈련실은 어딘가요?"

그러나 주지혁은 아주 태연히 정체모를 '훈련실'을 물을 뿐이었다. 세정은 어이없어하며 그런 그를 흘겨보았다.

"훈련실이요? 그런 게 왜 여기……."

"지하 1층에 있습니다."

"……예? 있다고요? 그게 왜 있지?"

"네? 이유는 저도 잘 모르겠으나…… 단체장님께서 두 개 만드시긴 하셨습니다. 하나는 지하에, 하나는 최상층에 최상층은 단체장님 전용이신데, 아직 미완입니다."

엘프의 말에 세정은 놀란 표정으로 주지혁을 노려보았다. 나도 모르는 걸 어떻게 네가 알고 있느냐, 따위의 복잡한 의미가 담긴 눈길이었다.

"아 그…… 단체장님이 먼저 연락을 주셨습니다. 아탄이 버전 2.0 프로토타입을 설치해 놨으니까, 한번 시간 날 때 체험해 보라고요."

주지혁은 뒷목을 긁적이며 대답하고서 엘리베이터 앞으로 다가갔다. 그리고 세정은 그런 그의 뒷모습을 멍하니 응시했다.

유세정이 김세진에게 왠지 모를 섭섭함을 느꼈을 때, 정작 김세진은 사냥을 마치고 아주 태연하게 몬스터 필드의 휴게실로 향하고 있었다.

─전 세계에 동시 다발적인 몬스터 강습 사태가 일어나고 있습니다. 당장 미국, 일본, 중국 전역의 수많은 도시에 이유 모를 강습 사태가 발생했으며, 그 원인은 균열이 아닌 것으로 밝혀져 전 세계가 공포에 떨고 있습니다…….

몬스터 필드의 휴게실에 도착하자, 가장 먼저 한 쪽에 설치된 TV에서 뉴스가 흘러나왔다.

휴식을 취하던 기사와 사냥꾼들은 심상치 않은 내용이 흘러나오는 뉴스를 경청하며 서로 대화를 나누었지만, 세진에게는 그럴 시간이 없었다.

하루 고작 5시간, 완벽한 인간으로 살아가기에는 턱없이 부족한 시간이다. 게다가 오늘은 은행에도 가야 하는 날.

그는 서둘러 발걸음을 옮겼다.

"이용해 주셔서 감사합니다!"

강원도 은행의 VIP전용 룸에서 지점장의 극진한 대접을 받으며, 김세진은 통장에 찍힌 액수를 확인했다.

말 그대로 어마어마했다. '안젤라'라는 미국 기사가 물품 대금을 200억이나 지불했으니 그럴 만도 했지만, 세후 200억을 보냈을 줄은…….

"혹시 이 자산을 관리할 구체적인 생각이 없으시다면, 저희가 자산 관리사를 추천해 드려도……."

지점장이 파리처럼 두 손을 비벼가며 조심스레 제안했다. 그러나 이 남자의 눈동자에는 탁기(濁氣)가 가득했기에 세진은 단호히 고개를 저었다.

"아뇨, 괜찮습니다. 제가 알아서……."

콰아앙!

그러던 그때 별안간 외부에서 거대한 폭음이 울려 퍼졌다. 뒤이어 스산한 진동도 느껴졌다. 그 대수로운 현상에 지점장과 김세진이 동시에 행동을 멈췄다.

"이 무슨…… 으엇!"

콰아아아아앙――!

방금 전과 비교해서도 더욱 굉연해진 폭음. 심상치 않음을 느낀 김세진은 퍼뜩 창문에 달라붙어 밖의 상황을 주시했다.

"……저게 뭐야."

그렇게 그는 저도 모르게 넋이 나간 소리를 중얼거리게 되었다.

휴게실을 나서면서 힐끗 보았던 뉴스가 어쩌면 징조였던

것일까.

"끼에에에엑――!"

강원도의 도심이 수라장으로 돌변해 있었다. 왠지 과거 서울 강습 사태의 데자뷰같은 느낌이 들었다

거대한 와이번이 암운처럼 창천에 드리우고, 가고일은 와이번을 뒷배 삼아 간악한 마법을 지상으로 쏘아낸다.

또한 대로변 위에는 수많은 몬스터가 배회하고 있었다. 늑대와 고블린을 비롯한 하급 몬스터부터 리치 그리고 무려 오우거와 '맨티코어'까지.

이곳이 도심인지 몬스터 필드인지 착각할 만한 장면이었다.

"저기요! 저거…….'"

갑자기 벌어진 긴급 상황에 세진은 지점장에게 대처를 물으려 했으나 빌어먹을 지점장은 이미 VIP룸 안에서 쏜살같이 달아나고 난 뒤였다.

"……."

역시 인간의 몸은 거짓말을 하지 않는다.

깊게 한숨을 내쉰 세진은 창문을 깨부수고 이곳에서 탈출하려 했다.

"꺄아아아악! 뭐, 뭐야!"

"으아아악! 도망가요!"

그러나 바로 아래층에서 들려오는 사람들의 비명이 마음

에 걸렸다. 냄새를 맡아보니 가장 지척에 있는 몬스터는 오크와 맨티코어.

오크는 그렇다 치더라도, 맨티코어는 인간 김세진으로서는 해결할 수 없는 존재다.

쨍그랑.

김세진이 결국 포기하고서 주먹으로 창문을 후려치자, 유리는 너무나도 쉽게 깨졌다. 그렇게 그는 창문을 넘어 아래로 도망치려 했다.

"으아아아앙!"

하나 뒤이어 들려온 아이의 우는 소리가 세진의 몸을 멈추게 만들었다.

그는 괜히 이를 꽉 깨물고서, VIP룸 내부를 한번 둘러보았다.

기운을 볼 수 있는 '늑대의 동공'은 모든 숨겨진 물체까지 찾아낼 수 있는데 다행히 이 VIP룸 안엔 CCTV가 숨겨져 있다거나 하지는 않았다.

"하아……."

그가 한숨을 내쉬었다.

집중해서 냄새를 맡아보니, 도심이니만큼 기사들이 늦지 않게 출동한 듯 수많은 기척이 느껴졌지만 모두 현재 이곳과는 꽤 멀리 떨어져 있었다.

'내가 무슨 60년대 슈퍼맨도 아니고…….'

단 한 번의 심호흡.

그 이후 VIP룸 안에는 김세진이 아닌 한 마리의 오크가 서 있었다.

"그어어!"

뒤로 살짝 물러선 오크는 거칠게 발을 굴러 창문을 향해 질주했다.

우지끈.

유리창을 비롯한 은행의 벽면이 한꺼번에 무너져 내리고, 그 틈으로 한 마리의 거대한 오크가 운석처럼 낙하한다.

콰아아앙-!

바닥에 맞닿자 거대한 충격파가 사방으로 울려 퍼졌다. 순간 몬스터에 쫓기던 시민도, 시민을 쫓던 몬스터도 잠시 행동을 멈추고서 하늘에서 뚝 떨어진 오크를 바라봤다.

온몸에 푸른 비늘을 두른 오크는 형형한 눈빛으로 시민과 몬스터를 번갈아보다가 이내 근처의 몬스터를 향해 메이스를 후려갈겼다.

정체모를 몬스터들이 튀어나온 순간. 은행의 부지점장은 순간적인 기지를 발휘해 은행 보안 시스템을 가동시켰고, 그 덕에 은행 내부의 사람들은 잠시나마 안전할 수 있었다.

쾅—쾅—쾅!

그러나 그것은 문자 그대로 '잠시나마'일 뿐. 몬스터로 추정되는 놈들에 의해 입구를 봉쇄한 마나 강판에 균열이 생기고 있었다.

이대로라면 결과는 둘 중 하나다. 기사들이 도착하기 전에 강판이 먼저 뚫리거나, 전해지는 충격에 은행 건물이 통째로 무너져 내리거나.

"……후."

부지점장이 한숨을 내쉬었다. 지켜야 하는 사람은 많다. 그러나…….

우지끈!

특히 강맹한 일격에 강판의 균열이 터질 듯 벌어졌다. 이제는 정말 시간이 없다. 결단을 내려야만 한다.

부지점장은 두 주먹을 꽉 쥐고서 크게 소리쳤다.

"모두 일어나셔서 금고 쪽으로 이동해 주세요!"

은행 안에서 물건이 가장 안전하게 보관되는 장소는 금고, 그곳은 사람 또한 가장 안전하게 보관할 수 있다.

그러나 이미 한발 늦은 대처였고, 그보다 앞서.

쾌아아아앙—!

결국 마나 강판이 뚫려졌다.

저벅저벅.

바깥의 소란과는 대비되게 아주 고요히 울려 퍼지는 발자국 소리, 그것은 은행안의 모두에게 절망을 선사하기 충분했다.

인간을 닮은 얼굴과 사자의 몸통 그리고 등에는 박쥐의 날개가 매달려 있는 흉측한 키메라.

중상급 몬스터 중에서도 그 간악함과 강력함으로 악명이 높은, 맨티코어(Manticore) 혹은 인면사자(人面獅子).

놈은 마치 미소를 짓는 듯한 모양새로 은행 안으로 들어와서는, 두려움에 벌벌 떨고 있는 사람들을 쓰윽 둘러보았다.

그러곤 터벅터벅 걸어 가장 먼저 아이를 품에 안은 어머니에게로 다가가기 시작했다.

"……."

맨티코어가 가까워졌으나 어머니는 공포에 눈물까지 흘려가면서도 아이를 품에서 놓지 않았다.

"<u>크흐흐흐</u>."

그러나 오히려 맨티코어는 그 모습이 즐거운 듯, 입맛을 다시며 웃음을 터뜨렸다. 인면(人面)의 비틀려진 입에서 흘러나오는 음성은 인간의 그것과 흡사했다.

"으하하하!"

맨티코어는 그 이상 기다리지 않았다. 놈은 흉포하고 기괴한 웃음을 계속하며 꼬리에 달린 촉수를 수십, 수백으로 분열시켰다. 이것은 이 은행 안에 모인 사람들은 일순간에 고깃덩어리로 만들어버릴 최악의 공격.

모두가 눈을 감고 단지 앞으로 펼쳐질 참혹한 광경에 두려워하고 있을 때.

"———!"

말로 형용하기 어려운 패기 넘치는 포효가 온 사방으로 울려 퍼졌다.

그 직후, 쿵쾅쿵쾅쿵쾅! 격렬한 발자국 소리와 함께 거대한 신형이 멘티코어에게로 쇄도하여 무기를 휘둘렀다.

"크엑!"

무기는 공기마저 일그러뜨리며 사자의 인면을 강타했고, 멘티코어는 은행의 깊은 구석으로 통통통 깡통마냥 나가떨어졌다

"……."

멘티코어에 일격을 날린 사람 아니, 생명체는…… 무려 '오크'였다. 전신에 푸른 비늘을 두른 오크. 여기 있는 몇몇 사람들도 알고 있을 정도로 유명한 일명 '괴물 오크'.

예상치 못한 원군의 등장에 은행 안은 잠시 침묵으로 젖어 들었다.

그러나 그 침묵도 오래 이어지지는 못했다. 열려진 은행의 입구로 몬스터들이 쏟아져 왔고, 오크는 마치 문지기처럼 문 앞에 굳건히 서서 놈들을 도륙했다.

메이스가 휘둘러질 때마다 몬스터들의 사지가 피륙처럼 쉽게 뜯겨지고, 절단되어 허공으로 비산한다. 그에 선혈이

분수처럼 솟아나와 은행 깊숙이 퍼져 기괴하고 끈적한 자국을 남겼다.

전체적으로 끔찍한 광경이었다. 그러나 오크의 뒤에서 그를 바라보는 일반인들은 더 없는 듬직함을 느꼈다.

"크흐으으…… 흐흐."

'……시발. 안 죽었네.'

그때 저 멀리에서 맨티코어의 웃음소리가 들려왔고, 김세진은 낭패라는 듯 입술을 깨물었다.

단 일격에 죽일 생각으로 역전의 전사를 발동하고 강타까지 사용했는데…… 맨티코어는 역시 그 악명다웠다.

쿵쿵쿵쿵.

등 뒤에서 사자가 질주해 오는 소리가 들렸다. 하나 전방도 위협적인 몬스터로 가득한데 어찌 등을 신경을 쓰겠는가, 그는 차라리 레비아탄의 비늘에 모든 걸 맡기기로 했다.

콰직!

하나 그 바람과는 달리 맨티코어의 이빨은 레비아탄의 비늘마저도 쉽게 뚫어냈다. 어깻죽지에서부터 뜨겁게 전해지는 격통에 세진은 비명을 내지를 수밖에 없었다.

"……!"

아픔은 곧 분노로 직결되었고, 그는 괴성을 내지르며 맨티코어의 꼬리를 붙잡아 벽으로 내팽개쳤다.

그러나 그 탓에 앞에서 오는 몬스터를 막을 수 없었다.

이번에는 '용아병'. 용의 뼈로 이뤄졌다는 스켈레톤답게, 과연 그 위력이 대단했다.

쏴아아.

서늘하게 그어지는 놈의 뼈칼이 오크의 옆구리에 깊은 자상을 남겼다.

'도망가야……'

두 번의 치명타를 얻어맞고 역전의 전사의 지속 시간까지 다 되니 정신이 몽롱해져 왔다. 하나 다행히 줄행랑을 위한 비기 '선풍의 질주'가 존재하니, 이쯤하고 물러나서 나머지는 기사에게 맡겨야 하는데…….

"그어어—!"

그래도 기분 나쁘게 생긴 용아병은 터뜨려야 속이 편할 것 같아, 놈의 두개골을 향해 메이스를 휘둘렀다.

후두둑!

두개골은 전력을 다한 강타에 뼛조각으로 분해되어 바람에 흩날렸다. 그 직후 몸에 힘이 쫙 빠져 다리가 후들거렸다. 아직 멘티코어가 죽지 않고 남아 있긴 하지만 이 이상은 무리다.

그런데 갑자기 화가 치밀었다.

오크는 죽음보다 패배를, 패배보다 후퇴를 혐오한다. 그건 종족의 본능이자 반드시 따라야 하는 오크만의 섭리나 다름이 없기 때문일까. 내부에서부터 까닭모를 투쟁심과 분노가 거칠게 휘몰아쳤다.

"————!"

그걸 그저 담아두기만 하는 것은 불가능해서, 저도 모르게 포효를 내지르고 말았다.

그렇게 오크는 다시 메이스를 굳게 움켜쥐었다.

한데 바로 그 순간, 예상치 못한 알림이 떠올랐다. 동시에 몽롱했던 의식이 차가워지고, 뜨겁게 타는 듯했던 격통이 순식간에 잦아들었다.

[조건 완료-목숨을 건 사투, 오크의 집념 (2/2)]
[이제 포밍몬스터가 오크 재규어에서 오크 대전사로 변화합니다.]
[패시브 스킬-전사의 특질(F등급)을 습득하셨습니다.]

새로이 얻은 스킬을 확인할 틈도 없었다.

오크 대전사로 진화하자마자 '역전의 전사'가 한 번 더 가동되었다. 그 즉시 바닥까지 곤두박질쳤던 체력이 용솟음치듯 차오르고, 전신에는 참을 길이 없는 힘이 뜨겁게 분류했다.

"———!"

세상을 통째로 뒤흔드는 포효를 내지르며, 오크가 메이스로 허공을 강타했다.

콰아아앙-!

허공에서부터 발생한 충격파가 반월 모양으로 퍼져 나가

며 경로에 닿는 모든 몬스터를 먼지로 바스러뜨렸다. 과연 재규어와는 격이 다른 위력이었다.

그렇게 단지 단 한 번의 일격으로 몬스터로 가득했던 전방이 깨끗하게 비워지게 되었다.

하나 아직 하나가 남아 있다.

오크가 거친 숨을 내뱉으며 등 뒤로 돌아섰다.

갑작스레 반전한 오크의 기세에 인면사자는 살짝 물러서서 그 경과를 지켜보았다. 마치 탐색이라도 하는 듯, 촉수를 닮은 기묘한 꼬리를 살랑이며.

그러나 오크의 본능은 그따위 간을 보는 행위를 용납하지 않았다.

오크는 은행의 타일을 개박살내며 사자에게로 돌격했다. 비대하고 육중한 몸체와는 대조되는 쾌속의 질주.

그 야만스러운 기습은 회피할 틈도 없어, 맨티코어는 내달려오는 오크의 메이스를 그저 바라볼 수밖에 없었다.

우지끈-!

이것이 마지막 강타, 한계까지 쥐어짜낸 힘은 사자의 몸통과 그 인면을 분리시켜 버렸다.

철벅철벅.

몸과 머리가 분해된 맨티코어의 끈적한 선혈이 바닥으로 흩어졌다.

"……."

그 이후에는 오직 적막뿐이었다.

대전사로부터 넘쳐 나오는 흉흉한 기운은 존재 자체만으로도 그 아래격의 몬스터들은 감히 이곳으로 다가올 수조차 없었고 그 덕분에 은행은 급박한 사태와 어울리지 않는 한적한 고요를 꽤 오랫동안이나 유지할 수 있었다.

하나 김세진의 상황은 그렇게 안정적이지는 않았다.

'……출혈이 멎질 않는다.'

잠시 비틀거리며 후유증을 견뎌낸 세진은 힘겹게 호흡을 고르다가, 이내 발걸음을 움직였다. 그는 시민들의 넋 나간 시선을 받으며 은행 밖으로 터벅터벅 걸어 나갔다.

역전의 전사를 두 번이나 사용하고 무리하게 강타를 남용한 탓일까. 점점 정신이 몽롱해지고 시야가 흐리멍덩해졌다. 그럼에도 그는 인적이 드문 곳을 찾아 헤맸다. 이대로 기절이라도 하면 여태 쌓아온 인생이 사라지게 된다. 그것만은 결코 용납할 수 없다…….

그는 필사적으로 걸어 반파된 건물을 발견했다. 그는 그 잔해 속에 숨어들어 다시 한번 지켜보는 눈이 없나 확인했다. 다행히 없었고 만약 있다 하더라도 이제는 시간이 없다.

몸을 숨긴 그는 이내 아주 오랜만에 흑색 늑대가 되어 선풍의 질주를 사용했다. 늑대는 마치 검은 빛살처럼 안락한 집을 향해 신속히 쇄도했다.

사태의 양상은 반년 전 서울에서 발생했던 몬스터 강습 때와 비슷하게 흘러갔다.

그러나 한 가지 다른 점이 있었다. 사후 진상조사의 결과, 그 어디에도 '균열'의 흔적은 보이지 않았다는 것이다.

몬스터가 도심으로 습격해오는 방법은 두 가지다.

도심 근처의 균열이 크게 벌어져 그 안의 몬스터가 해일처럼 밀려 나오거나 아니면 몬스터 필드 이외의 지역에서 떠도는 일명 '야생 몬스터'가 우연찮게 지역 경비대에게 들키지 않고 도심까지 걸어오거나.

균열의 흔적이 없기에 전자는 소거. 하나 후자라고 하기에도 몬스터의 숫자가 너무 많아, 정부는 물론 UN에서 파견해온 탐사팀도 이 원인의 실마리조차도 발견해 내지 못했다.

또한 여기에 설상가상으로 전문가들에게는 혼란을, 대중에게는 열광을 불러일으킨 파격적인 뉴스까지도 전해졌으니.

―CCTV에 찍힌 괴물 오크의 영상입니다. 오크가 메이스를 휘둘러가며 몬스터를 도륙, 마치 은행 안에 갇힌 사람들을 보호하는 듯한 행동을 하죠. 그리고 이건 은행 안에 갇혔던 한 남학생이 핸드폰으로 찍은 영상인데요. 은행 안에서의 경과가 더 자세히 찍혀 있습니다.

몬스터 필드에서 수많은 기사에게 좌절을 선사하던 괴물 오크, 그는 이제 수많은 몬스터로부터 시민을 지켜낸 영웅 오크가 되었다. 표창장을 받아야 하는 것 아니냐는 우스갯소리가 나올 정도로.

-하하. 괴물 오크라고 말하니까 실시간으로 교정 요청이 들어왔네요. 죄송합니다. 영웅 오크로 정정하겠습니다. 근데, 영웅 오크라 하니 왠지 무슨 게임이나 전설 속 이야기 같지 않습니까?

-네, 허허. 그러네요. 근데 여기서 또 재미있는 것이, 이 영웅 오크가 등장함에 따라 요즘 유명한 오크 대장장이도 이상한 재조명을 받고 있더군요. 사람을 이롭게 하는 두 명의 오크라나요?

거의 모든 TV프로그램에서 오크에 관한 이야기가 흘러나오고 있었다. TV뿐만이 아니었다. 인터넷도, SNS도 그리고⋯⋯.

"되게 신기하네요. 영상 보니까 저 오크 턱수염이랑 머리카락도 꽤 길던데, 아마 재규어 이상으로 성장한 것 같아요. 저놈 분명 특별한 게 있긴 있는데⋯⋯ 한번 만나보고 싶네."

세진의 침대 옆에 앉아서 태연히 귤을 까먹고 있는 하젤린도 마찬가지였다.

"오크…… 끙, 오크를 털로 분간이 가능합니까? 그거 리치만 그런 거 아니었어요?"

그는 목소리를 낼 때마다 느껴지는 옆구리 통증에 미간을 찌푸렸다. 그러나 하젤린은 바로 옆에서 끙끙대는 그에게는 아무런 눈길도 주지 않고 오로지 TV에만 열중하며 대답했다.

"그럼요. 세진 씨, 대전사 실제로 못 보셨죠? 걔네들이 얼마나 멋진데요. 길게 자란 턱수염, 뒤로 묶은 긴 머리. 오크에게 머리카락이랑 수염은 경험과 강함의 상징이에요."

"그건 또 몰랐네. 근데, 이거 제가 만든 포션 맞아요? 으…… 아픔이 안 가시는데요."

세진이 앓는 소리를 내며 옆구리를 매만졌다. 지금은 오크 대전사폼일 때 입은 부상이 인간형일 때도 그대로 남은 상태.

그는 거동이 불편해 직접 포션을 만들 수 없을 정도로 부상이 심각했다. 할 수 없이 대충 변명을 둘러대며 하젤린에게 포션을 가져와 달라고 부탁했다.

한데 직원이 아닌 하젤린 본인이 직접 온 건 예상외였다.

"네, 용아병한테 베이셨다면서요. 용아병의 뼈칼은 낫기 힘든 상처니까 어쩔 수 없어요. 참아내세요. 냠."

하젤린은 말을 하면서도 연신 귤을 한 조각씩 떼서 집어삼켰다. 우물우물─ 작고 고운 입이 위 아래로 앙증맞게 움직인다.

"……이제 가셔도 될 것 같은데."

그 모습을 지켜보던 세진이 어이없다는 듯 말했다. 집에 온 지 벌써 30분째, 20여 개에 달하는 귤을 쉬지 않고 드시고 계신다. 포션을 가져와 준 건 고맙지만…… 이제 남은 시간이 얼마 없다.

……남은 귤도 얼마 없고.

"네? 아뇨, 괜찮아요. 이상하게 여기 오니까 마음이 편해지네…… 냠."

"……."

"냠. 냠냠."

뭐라 말하려던 세진은 잠시 행동을 멈췄다. 역시 엘프라는 것인지, 그녀는 단지 귤을 먹는 것뿐임에도 화보의 한 장면 같았다.

"얌냠."

입에서 흘러나오는 이상한 소리만 빼고는.

"……이제 좀 가세요. 늦었는데."

그렇게 그녀가 귤을 먹는 걸 관찰한 지 5분 정도 지났을까. 세진이 다시금 부탁했다.

"아뇨, 괜찮아요. 오늘 한가해요. 어차피 난리 터져서 알케미하우스도 잠시 쉬게 될 것 같고…… 여기 있으니까 왠지 마음이 편하네."

그 태연한 대답에 세진의 눈썹이 절로 찡그려졌다. 왜 이렇게 눈치가 없지?

"정 부담되시면 30분만 더 있다 갈게요."

세진이 남은 시간을 확인해봤다. 2시간 23분. 조금 여유가 있긴 하니, 그는 그나마 안심하고 다시 편안히 침대에 누웠다.

그렇게 정확히 30분 뒤, 하젤린은 '아프지 마세요.'라는 말을 남기고 떠나갔다.

전문가들이 우려한 대로 이 몬스터 사태는 단발성이 아니었다. 전국 방방곡곡에서 소~중규모의 몬스터 습격 사건이 하루에도 수십 차례 이상 발생했고 결국 대한민국 정부는 임시 비상상태를 선포함과 동시에 모든 기사단에 상비(常備)명령을 내렸다.

그러나 국가가 비상상태에 선포했음에도 불구하고 대중들의 관심은 오롯이 다른 곳에 가 있었다. 그것은 바로 '선량한 몬스터'.

대중들은 혼란 속에 등장해 시민을 구하고 홀연히 사라진 괴물 오크에 열광했다. 이는 국내뿐만 아니라 해외에서도 마찬가지였다.

SNS와 커뮤니티 사이트는 영웅 오크에 관한 새로운 소식들을 퍼다 나르기에 여념이 없었고, 몬스터 학계 또한 괴물 오크를 주제로 '몬스터를 길들일 수 있는가' 혹은 '사람과 의 사소통이 가능한 몬스터'에 관한 진중한 토론을 시작했다.

'뭐야 이게.'

그러나 이러한 뜨거운 반향에도 불구하고, 정작 당사자는 어이없을 뿐이었다. 그는 오크를 찬양하는 기사와 댓글을 훑어보며 연신 헛웃음을 내뱉었다.

—똑똑.

그러는 와중에 누군가가 사무실 문을 두드렸다. 핸드폰을 내려놓은 세진이 들어오라 말하자, 조한성이 보고서를 품에 안은 채 터벅터벅 걸어왔다.

"무슨 일이죠?"

"아탄이 버전 2.0 구매 요청서입니다. 단체장님 말씀대로 그 판매 대상을 전 세계로 확대했기에 여러 국가의 수백 개 기사단에서 요청이 들어왔습니다. 지금 당장 미팅을 잡아도 적어도 한 달은……."

"아. 그건 한성 씨가 알아서 해주세요. 홍보팀 팀장이시니까."

"……예?"

조한성은 자신이 무언가 잘못 들었다고 생각했다.

요즈음 아탄이는 현물 가치만 해도 수백억 이상. 그러나 현재 아탄이의 존재 유무가 기사단의 위신에 크게 영향을 주는 점을 생각하면 실질적 가치는 천문학적이라고 여겨지고 있다.

오죽하면 대한민국 외교부에서 아탄이를 타 국가와의 외교에 활용할 수 있게 정부에 판매해 달라는 반 부탁, 반 협박까지 해왔을 정도니까. 이른바 아탄이 외교라나?

한데 왜 그 거대하고 중요한 사업을 저렇게 별거 아니라는 듯 고작 홍보팀 대리였던 자신에게…….

"근데 한성 씨, 여기 앞에 좀 앉아보세요."

"네?"

"빨리."

"아, 예, 예."

조한성은 약간 정신이 멍했지만 그래도 세진의 바로 앞자리로 가서 앉았다. 세진에게서 뿜어져 나오는 기분 좋은 향내가 한성의 마음을 약간 진정시켰다.

"한성 씨 최종 학력이 몬스터 인류학과 박사 맞나요?"

"네, 학사 때는 경제학과를 복수 전공했습니다."

"음. 좋네요. 그래서 그런데……."

세진이 뒷목을 긁적이며 살짝 고민했다. 이걸 이렇게 쉽게 말해도 되나, 싶은 표정이었다.

"……있잖아요. 만약 몬스터를 길들였다고 하면 언론과 대중, 정부가 어떻게 생각할까요?"

조한성이 고개를 갸웃했다. 말도 안 되는 소리였기에 당연히 장난이겠거니 싶었다. 그러나 김세진의 표정은 한없이 진지했다.

"그, 그러니까 몬스터와 대화를 하실 수 있다는 말이십니까?"

"……예, 뭐 그런 셈이죠. 제 스킬 중 하나라고 보시면 돼요."

김세진이 그렇게 말하며 엘리베이터에 올라타자, 아직도 이해가 안 된다는 듯한 표정의 조한성이 그를 뒤따랐다.

"근데 어떻게 그리핀을 길들이신 겁니까? 흉포하기로 유명한 몬스턴데."

"우연히 알을 발견했어요. 그래서 새끼 때부터 말을 걸면서 세뇌했죠. 제가 이 능력으로 약간의 강제력도 행사할 수 있거든요."

띵!

엘리베이터가 옥상에 도착했다.

사옥의 옥상 구조는 특이했다. 하늘은 탁 틔어 있지만, 사방이 불투명 유리창으로 둘러싸여 밖에서 안을 보는 것은 불가능. 당장 일주일 전부터 시공을 한 결과물이지만…… 이게 설마 그리핀을 위해서였을 줄이야.

조한성이 침을 꿀꺽 삼켰다.

"저기예요. 저기 동굴처럼 생긴 곳에서 살고 있죠."

세진이 옥상의 한편에 있는 어둡고 깊은 인조 동굴을 가리키며 말했다. 보고 있자니 절로 한숨이 나왔다. 저놈을 옮기느라 얼마나 애를 썼는지…….

"솔직히 조금 오랫동안 숨기려고 했어요. 근데 이번에 오크 사건으로 때마침 '인간이 몬스터를 길들일 수 있는지'가 화제가 됐더라고요. 딱 시류에도 맞고, 또 이번이 아니면 영영 공개하지 못할 것 같아서……."

그는 말을 잠시 멈추고서 휘파람을 불었다. 그러자 동굴 안에서 기묘한 진동이 울렸다.

"으헛!"

조한성이 뒷걸음질을 쳤다.

그러거나 말거나 동굴에서 전해지던 울림은 점점 진해지더니, 마침내.

"끼엑."

그리핀 한 마리가 그 아름다운 자태를 드러냈다.

곱고 단정하여 고결하게까지 느껴지는 순백의 머리털과, 강맹하고 튼실한 사자의 몸. 저 신비한 생명체는 확실히 야생에서도 보기 힘들다는 그리핀이 맞았다…….

"……."

조한성의 뇌가 잠시 작동을 중지했다.

"일단 온순하긴 해요. 이름은 머핀이에요. 그리핀 뒤 두 글자를 땄는데, 리핀이라고 하기에는 뭔가 심심해서."

사고가 정지한 조한성을 뒤로하고, 김세진은 머핀이에게

로 천천히 다가가 그 머리를 쓰다듬으며 다시 한번 의념을
흘려보냈다.

'사람은 너의 친구다. 조한성은 사람이다. 그러므로 조한
성은 네 친구다.'

"한번 만져보실래요?"

세진은 혹시 모를 안전장치까지 단단히 걸어두고서 한성
을 불렀다.

순간 한성은 머리털이 곤두설 정도로 놀랐으나, 그의 가슴
속에 응어리졌던 학자의 집념이 먼저 반응했다. 단지 취업을
위해 먹고 살기위해 제쳐 둘 수밖에 없었던 그 무엇인가가
한성의 다리를 움직이게 만들었다.

'꿀꺽.'

저도 모르는 사이, 그는 어느새 그리핀의 목전까지 다가가
조심스레 손을 뻗었다.

머핀이는 어떠한 적대감도 드러내지 않았다. 단지 눈을 감
고 새로운 사람을 고요하게 받아들일 뿐.

쓰담쓰담.

그렇게 그는 그리핀의 머리를 매만지는 데 성공했다. 무척
이나 부드러웠다.

"……어때요. 괜찮죠?"

"네, 그렇…… 그러네요."

김세진은 만족스러운 미소를 지었다. 자신과 함께 이 아이

를 보살펴 줄 사람이 필요했었는데…… 여기 그 적임자가 있었다.

"오…… 옳지. 그래."

그리핀을 매만지는 조한성의 동공은 어떠한 열망이 불타올랐다.

"조한성 씨, 기왕 이렇게 된 거. 몬스터 연구팀 팀장까지 맡아보실래요? 월급은 두 배로 드릴게요. 원하면 더 드릴 수도 있고."

세진이 악마의 미소를 지었다. 그러나 조한성에게 그 미소는 오직 천사로만 비춰질 뿐이었다.

김세진이 떠나고 조한성은 벅찬 가슴을 안고 머핀이를……어디 갔어?

"……음? 뭐야, 머핀아?"

한성의 부름에 머핀이가 다시 모습을 드러냈다. 그러나 그녀의 주둥이에는 공 하나가 물려 있었다.

"놀자고?"

한성이 미소를 지으며 그 공을 잡으려 했다. 그러나 머핀이는 그 공을 한쪽 구석으로 휙 내던지더니,

"끼에엑."

"으아악!"

날개를 크게 피며 조한성을 위협했다. 김세진이 있을 때와는 180도 달라진 모습이었다.

"……왜, 왜."

머핀이는 앞발로 공을 가리키며 연신 그를 위협했다. 대충 어느 뜻인지 이해한 그는 후다닥 달려가, 멀리 튕겨나간 공을 잡아들고 그녀에게로 돌아왔다.

"자."

"그릉."

그제야 만족한 듯. 머핀이는 사악한 미소를 지으며, 한성에게 자신의 머리를 한 번 쓰다듬을 수 있는 권리를 하사했다.

"그…… 그래, 옳지."

그러나 그걸로 끝이 아니었다. 그녀는 다시금 공을 물어서 이번에는 조금 더 멀리 옥상의 바깥으로 내던졌다.

"……."

포물선의 궤적을 그리며, 공은 사옥 바깥의 수풀 속으로 떨어졌다. 그 잔악한 행위에 한성이 입을 떡 벌린 채 멍하니 있기만 하자, 머핀이는 그에게로 슬금슬금 다가가서.

"끼에에엑!"

날개를 쫙 피며 재촉의 의미가 담긴 계명성을 내질렀다.

일은 신속하게 진행되었다.

김세진은 가장 먼저 새벽의 도움을 얻어 정부를 비롯한 여러 관련 기관들과 복잡한 상담, 면담 절차를 거쳤다. 물론 그곳에 참석한 건 김세진이 아닌 조한성이었다.

그러나 아직 진행 중인 와중에 정보가 유출되어 신문의 1면에 대서특필되었고 세진은 결국 공식적인 기자 회견을 하고서 머핀이 시승 영상까지 찍어 여러 언론에 제출해야만 했다.

예상했던 대로 수없이 많은 반대가 있었다. 몬스터 관련 단체에서는 아예 게거품을 물고 달려들었고, 몇몇 강경한 기사들은 몬스터를 토벌해야 한다며 검을 들고 찾아오기까지 했다.

그러나 그 반대 여론의 대부분은 그로부터 일주일 뒤, 김세진이 자신의 SNS에 게재한 하나의 영상에 의해 눈 녹듯이 진압되었다.

그 영상에는 머핀이가 눈가를 부드럽게 휘며 사랑스러운 미소를 짓는 모습이 담겨져 있었다. 꺄아아아 하는 귀여운 웃음은 덤.

영상을 찍는 도중 조한성은 그런 머핀이를 바라보며 무언가 아주 꺼림칙한 표정을 지었지만 세진에게는 그저 마냥 귀여운 애완동물일 뿐이었다.

완벽하게 길들여진 이 모습에, 찬반으로 나뉘어 거세게 들끓던 학계도 정말 깜짝 놀랐다. 단지 식량을 대가로 일시적으로 복종하는 관계라고만 생각했건만 진실로 주인에게 길들여져 사람을 사랑하는 모습이었기에.

그렇게 대부분의 여론은 다시 '찬성' 쪽으로 돌아서게 되었다.

한데 그러는 와중에 조금 이상한 여론도 갑자기 생겨났다. 세진이 당황하기에 충분할 정도로.

그 여론의 최초 근원지는 난데없는 예능 프로그램이었다.

—그럼 그분은 영웅 오크랑 대화도 나눌 수 있겠네요?

기사들이 출연하여 여러 이야기를 나누는 토크쇼. 이 프로에서 유세정이 게스트로 나왔고, 진행자는 자연스레 세진의 이야기를 물었다.

—네? 뭐…… 그럴 수도 있겠죠. 근데 저도 자세히는 몰라요. 그냥 말단이라서. 저는 말단에 불과하거든요. 자세한 내용은 절대 알지 못해요. 알려주지도 않으시고. 왜냐면 중요하지 않은 말단이거든요.

그녀는 세진이 단체와 관련된 사항을 일언반구도 알려주지 않았다는 이유로 잔뜩 삐쳐 있었고, 세진에 관한 이야기만 나오면 몹시 퉁명스러운 태도로 일관했다.

—……아, 그러시구나.

그래서 그 주제는 단지 세 문장으로 끝이 났지만 후폭풍은 이상하리만치 거셌다.

먼저 유세정이 연신 자기를 '말단'으로 비하하며 자책하던 모습이 꽤 인상 깊었는지 소위 말하는 짤방으로 인터넷 등지

에 퍼졌고, 그 이후에는 자연스레 대화의 내용도 주목받게
된 것이다.

사람을 단 한 번도 살해하지 않고 오히려 도와주었던 영웅
오크니까, 혹시 정말 설득이 가능할 수도 있지 않을까.

실제로 한국대학교 교수가 그 주제를 갖고 김세진을 찾아
오기까지 했었다.

물론 모든 진실을 알고 있는 세진으로서는 답답하리만치
어이가 없을 따름이었지만.

"근데 저도 궁금하긴 해요. 그게 되는지 안 되는지."

김유린이 세진의 눈치를 슬쩍 보며 조심스레 물었다.

지금 두 사람은 무려 3주 전에 잡혔던 약속을 이제 와서야
뒤늦게 이행하고 있는 중이다.

"……유린 씨까지 그러시네."

"하, 하하……. 미안해요. 역시 말도 안 되는 소리였죠?
하하하, 저도 참 쓸데없는 소리를…….."

한데 식사에 임하는 그녀의 모습이 상당히 이상했다. 말
한마디, 행동 하나하나를 하면서도 연신 세진의 눈치를 살피
는 것이 그때 보았던 당당함과는 딴판이었다.

"뭐…… 완전 말도 안 되는 건 아니겠죠. 충분히 대화가
통한다면, 그 오크가 우리를 도와줄 수도 있는 거고."

"아하하, 그런가요……. 아앗."

극도로 긴장했기 때문일까. 유린은 결국 혀를 깨물어 버

렸다.

"어, 괜찮으세요?"

"아, 예. 개차나여. 그냥…… 잠깐만요. 저 화장실 좀……."

그녀는 결국 도망치듯 자리에서 일어나 화장실로 향했다.

'아 나 왜 이래 진짜…….'

세면대 거울 앞에 선 유린은 깊은 한숨을 내쉬었다. 채영호와 담판을 지으면서까지 혼자 왔는데…… 이러다 눈물이라도 날 지경이었다.

자꾸 채영호의 '중요한 사람이다.', '핵심적인 인물이야.', '더 몬스터는 트릴로지의 뒤를 이을…….' 이 따위 부담감을 주는 말이 머릿속에 아른거렸다.

게다가 요즘은 몬스터까지 길들이니 마니 하는 말도 안 되는 뉴스까지 있어서 더 긴장되고 그래서 더욱 말이 안 나오고…….

"아…… 도망가고 싶다."

김유린, 27년 생애 이런 기분은 난생 처음이었다. 언제나 꿀릴 것 없이 당당했었는데…….

"후."

그러나 결코 포기란 없다.

그녀는 냉수로 세수를 한번 하고서 어금니를 꽉 깨문 채 화장실을 나갔다.

새벽 기사단 1팀 전용 회의실. 국가가 선포한 상비명령에 따라 최소인원은 기사단에 상주해야 했기에 늦은 밤임에도 꽤 많은 기사들이 이 회의실 내부에 머물고 있었다.

"……후."

그러나 회의실을 가득 채운 건 오직 무거운 분위기와 짙은 침묵뿐이었다.

기사들은 단 한 명의 눈치를 보느라 아무런 말도 할 수 없었다.

"하……."

유세정, 그녀는 불편한 표정으로 연신 한숨을 뻑뻑 내쉬었다.

이곳에 있는 7인의 기사 전원이 고작 중하급 기사의 눈치를 본다는 것이 조금 이상해 보이지만 그러나 유세정은 그럴 만한 인물이 맞았다.

새벽 기사단장의 딸이자, 단체 '더 몬스터'의 창립 멤버. 요즈음엔 왜인지 자꾸 '나는 단체의 말단 중에서도 말단'거리면서 자기비하를 하는 면모가 많이 보이긴 하지만.

탕!

그때 유세정이 갑자기 핸드폰으로 책상을 내리쳤다. 순간 모든 기사들이 몸을 움찔 떨었다.

"⋯⋯진짜."

연락 안할 생각인가. 유세정이 꽉 움켜쥔 두 손을 부르르 떨었다.

일단 그녀는 김세진에게 삐쳤다. 그것도 아주 많이. 잔뜩.

명목상이라도 창립 멤버다. 그런데도 단체에 관한 모든 크고 작은 소식을 다른 사람, 심지어 뉴스로부터 전해 듣는 건⋯⋯ 한두 번이면 그렇다 쳐도, 이렇게 연속적이면 나를 무시하는 건가 하는 섭섭한 감정이 생기게 마련이다.

툭 까놓고 말해서 여태 새벽이 김세진에게 엄청난 도움을 줬으면 줬지, 손해를 입힌 건 아니지 않은가. 그리고 그건 모두 자신이 아버지나 할아버지에게 부탁했기에 가능했던 일이고 근데 이렇게 자신만 배제하는 건⋯⋯.

그래서 유세정은 일부러 2주 동안이나 김세진과 아무런 연락도 하지 않았다.

하나 오히려 답답한 건 이쪽뿐이었고, 그는 계속해서 승승장구했다. 그의 SNS에는 만날 주지혁이나 조한성을 비롯한 직원들과 찍은 속 편한 사진들만 올라오고⋯⋯.

결국 그녀는 당장 3시간 전, 김세진에게 아주 긴 메시지를 보냈다.

여태 축적된 모든 섭섭함을 담아서 그러나 너무 차가워 보이지는 않게 이모티콘까지 적재적소에 배치해서.

"진짜 개짜증나."

답답함에 이를 앙 깨문 그녀는 머리를 거칠게 헝클어트리고서, 핸드폰을 켜 세진에게 보낸 메시지를 다시금 확인했다.

여전히, 읽지를 않고 있었다.

그녀는 한숨을 내쉬며 이번에는 그의 SNS를 탐독했다. 새로운 글이 하나 전해져 있었다.

'이건 또 뭐야.'

[오크의 Short Sword로 첫 번째 사냥을 완료했습니다. 김세진 단체장님. 무기를 판매해 주어서 고맙습니다. 저는 이 무기를 아주 잘 쓰고 있습니다. 오크 대장장이님에게 안부 인사를 전해주세요.]

빅토리아 안젤라, 오크 대장장이에게서 무기를 구매해 간 여자다. 그녀는 몬스터 사체 옆에 다소곳이 서서 미소를 짓는 사진을 세진에게 보내 놓았다.

"와 나."

순간 짜증이 팍 났다. 팔로워 숫자가 어느새 95만 명이나 되어 자신을 턱 끝까지 추격하고 있는 것도 그렇고…… 아니, 이건 아니고.

괜히 핸드폰을 내팽개친 세정은 두 손으로 얼굴을 감싸 쥐었다.

진지함을 담아 보낸 아주 긴 문자, 아니, 어쩌면 '편지'가 세 시간 동안 씹히고 있는데 그녀로서는 쪽팔리고 서럽고 짜증 나서 도저히 견딜 수가 없었다.

그러나 그녀는 그러면서도 슬쩍슬쩍 저 멀리 튕겨나간 핸드폰을 살폈다.

혹시라도 답장이 온 건 아닌지.

"……아이씨."

그러다 순간 자괴감이 들어 세정은 책상 위에 엎드렸다.

바로 그때였다.

부르르.

진동이 울렸다.

그 직후 유세정의 몸놀림은 여느 때보다 기민했다.

우당탕탕─하마터면 의자와 책상이 뒤엎어질 정도로 빠르게 뛰쳐나가 핸드폰을 움켜쥔다. 액정화면에 찍힌 이름은 '세진 오빠'.

순간 심장이 덜컹했다.

"으으."

그러나 그녀는 필사적으로 참았다. 참아야 한다. 바로 받으면 안 된다. 일단 첫 번째는 무시하고 두 번 째에…… 근데 다시 전화가 안 오면 어떻게 하지?

결국 유세정은 진동이 정확히 4번 반복되었을 때 전화를 받았다.

"……여보세요."

처음은 아주 차가운 목소리로, 퉁명스레 대답한다.

―어. 문자 봤어. 미안, 네가 그렇게 섭섭해 할 줄은 몰랐어. 내가 대인관계에 조금 많이 서툴거든.

언제 들어도 마음이 편해지는 중저음이었으나, 세정은 이번만큼은 호락호락하지 않으리라 다짐했다. 일단 최대한 삐친 척 뻐팅기다가…….

―혹시 지금 만날 수 있니?

다시금 심장이 덜컹 내려앉았다.

"……왜, 왜, 왜, 왜요? 지금, 요? 왜 만나자는 거예요? 지금 늦었는데."

―아니, 그, 할 말도 있고 해서.

"그, 그것보다 왜 3시간 동안이나 문자 씹었어요? 9시에 보냈는데 지금 12시잖아요."

―미안. 일이 좀 겹쳐서.

세진으로서는 말 못 할 사정이었다. 김유린과의 만남이 9시에 끝나고, 집으로 돌아오자마자 인간으로 있을 수 있는 시간이 다해 몬스터로 변해 버려 답장을 할 길이 없었으니.

"무슨 일요."

―아. 김유린 기사님이랑 얘기 좀 하고…….

"예에?! 유린 기사님이랑은 왜 만났어요? 왜, 뭐 때문에요?!"

―별건 아니고. 칠흑 기사단이랑 관련된 얘기했지. 아탄이, 오크의 무기 등등.

"……."

그 말에 유세정이 탐탁지 않은 기색으로 이맛살을 찌푸렸다. 단둘이서 만났어요? 라는 말이 입속에서 맴돌았지만 가까스로 참아냈다. 물어보면 괜히 집착하는 것처럼 비춰질까봐. 절대 집착 아니고, 그냥 부러운 것뿐인데…… 진짜 그것뿐인데.

ㅡ그래서, 만날 수 있어?

"……만나요 뭐. 근데 불침번이라 지금은 안 돼요. 내일…… 아니, 12시 지났으니까 오늘. 오늘 아침 7시에 만나요. 불침번 끝나자마자 단체 사옥으로 갈게요."

그녀는 그렇게 말하자마자 전화를 툭 끊었다.

"어디 한번 당해봐라. 기분이 어떤지."

"어, 빨리 왔네?"

이른 오전. 김세진이 단체 사옥에 도착해 단체장실의 문을 열자, 의자에 앉아서 꾸벅꾸벅 졸고 있는 유세정의 모습이 보였다.

"……와써요?"

끄응. 세진의 등장에 그녀는 크게 기지개를 켜며 잠기운을 쫓아냈다.

"응."

그는 피식 웃고는 그녀의 바로 앞자리에 앉았다. 부스스한 머리와 살짝 충혈된 두 눈. 불침번의 고됨이 여실히 느껴지는 모습이었다.

"잠깐만요오……."

그녀는 파우치를 뒤져 손거울을 꺼내더니, 순간 깜짝 놀라서는 얼굴을 가리며 자리에서 퍼뜩 일어났다.

"아. 나 샤워……. 아니, 세수 좀 하고 올 게요. 꼴이 말이 아니네."

"다녀와."

그는 너그러이 배려해 주었다. 그녀가 앞으로 들을 이야기는…… 조금 많이 충격적일 테니까 사전 준비를 해야 할 필요가 있다.

정확히 10분 뒤. 유세정은 얼굴이 촉촉해진 상태로 돌아와 그의 앞에 앉았다.

"……할 얘기가 뭔데요."

그러곤 짐짓 빈정이며 기분이며 모조리 다 상한 척, 팔짱을 낀 채 차가운 목소리로 묻는다.

세진은 설핏 미소를 지으며, 검이 메어져 있는 그녀의 허리춤을 가리켰다.

"줘봐."

"네? 왜, 왜요. 뭐 하려구요. 설마 때, 때리려고요?"

"……아니, 내가 미쳤냐. 그냥 보기만 할 게. 한번 줘봐."

그의 부드러운 목소리에는 지금의 세정으로서는 거절하기 힘든 마력이 담겨져 있었다. 그녀는 내키지 않아 하면서도 검을 뽑아 그에게 건넸다.

"이거, 내가 만든 무기야."

그러나 그의 다음 말은 다소 이해가 되지 않았다.

"……네? 아, 뭐…… 저희랑 같은 단체원이 만드셨죠."

"아니, 그게 아니라…… 큼. 일단 거기, 포션 주머니에 들어 있는 것도 줘봐."

이번에 김세진은 그녀의 허벅지에 매달린 포션 주머니를 가리켰다. 그녀는 고블린 연금술사의 도움으로 반신불수를 치유한 이후로, 항상 고블린 포션만을 사용해왔다고 들었다. 이른바 고블린의 고정 수요층, 다른 말로 하자면 열광적인 팬.

"……?"

유세정은 미간을 좁힐 정도로 의아했지만 그래도 군말 없이 포션 하나를 건네주었다. 그는 그 포션을 움켜쥐더니 방금 전과 비슷한 말을 했다.

"이거, 내가 만든 포션이야."

"……오빠, 아까부터 도대체 무슨 소리를 하는 거예요? 제가 지금 오빠랑 장난이라도 치고 싶은 것처럼 보여요?"

그 뚱딴지같은 말에 그녀는 결국 화를 낼 수밖에 없었다. 진지한 이야기가 있다고 해서 기껏 와봤더니 무슨 농담 따먹기를…….

그러나 김세진은 여전히 미소를 잃지 않은 채 태연히 다음 말을 이을 뿐이었다.

"장난이라니. 내가 너한테 숨기는 게 너무 많다며? 그래서 내 가장 큰 비밀을 알려주는 거야. 이거 다른 사람한테 절대 말하면 안 돼."

"예? 뭐요? 이게 뭐가 비밀인데요. 그냥 말도 안 되는 소리……."

"말했잖아. 이 무기를 만든 오크 대장장이, 이 포션을 만든 고블린 연금술사. 그게 다 나라고."

"……."

유세정이 얼굴 전체를 찌푸렸다. 도저히 믿지 못할, 믿을 수 없는 말이었다. 한데 이 남자는 도대체 왜 이렇게 진지한 표정으로…….

"진짜예요?"

"응."

"……거짓말."

"푸흡."

결국 김세진이 웃음을 터뜨리고 말았다. 그에 유세정이 그럴 줄 알았다며 무어라 말을 하려 했지만, 순간 입술이 굳어 버렸다.

"친애하는 유세정 님에게. 제가 만든 무기는 브로드소드

(broadsword)로, 무기가 자체적으로 성장하는 마법 아닌 마법 이…… 유세정 기사님의 열렬한 팬으로서 언제나 응원하겠습니다."

"……어어?"

그가 한 말은, 오크 대장장이가 자신에게 보낸 편지에 적혀져 있던 그대로였다.

"맞나? 쓴 지 너무 오래돼서 기억이 가물가물하네. 일단 기억나는 것만 대강 말했는데."

"……예? 아니, 이게……."

"이거, 원래부터 너 주려고 만든 무기야. 네가 주로 쓰던 무기가 브로드소드였잖아. 내가 사냥하면서 네가 쓰는 검의 종류가 정확히 뭐냐고 물어보기까지 했는데, 기억 안 나?"

순간 머릿속이 백지장처럼 하얘졌다. 도저히 아무 생각도 할 수 없었다. 다시 생각해 보니, 왠지 모를 아귀가 맞아 떨어졌다.

단지 우연이라 치부했었지만, 그때 들었던 오크 대장장이의 목소리는 확실히…… 지금 자신의 앞에 있는 남자와 너무나도 비슷했었다.

그리고 무엇보다…… 편지에 적힌 내용, 오크 대장장이 또한 되와 돼를 헷갈려 했었다.

그녀는 크게 벌려진 입을 다물 생각도 하지 못한 채, 웃고 있는 그를 멍하니 바라보았다.

김세진은 그 이후로도 여러 말들을 해주었지만, 넋이 아예 나가 버린 유세정은 제대로 알아듣질 못했다. 멍한 표정으로 예, 아, 그, 따위의 외마디를 내뱉을 뿐.

"……어, 어떻게 그게 가능해요?"

한참 동안의 혼란 끝에 그녀가 겨우 맺어낸 문장이었다.

어떻게 대답해야 할까. 잠시 고민하던 그는 가장 범용적인 대답을 들려줬다.

"특성. 특성 덕분이야."

"예에? 도대체 무슨 특성이……."

무슨 특성이 그렇게 좋아. 유세정은 약간의 불공평함을 느끼며 입을 다물었다.

보통 특성은 크게 두 가지로 나뉜다. '완성형'과 '성장형'.

전자인 완성형은 처음부터 커다란 능력을 부여받게 되지만, 특성의 성장은 전무해 그 이후로는 오직 수련과 단련을 통한 '자기 자신'의 발전밖에는 성장 방법이 없다. 이 부분에서 대표적인 기사로는 '중검 마스터리'라는 특성을 지닌 주지혁이 있다.

하나 후자인 성장형은 완성형에 비해 처음은 미약할지라도, 노력을 기울인다면 '특성'과 '자기 자신'을 동시에 성장시킬 수 있어, 그 훗날은 완성형보다 창대해질 가능성이 높다.

보통 기사나 마법사 같은 특수직종들은 그 인구의 절반 이상이 특성을 지니고 있는데, 현재 밝혀진 바로는 거의 80%

이상이 완성형, 나머지 20%가 성장형이라고 한다.

하나 성장형인 20%의 절반 이상이 중상급 이상 기사, B등급 이상 마법사일 정도니. 성장형은 어쩌면 세계가 내린 하나의 축복이라 해도 무방하다 하겠다.

"……그렇군요."

그리고 그녀는 김세진이 후자, 성장형 중에서도 아주 개사기 특성일 것이라 결론을 내리고 자세한 질문은 삼갔다.

세상에 이런 무지막지한 특성이 있다는 얘기는 듣지도 보지도 못했지만 어쨌든 특성에 관한 세세한 질문은 실례로 여겨지니까.

"오. 믿어주는 거야?"

김세진이 대견하다는 눈빛으로 그녀를 바라보며 미소를 지었다. 몇 번 더 무작정 의심하고 조금 오랫동안 캐물을 거라 예상했는데.

"그럼 뭐 어떻게 해요. 정~말 말이 안 되지만 그래도 오빠가 그렇다니까 믿어야지."

유세정은 그가 보내는 따스한 눈길이 왠지 모르게 뿌듯했다. 그렇게 그를 올려다보는 그녀의 입가에는 어느새 깊은 미소가 그려지게 되었다.

"하암…… 근데 여기 취침실은 있어요? 저 너무 피곤한데…… 그리고 지금 정신도 몽롱하고 해서 막 꿈만 같거든요? 저 자고 일어나면 다시 말해줄 수 있죠?"

세정이 하품을 덧붙이며 말했다.

"당연하지."

그 모습은 꽤나 귀여웠기에, 그는 세정의 발치까지 다가가 그녀의 머리를 부드럽게 쓰다듬어주었다. 꽤나 갑작스러운 스킨십이었지만…… 그녀는 그의 손길이 그렇게 싫지만은 않았다. 아니, 오히려 좋았다.

"……흐흠."

그래서 괜히 헛기침을 내뱉고선 고개를 푹 숙였다. 화끈거리는 자신의 얼굴은 분명 벌게져 있을 테니 그에게 보여주고 싶지 않아서였다.

"지하로 가자. 거기에 있어."

김세진이 그렇게 말하며 그녀의 머리에서 손을 떼자 그녀는 약간 아쉬운 기색으로 고개를 수줍게 끄덕였다.

칠흑 기사단 본부.

간부 회의실의 출입문을 앞에 서서, 김유린은 심호흡을 한 번 했다.

정말 오기와 억지로 김세진과의 약속장소에 '혼자서' 나가기로 결심한 날. 그녀는 채영호를 비롯한 간부들과 약속을 한 부분이 있었다.

바로 그 만남의 결과를 보고하는 것.

단지 두 남녀 간의 사적인 만남이라고 하기에는 요즘 김세진의 유명세가 너무 드높았기 때문이었다.

그리하여 오늘은 어제 있었던 김세진과의 미팅을 보고해야 하는 날.

그래도 두려울 건 없다. 아탄이와 관련해서 확답을 얻지는 못했지만, 김세진이 그때처럼 '무기 신청서' 하나를 선물해 줬으니.

"……가자. 가자 김유린. 긴장하지 말고."

유린은 자기 최면까지 걸고서 조심스럽게 문을 열었다.

간부 회의실 내부에는 1팀에서 8팀까지의 팀장이 모두 자리하고 있었다. 여러 가지 구설수에 시달려 두문불출하는 부기사단장과, 오늘 청와대에 약속이 있는 자신의 아버지를 제외하고는 모든 간부가 모였다는 이야기다.

"오. 왔구나."

채영호가 가장 먼저 그녀를 반겨(?)줬다. 뒤이어 쏟아지는 팀장들의 인사를 미소로 화답한 그녀는 대충 아무 자리에나 앉았다.

"그래, 무슨 이야기를 나눴느냐?"

물꼬를 튼 건 역시 채영호였다. 그는 은근한 눈길로 그녀가 손에 움켜쥔 한 장의 종이를 살폈다. 코팅된 모양새가 딱 봐도 심상치 않은 것이 뭔가 하나 이상은 얻어온 듯했다.

"많은 얘기를 나누었습니다. 저는 그중에서도 아탄이가 앞으로 어떻게 발전해 나갈지 설명해주신 부분이 인상 깊더군요."

김유린은 짐짓 태연자약하게 말을 이었다.

세진은 당장 어제 별생각 없이 그녀에게 아탄이의 발전 방향을 일러주었다. 아탄이의 성능이 오크 대전사가 되어 단조 기술이 성장함에 따라 거의 2배 이상으로 좋아질 수 있을 것 같다고.

"허어. 그럼 A등급 마나의 샘과 효율이 비슷해진다는 이야긴가? 지금 당장만 해도 B~C등급과 비슷한 효율을 내고 있는데…… 허, 참."

그러나 세진이 별생각 없이 말했던 내용도 이들에게는 귀중한 정보였을 따름이다. 몇몇 간부는 마나의 샘을 주로 만드는 마탑의 주식을 매도할 생각까지 했다.

"네, 또한 단지 훈련을 위한 아탄이뿐만 아니라, 여러 관련 방면으로 발전해 나갈 계획도 있다더군요."

간부들의 좋은 반응에 고무된 유린은 더욱 활기차게 말을 이었다.

"근데 그 종이는 뭐냐?"

한데 순간 채영호가 그 맥을 툭 끊었다. 유린은 살짝 얼굴을 찌푸렸지만, 이내 별다른 내색 없이 그 종이를 책상 위에 올려놓았다.

"세진 씨가 선물해 주신 '오크 무기 신청서'입니다."

"오호라? 이게 그 유명한 신청서구만."

"과연…… 단둘이서 함께 식사를 하면 오크의 무기를 선물해 준다더니, 그게 진실이었나 보군요."

그녀가 꺼낸 범상치 않은 종이에 주변 간부들은 별안간 화색이 되어선 종이쪽으로 달려붙었다. 오직 채영호만이 살짝 탐탁지 않은 기색으로 생각에 잠겼을 뿐.

"이건 어떻게 쓸 예정이냐?"

"글쎄요. 내부 순위전 1등에게 선물하는 것도 나쁘지 않구…… 뭐든 좋겠지요!"

간부들의 반응도 좋았지만, 무엇보다 김유린은 채영호의 어두운 안색이 너무나도 꼴 보기 좋았다. 그래서 그녀는 얼굴에 미소가 만연한 채, 활기차게 말을 이었다.

"나중에 혹시 단체장님께 하고 싶은 말 있으시면 저에게 부탁하세요! 무~지 친해졌으니까! 아……."

말하고 나서 순간 아차 했다. 사실 그와의 만남은 자신이 너무 긴장한 탓에 분위기가 그렇게 좋지만은 않았다. 대화도 툭툭 끊겼었고, 김세진은 답답하다는 표정도 지었었는데…….

"오! 다행이구나. 요즘 다른 기사단은 그 남자와 연줄이 없어서 고민이라더니. 역시 유린이가 복덩이야 복덩이."

"어허, 나는 들어 올 때부터 그렇게 생각하고 있었는데 너는 아니잖아. 유린아, 저 영감은 너 고위기사 딱지 달기 한 달 전부터 질투하고 있었단다.”

“그게 뭔 개소리야! 그리고 40대한테 영감이라니…….”

그러나 지금 이 화기애애한 분위기와, 얼굴이 썩어가는 채 영호를 보고 있자니…….

“……하, 하하. 그, 그런가요?”

도저히 말을 교정할 수 없었다.

한데 그녀는 괜스레 마음 한구석이 씁쓸해져 오기도 했다.

죽을 만큼 노력해서 기사에게 가장 중요한 ‘실력’을 쌓았을 땐 그렇게도 평가질을 하던 이 사람들이 지금은 단지 한 명과 좋은 관계를 맺었다는 이유로 이렇게 인정해 주다니…….

“언제든…… 언제든 말씀하세…… 요.”

“주 5건이요? 그렇게나 많이요?”

ㅡ예, 단체장님 요청대로 다른 기사들이 도착하기 훨씬 전에 사태를 끝냈습니다. 출동 시간부터가 격이 다를 정도였습니다. 서울에서 강원도까지 고작 10분밖에 안 걸릴 정도니 뭐…….

“오…… 근데 그렇게 빠르면 몸에 문제가 가지 않나요?”

ㅡ그건 마나 강기 덕분에 괜찮았습니다. 근데 이 정도의 기압과 공기 저항을 버텨내려면 적어도 중급 이상은 되어야

할 것 같더군요.

완연히 다가온 화사한 꽃의 계절 그러나 지구의 국면은 모두 하나같이 약속이라도 한 것처럼 명백히 안 좋은 쪽으로 흘러가고 있었다.

게다가 지구촌의 수많은 나라 중, 특히 대한민국이 가장 심했다. 한 달에 무려 31번의 몬스터 습격 사태가 발생, 문자 그대로 하루에 한 번 꼴로 벌어지는 원인 모를 습격에 시민들은 불안에 떨 수밖에 없었다.

한데 이 심각한 시국의 불똥은 난데없이 머핀이와 김세진에게 튀었다. 별안간 머핀이의 안전성을 의심하는 사람들이 급격하게 많아진 것이다.

그래서 세진은 여론의 반전을 위해 주지혁을 시켜 머핀이를 타고 몬스터를 처리해 달라 부탁했다.

"근데 시민들의 반응은 어땠어요? 무서워하던가요?"

─아뇨, 별로 그런 사람은 없었고, 오히려 웃는 분들은 있었습니다. 양 갈래 머리가 귀엽다면서.

김세진은 혹시라도 시민들이 머핀이를 두려워할까 염려되어 마력 문신으로 좋은 향기가 퍼져 나오게 만들었고, 그것도 모자라 긴 머리털을 양 갈래로 땋아 놓기까지 했다. 최대한 귀여워지라고. 일단 성별이 여자이기도 하니까.

"근데 머핀이가 뭐 이상한 행동은 안 하던 가요? 한성 씨는 머핀이가 사탄이라고 하던데.

─예? 사탄이라뇨. 이렇게 귀여운 아이를…… 허허. 그분이 악몽을 꾸셨나 본데요?

"……그렇죠? 아무래도 한성 씨가 과로에 시달리나 보네요. 빨리 직원을 더 뽑아야겠네."

─하하하…… 아, 단체장님. 저 방금 인터뷰 요청이 들어왔는데 어떻게 할까요?

"마음껏 하세요. 그럼 이만 전화 끊을게요."

─예, 단체장님.

그렇게 주지혁과의 통화가 끝나자, 김세진은 핸드폰을 주머니에 집어넣고서 자신의 상태창을 한번 살폈다.

[이름: 김세진] [나이: 만 23세] [키:185.01㎝ / 몸무게:85㎏]

▶능력치

[근력 113] [지구력 112] [민첩력 116][기력 46]

[마나친화력 36] [마력 31] [운 17]

인간으로 있을 수 있는 시간-(300분/343분)

"후우……."

그러곤 안도의 한숨을 내쉬었다.

다행히 계속 커가던 키도 이 주일째 그대로고, 몸무게만 조금 변했을 뿐이었다. 그나마 그 몸무게의 변화마저도 이번에 얻은 패시브 스킬인,

[전사의 특질 (F등급)]

-1단계. 시간이 흐를수록 육체가 '전사'에 알맞게 개조되어 갑니다.(현재 완료율 15.5%)

-그 이상의 단계는 1단계가 완료되어야만 해금됩니다.

이 '전사의 특질' 때문일 공산일 컸기에, 이제 흑색 늑대로 동화되어 가는 건 어느 정도 안심해도 될 것 같았다.

그러나 요 근래에는 아예 성질이 다른, 무지 엉뚱 맞은 문제가 하나 생겨 버렸다.

원흉은 그의 책상 위에 놓인 한 권의 노트.

이 노트는 세진이 오크의 단조를 십분 활용하여 만든 통신 기구다. 두 권이 한 쌍으로 제작되었는데, 어느 노트에든 필기를 하면 다른 노트에도 그것과 똑같은 내용이 적히게 된다.

그가 이 노트를 만든 목적은 보안을 유지한 채 '용병의 선술집'과 통신하기 위해서였다. 혹시라도 자신이 모르는 사이에 라이칸이 활동할까 두려워, 무려 3달 전에 미리 한 권을 선술집에 보내놓았다.

'……처벌한다고 할 땐 언제고.'

그는 약간 어이없어 하며 다시금 노트를 집어 들었다. 21페이지의 중간에는 정확히 이런 내용이 적혀 있었다.

[국가에서 라이칸에게 임무를 맡기고 싶다는 이야기를 해왔습

니다. 내용은 지금 벌어지는 사태의 원인을 밝혀줄 것. 보수는 '오크가 만든 무기'와 여태 저지른 범죄 사실의 소거라고 합니다.

아무래도 여태 국가에서 라이칸 님에게 해온 잘못이 있어 이렇게 센 보수를 부른 것 같습니다만, 선택은 전적으로 라이칸 님에게 맡기겠습니다.

이 노트는 이후에 특수경찰국에게 압수될 예정입니다. 이 전의 페이지는 모두 내용을 전달받은 그 즉시 찢은 후 불태웠습니다만, 들켜서 정말 죄송합니다.]

보수가 오크가 만든 무기란다. 참, 헛웃음이 나올 지경이다.

"어이없네. 진짜."

몇 주 전부터 정부 관련인사가, 그것도 부이사관이라는 사람이 이틀 걸러 하루 간격으로 찾아와서는 제발 아탄이를 좀 정부에 팔아줄 수 없겠느냐고 애걸복걸을 했었다. 순수하게 타국과의 관계 개선 즉 '외교'를 위한 목적으로만 사용하겠다고.

그냥 무시하려 했지만 그래도 좋은 목적으로 쓴다고 하니, 세진은 아탄이는 안 된다 말하고 대신 '오크 무기 신청서'를 건네 줬었다.

'근데 내가 준 걸 여기다가 쓰네.'

물론 김세진과 라이칸이 동일 인물이라는 사실은 몰랐겠지만, 이건 좀 아니지. 이게 외교야?

"……후."

한숨을 내쉰 세진은 거절의 의사가 담긴 내용을 노트에 적어냈다. 괜히 괘씸해서, 일부러 배짱과 허세도 좀 부렸다.

[하루아침에 사람을 범죄자 취급해 놓고, 이제야 도움을 요청하다니 기가 찰 노릇입니다. 사실 저는 여태까지 벌어진 사태의 전말과 원흉을 모두 꿰뚫고 있습니다. 그러나 어찌 범죄자가 된 몸으로 일을 해결할 수 있겠습니까…….]

그는 잠시 멈췄다. 필적을 숨기기 위해 왼손으로 쓰려니 조금 많이 힘들었기 때문이다. 물론 고블린의 손재주 덕분에 이 왼손 글씨체도 평범한 사람과 별반 다를 바가 없었다.

[그래서 저는 먼저 범죄 사실이 소거되고 특수경찰국의 장(長)인 유백송이라는 호랑이가 직접 저에게 사과를 하지 않는 이상. 그 어떤 실마리도 제공하지 않고 은둔할 예정입니다.]

김세진이 그렇게 내용을 적어낸 순간.

콰아아아앙-!

노트가 놓여져 있던 책상이 한 여인의 주먹질에 의해 톱밥 수준으로 으스러졌다.

"으아!"

"엄마야!"

주변에 있던 사람의 비명과 함께 순간 주변의 시선이 모두 그녀에게로 집중되었다.

호랑이를 닮아 흉포하고 난폭한 심성. 그러나 매스컴에서는 대한민국의 수호신이라 비춰지는, 아마 세상에서 가장 이중적인 여인.

"하…… 호랑이? 이 찢어 죽여도 시원찮을 잡놈이 감히……."

세계 유일 신수(神獸)과 수인 유백송. 그녀는 난데없는 모욕에 순간 화를 참지 못했다. 파르르 떨리는 눈썹과 잔뜩 일그러진 얼굴이 그 분노의 격렬한 정도를 대변하는 듯하다.

"와. 나 미쳐 버리겠네. 호랑이?"

그녀는 호랑이라는 말을 가장 혐오했다. 백호인 자신은 고작 호랑이 따위와는 철저히 구분되어야 한다는 합리적인 집착이 그녀에게는 있었기 때문이다.

"크아아아아앙!"

유백송이 짐승의 포효를 내질렀다. 물론 그래도 그녀는 인간 그것도 체구가 조금 작은 '여인'이기에 그렇게 위협적이지는 않았다. 오히려 앙증맞다면 옳다구나 할 수준.

그러나 그녀는 화가 머리끝까지 치솟았을 땐 이런 작위적인 행동을 하곤 했다.

자신이 1세대 수인이라는 자부심과 종족적 야성을 표출하기 위해서라나 뭐라나.

　"크아앙! 크아아아앙!"

　그 탓에 내부의 사람들은 정말 필사적으로 웃음을 참아야만 했다.

18장
악순환

여론의 반전은 성공했다. 주지혁은 그리핀의 기사라는 별명을 얻었고 머핀이는 기자와 인터뷰까지 했다.

실시간으로 송출된 머핀이의 미소는 문자 그대로 살인적인 귀여움이었고 한동안 그녀는 인터넷의 주인이 되었다.

참 이상하게도 오직 조한성만이 그런 머핀이를 보며 저건 사탄 그 자체라며 치를 떨었지만…… 세진은 대수롭지 않게 넘겼다.

그렇게 머핀이가 유명해지자 단체의 홈페이지를 통해 국내외를 가리지 않고 여러 기사 혹은 기사단의 문의가 밀물처럼 밀려 들어왔다.

심지어 중국 상해에 거점을 둔 중원(中原) 기사단에선 알은 이쪽에서 알아서 구할 테니, 단지 길들여 주는 가격으로만 무려 세후 2천억을 제시했다.

역시 기사들의 로망은 각국 어디에서든지 별반 다를 바가 없는 것이겠지.

게다가 이 그리핀은 그저 로망에만 국한되지 않는다. 그리핀을 타고 창천을 활공하는 기사, 상상만 해도 멋지지 않은가. 그만큼 마케팅 효과도 톡톡하게 있을 터.

어쨌든 그 덕에 김세진이라는 인물의 이름이 본격적으로 해외에까지 퍼지기 시작했다. 극동의 좁은 나라의 평범한 소시민에서 세계의 주목을 받는 단체의 리더로. 그 명성의 증거로, 어느새 팔로워 숫자가 100만 명을 뚫고 200만을 향해 질주했다. 게다가 당장 저번 주 단체의 등급이 C+로 승급하기까지 했으니…….

"……나도 타고 싶은데."

그리고 지금 여기, 더 몬스터 사옥의 단체장실의 내부. 그리핀을 원하는 또 하나의 기사가 있다.

유세정, 그녀는 책상위에 머리를 엎드린 채 업무를 보는 김세진의 얼굴을 지그시 응시했다. 초롱초롱 빛나는 눈망울에는 어떠한 간절한 열망이 담겨 있었다.

"너는 아직 안 돼. 중하급 기사잖아. 주지혁 씨 말 못 들었어?"

"아니, 오빠. 기사의 능력은 등급에 따라 딱딱 나눠지는 게 아니라니까요. 시험도 일 년에 두 번밖에 없어서 능력에 비해 승급도 늦고 그런 거예요. 저 충분히 가능하다니까요?"

오늘 그녀는 새벽 기사단이 아닌 단체 사옥으로 출근했다. 그리핀을 얻어 타러 간다니까 기사단이 흔쾌히 허락을 해줬다나 뭐라나.

"안 돼."

"……후."

그러나 김세진은 시리도록 단호했고, 빈정이 상한 그녀는 볼을 잔뜩 부풀린 채 책상을 팡팡팡 두드렸다.

"맨날맨날 주지혁 기사님만 편애하고……. 오빠 남자 좋아해요?"

"뭘, 절대 아니야."

"근데 왜 나는 이렇게 싫어하는 건데요."

일단 내뱉고서, 세정은 잠시 김세진의 눈치를 살폈다. 하나 그는 여전히 서류에 열중하고 있을 뿐이었다.

"……이럴 때만 열심히 하는 척."

일은 만날 직원들 다 시키면서.

입이 댓 발 나온 세정은 그 이후로도 끈질기게 단체장실에 머물렀다.

재벌 가문의 귀한 자재가 지닌 참을성과 집착 그리고 집념은 과연 대단했다.

10분, 20분, 30분…… 시간은 빠르게 흘렀으나, 그녀는 김세진을 지그시 바라보기만 할 뿐 포기하지 않았다.

그리고 물론 이런 시간과 관련된 부분에서 후달리는 쪽은 역시 김세진이었고, 실제로 그는 어느새 다리를 떨고 있었다.

"그럼 이렇게 하자."

 결국 김세진이 먼저 포기했다. 그가 재킷을 갖춰 입으며 자리에서 일어나자, 세정의 눈이 다시금 반짝반짝 빛나기 시작했다.

"그리핀 알을 가져와."

"네?"

 사실 그가 방금 보고 있던 서류는 '그리핀 알' 관련 정보였다. 보통 1년에 대여섯 개 정도가 경매로 올라온 기록이 있지만 요 근래에는 단 하나도 없었다. 있다 하더라도 천문학적인 가격일 공산이 높을 것이라며 유동 재무팀장이 말하기도 했고.

 그러니 아무리 새벽이라도 구하는 데 시간이 오래 걸릴 것이고 그 정도 시간이면 그녀도 충분히 중급 기사가 될 수 있겠지.

"그럼 너도 탈 수 있게 해줄게. 됐지?"

 그렇게 한마디를 툭 내뱉은 그는, 세정의 머리를 한번 쓰다듬고서 재빨리 밖으로 나갔다.

"일이 있어서, 이만 갈게."

 그렇게 김세진이 떠나가고 살짝 멍한 표정의 유세정은 열어젓힌 문 틈새로 보이는 그의 뒷모습을 눈으로 좇았다.

"……휴우."

그러다 돌연, 그녀가 한숨을 내쉬었다. 그리핀, 타면 좋다. 그러나 그건 단지 부수적인 이유일 뿐이다.

'같이 밥이나 먹을랬더니.'

눈치가 없는 걸까. 아니면 진짜로 내가 싫은 걸까.

그녀는 씁쓸한 마음을 안고 미리 예약해둔 식당으로 터덜터덜 발걸음을 움직였다.

늦은 밤, 침대에 누워서 뒤척이던 고블린이 눈을 번쩍 떴다. 붉게 충혈된 두 동공에서는 기묘한 열기가 뿜어져 나오고 있었다.

"후."

잠시 주변을 두리번거리던 고블린은 한숨을 푹 내쉬더니, 별안간 인간의 형체로 변했다.

"……또 이러네."

김세진이 멍하니 읊조렸다. 시계를 보니 새벽 2시 30분.

오크 대전사로 진화하고 한 달가량이 지난 지금, 그는 여러 가지의 부작용에 맞닥뜨리게 되었다.

가장 먼저 편안하고 깊은 숙면이 불가능하게 되었다. 몸

안에서 분류하는 오크의 활력은 3시간 이상 가만히 누워 있는 불합리적인 행위를 결코 용납하지 않았다.

하나 여기까지는 괜찮다. 몸이 튼튼해진 탓에, 잠을 적게 자도 충분히 체력은 남아돌았기에.

그러나 폭력성과 투쟁심을 비롯한 공격적인 감정, 성욕과 식욕을 비롯한 본능적인 욕구가 증폭된 건 꽤나 큰 문제였다.

강자에겐 전력을 다한 도전을 그러나 약자에겐 받아 마땅한 정복과 유린(蹂躙)을, 승자가 되길 갈구하나 패자는 예우 따위 없이 능욕하고 짓밟는다.

웨어울프를 던져 버렸더니, 이제는 오크의 원천적인 섭리와 심성이 옮아오기 시작한 것이다.

"……시발."

그는 괴로워하며 얼굴을 감싸 쥐었다.

도대체 이 무슨 악순환이란 말인가. 자아를 잃을 위기를 극복하기 위해 필사적으로 진화를 도모했건만, 지금은 거칠게 치닫는 본능을 달랠 길이 없다.

창틈 사이로 스며드는 보름달의 새하얀 빛을 쬐이며, 김세진은 천천히 침대에서 일어났다. 가만히 있어봤자 변하는 건 별로 없다.

어떻게든 노력을 해보자.

진화의 조건은 사냥으로만 충족되지 않는다. 그렇기에 가능한 한 모든 시도를 해봐야 한다. 지금은 그따위 마구잡이밖에는 방법이 없다.

"……흐, 흐으으……."

지금 이 앞에서 기어가고 있는 기사를 죽이면 진화를 할수 있을까. 아니, 그건 너무 심하니 사지라도 한 번 부서트려볼까.

'어차피 죽지만 않으면…….'

고블린 연금술사가 만든 최고의 포션을 원조해 줄 수 있다.

그는 터벅터벅 걸어가 여기사의 얇은 허리를 움켜쥐었다. 웨어울프의 거대한 손은 그녀를 한 손에 집어 들기에 충분했다.

"놔, 놔…… 놔."

그가 공포에 물든 여기사의 얼굴을 본 순간, 갑자기 내부에서부터 한없는 즐거움이 치솟았다. 그래서 늑대는 길게 내뺀 혀로 그녀의 면상을 핥았다.

"꺄읏!"

기사의 서늘한 비명이 귓가에 내다 꽂힌다. 청각이 예민한 늑대에게는 너무나도 큰 소리였고, 다행히도 세진은 그 비명으로 말미암아 어느 정도의 이성을 되찾을 수 있었다.

"아……."

그가 하늘을 올려다보았다. 보름달이 높게 뜬 새벽하늘은 남색으로 덧칠되어 있었다.

그래, 보름달. 아마 보름달이 증폭시킨 늑대의 본능과 오크의 욕구가 뒤섞여서 이런 사단이 난 것이겠지.

"흐아…… 흐아아앙……."

그때 그의 손아귀에 잡힌 기사가 아이 같은 울음을 터뜨렸다.

그제야 그녀의 얼굴을 확인한 세진은 고개를 갸웃했다.

이 기사는 자신과도 일면식이 있는 기사격전에서 유세정에게 패배했던 '정은지'라는 여인이다.

연예계 쪽에서도 알아주는 여기사가 도대체 왜 이런 위험한 시간대에 사냥을 나섰는지…….

"……그르릉."

늑대의 아가리로부터 기괴하고 탁한 저주파가 뱉어져 나왔다. 그걸 공격의 신호라 여긴 정은지는 눈을 꼭 감았지만, 그러나 다음에 이어진 행동은 상당히 의외였다.

'강해져서 돌아와라.'

그는 장난스러운—그러나 정은지의 입장에선 무엇보다 끔찍한 미소를 지으며 그녀를 풀어주었다.

저벅저벅.

그러곤 무거운 발걸음을 다른 어딘가로 옮긴다.

얼굴이 콧물과 눈물로 범벅이 된 은지는 다리에 힘이 풀려 바닥에 주저앉은 채 멍하니 늑대의 뒷모습을 바라볼 수밖에 없었다.

세진은 그 이후로도 한참 동안이나 숲을 배회하다가, 기이한 기운을 하나 발견했다. 아주 멀리서부터 희미하게 전해지는, 검은색과 적색이 합쳐져 기분이 나쁠 정도로 탁한 기운.

그는 무엇인가에 홀린 듯 그쪽으로 다가갔고, 이내 바닥에 나뒹구는 '겉보기엔' 평범한 돌멩이를 하나 발견하게 되었다. 무엇에 쓰는 물건인지 고민을 할 필요는 없었다.

[소환의 돌] [설치형 포탈] [남은 횟수 20/24]
　-누군가가 만들어낸 소환석. 하루에 24번, 반경범위안의 몬스터를 정해진 지역으로 전이시킨다.
　-횟수가 다하면 소멸됩니다.

무기 이외의 물건 정보도 볼 수 있을 만큼 성장한 패시브 스킬이 있으니.

그는 이 정보창을 확인한 그 즉시 직감했다.

이게 여태 벌어졌던 몬스터 습격사태의 원흉이다. 아니,

진짜 원흉은 따로 있겠지. '누군가가 만들어낸'이라고 적혀 있으니까.

'그래도 뜻밖의 수확이네.'

세진은 소환석을 베어내 일단 그 작동을 중지시켰다.

－웨어울프에게 습격을 당한 정은지 기사는 현재 정신적 충격을 호소하며, 1인실에서 치료를 받고 있는 것으로 알려져……

바로 이틀 뒤 정은지와 관련된 뉴스가 특종이랍시고 크게 터졌다.

분명, 세진은 정은지에게 외상을 입히거나 하지는 않았다. 단지 무기를 좀 깨부쉈을 뿐.

그런데도 저렇게 뉴스는 물론 신문과 인터넷에까지 대서 특필될 정도면, 역시 그 습격당한 '대상'이 누구느냐가 가장 중요한 사안인거겠지.

－전문가들은 이 웨어울프가 꽤 오래전부터 몬스터 필드 에서 활동해 온 몬스터임을 지적하면서도, 요 근래 다수 벌 어진 몬스터 습격사태와 관련이 아예 없지는 않을 거라 추측

하고 있습니다.

샤샤샤샥─

그렇게 세진이 뉴스에 집중하고 있는 사이. 별안간 서랍 속에서 기묘한 필기음이 흘러나왔다.

이건 통신용 노트에서 메시지가 써지고 있다는 신호, 그는 서랍 속에서 노트를 꺼냈다.

[모든 원흉과 전말을 꿰뚫고 있다는 당신의 말은 믿기 힘듭니다. 만약 당신이 그것을 증명할 수 있다면 저희는 당신의 말에 기꺼이 따를 용의가 있습니다.]

특수경찰국에서 참 오랜만에 보내온 메시지다.

사건의 전말이란…… 때마침 이틀 전에 알아낸 부분이 하나 있기에 그는 자신만만하게 펜을 집어 들었다.

[요즘 몬스터 필드의 몬스터 개체수가 너무 줄었다고 생각하지는 않으십니까? 또한, '소환석'이라는 존재를 알고 계십니까? 저는 이미 모든 걸 알고 있습니다. 그러나 먼저 그쪽에서 보답을 하지 않는 이상, 이 이후로는 답변을 하지 않겠습니다.]

솔직히 하지 않는 게 아니라 못 하는 거지만…… 그래도 그는 자신이 알고 있는 모든 걸 알려주었다. 사람들이 이렇게 고통스러워하고 있는데, 그걸 인질로 거래를 하기에는 마음이 불편했기 때문이다.

그리고 이러한 마음의 불편함은 아직 김세진, 자기 자신이 오크나 늑대와 동화되지 않았다는 증거도 되니 괜스레 뿌듯했다.

샤샤샤샥—

그 글을 적어내자마자 노트에서 다급하게 답장이 적혀지기 시작했으나, 세진은 냉정하게 노트를 덮을 뿐이었다.

6월 21일, 본격적인 여름이 시작되는 하지(夏至).

[해외로 뻗어 나가는 단체 더 몬스터, '아탄이 2.0' 시연회에 무려 300여 개의 기사단이 모여……]

[오크의 '사복검', 마나에 의해 검신이 채찍처럼 휘어지는 혁신적인 무기, 또다시 명품 5등급 책정. 오크가 우연 혹은 운이 아닌 이유.]

[또다시 상급 포션을 제조해 낸 고블린 연금술사. 이제 요선 알케미하우스는 고블린하우스로 불린다.]

"우리 단체 참 잘나가네요. 그죠? 아니, 오빠가 잘나가는
건가?"

일과를 마친 유세정은 여느 때처럼 김세진이 머무는 단체
장실로 왔다. 때마침 신문을 읽고 있던 세진은 피식 웃으며
밖으로 나갈 채비를 했다.

"근데 너 학교는 안 가냐?"

"네, 저 이미 대학 붙었거든요. 이제 성인이나 마찬가지
아니, 그냥 성인이에요. 면허도 땄어요!"

유세정의 기분은 유난히 좋아 보였다. 오늘은 김세진과 점
심을 함께 하기로 한 날, 그녀는 나름 쫙 빼입고 하이힐까지
신었다.

"그래? 그럼 뭐, 일단 가자."

그렇게 말하며 김세진은 그녀의 어깨를 부드럽게 감쌌다.
그 미묘한 감촉에 세정은 살짝 놀랐으나, 단지 침을 꿀꺽 삼
킬 뿐. 별다른 말없이 그의 자연스러운 손길에 따랐다.

"어디, 가고 싶은 곳 있어?"

"네? 아. 네, 예약은 해놨는데 오빠 가고 싶은 곳 있으면
거기로 가도 돼요."

"아냐, 괜찮아. 그냥 예약한 곳으로 가자."

유세정은 김세진을 조수석에 태운 채, 직접 차를 몰아 강
원도 시내에 위치한 레스토랑으로 향했다.

그렇게 10여 분을 쌩쌩 달려 그들은 금세 레스토랑에 도착했다.

　"다 왔어요."

　"오, 운전 잘하네?"

　그녀의 운전 실력은 주행은 물론 주차까지 완벽하여 감탄하기 충분했다. 솔직히 처음에는 불안해서 일부러 안전벨트도 꽉꽉 둘러매고 그랬는데…….

　"그럼요. 저는 다 잘해요."

　어쩌면 재수 없게도 느껴질 수 있는 말 그러나 환하게 웃는 유세정의 얼굴은 그저 마냥 귀엽기만 했다.

　"으쌰."

　먼저 차에서 내린 그녀는 빨빨거리며 달려와 조수석 문을 대신 열어주었다. 보통 이런 건 남자가 여자에게 해주는 에스코트가 아닌가 그래도 세진은 미소를 지으며 차에서 내렸다.

　그렇게 두 사람은 레스토랑의 출입문 쪽으로 나란히 걸었다.

　유세정은 눈치를 힐끗힐끗 살피며 그의 팔짱을 노렸으나, 감히 파고들 용기가 나지 않았다. 그렇게 연신 몸을 움찔움찔 떨면서 기회를 보다 보니, 어느새 입구의 웨이터가 이쪽으로 다가와 있었다. 그녀는 진심으로 아쉬워하며 속으로는 웨이터를 원망했다.

　"예약하셨습니까?"

"네, 어제 유세정으로 두 자리요."

세정이 예약한 '디너 인 엔젤'이라는 이 레스토랑은 그 맛과 분위기로 대단히 유명해서 오직 예약제로만 운영되고 있다. 일반인이라면 한 달 전에 미리 예약해야 될 정도로 인기가 많다나 뭐라나.

"예, 따라오시지요."

둘은 웨이터의 안내를 따라 레스토랑 내부로 들어갔다.

클래식 음악의 선율이 잔잔하게 울려 퍼지고, 내부 장식은 척 보기에도 고급스러웠다. 거기다 왠지 모르게 일면식이 있는 것만 같은 사람들까지. 김세진은 TV에 자주 나오던 연예인과 기사, 마법사들의 얼굴을 발견하곤 약간 놀란 표정이 되었다.

"이곳입니다."

웨이터가 안내한 그리고 세정이 예약한 자리는 통유리가 바로 옆에 있어 아래의 전망이 훤히 내다보이는 가장 좋은 자리였다.

김세진은 이토록 고급스러운 레스토랑이 불편하기만 했지만 역시 유세정은 아니었다. 그녀는 여유롭게 주문을 하고서 주변을 두리번두리번 거리는 세진에게로 시선을 옮겼다.

"맛있을 거예요."

그렇게 말하는 그녀의 입가에는 어느새 환한 미소가 드리워져 있었다.

"내가 생각해도 그럴 것 같아."

"히힛. 그렇죠?"

그리고 얼마 지나지 않아 음식이 나왔다. 메뉴는 수프, 조막만한 스테이크, 조금 더 큰 스테이크 이런 식으로 나오는 코스 요리였다.

두 사람은 음식을 음미하며 대화를 나눴다.

김세진은 대충 아무 얘기나 했음에도 불구하고 유세정의 얼굴에 떠오른 미소는 가시질 않았다. 때로는 너무 크게 웃어 주변 사람들이 힐끗힐끗 쳐다보기도 할 정도였으니.

그렇게 무려 40여분의 시간이 흐르고 허비되는 시간에 김세진이 초조함을 느낄 때쯤 식사가 끝났다.

"이제 가자."

그가 먼저 일어났고, 세정은 약간 아쉬운 표정이었지만 그래도 따라 일어났다. 그 즉시 김세진이 잽싸게 카운터로 달려갔다. 먼저 계산을 하기 위함이었으나, 아쉽게도 그럴 필요는 없었다.

"새벽에서 운영하는 레스토랑에서는 유세정 아가씨와 그 손님분에게는 음식 값을 받지 않습니다."

"……아 그래요?"

세진이 멍하니 고개를 끄덕이자, 뒤에서 낭랑한 목소리가 들려왔다.

"들었죠? 오빠가 너무 익숙해서 까먹는 것 같은데, 저 이런 여자라구요~"

그녀가 어깨를 쫙 펴며 짐짓 위세를 부렸다.

그에 별안간 카운터 직원의 표정이 살짝 묘해졌다. 유세정이 이 레스토랑에 온 것은 당연 이번이 처음이 아니다. 새벽 기사단의 기사들을 동료랍시고 데려온 적이 있었으니.

한데 그때와 지금의 표정은 사뭇, 아니, 아예 딴판이었다. 아예 다른 사람이 아닌가 싶을 정도로.

그때는 이렇게 생글생글한 미소 따윈 없었다. 새치름한 얼굴 또한 마찬가지였다.

차갑게 굳은 입은 그냥 음식을 먹는 용도일 뿐이었고 얼굴에는 빨리 집으로 가고 싶다는 티가 역력했으니.

'……아양 떠는 건가?'

이건 조금 말이 안 되는 추론이었다. 도대체 유세정이 뭐가 아쉬워서 타인에게 아양을 떤다는 말인가…….

물론 그녀의 옆에 있는 남자는 익히 보고 들어 알고 있다.

김세진, TV에만 직접적으로 출연하지 않았다 뿐이지 예능을 비롯한 모든 TV프로그램에서 매일 한 번 이상은 언급될 정도로 대중의 관심을 불러일으키는 남자.

'잘 어울리긴 하네.'

직원은 얼마간의 박탈감을 느끼며 유세정과 김세진의 뒷모습을 허무하게 바라보았다.

"오빠, 그…… 우리 시간도 많이 남았는데 영화나 같이 볼

래요?"

레스토랑의 문을 나서며 세정이 조심스레 물었다.

"어? 아…… 그…… 나 영화 별로 안 좋아해."

그는 뒷목을 긁적이며 대답했다. 영화, 예전부터 영 인연이 없었던 여가 생활은 특성이 생긴 이후로는 아예 불가능이 되어버렸다.

"아 그러면…… 인형 뽑기 어때요? 여기 근처에 많은데."

그녀는 김세진과 나란히 걸으며 연신 '다음'을 부탁했다. 그녀로서는 오늘의 만남을 고작 식사만으로 끝내기 싫었던 것이리라.

그러나 정작 그는 상황이 다소 달랐다.

"그것도 조금……."

"그, 그러면 그냥 카페가서 얘기나 할래요? 저, 오늘 아니면 요 몇 주간 시간 안 날 수도 있는데…… 알죠? 상비 명령."

세정의 목소리에는 초조함이 묻어나왔다. 그러나 그로서는 어쩔 수 없었다. 그는 한숨을 푹 내쉬고서, 그녀의 머리를 쓰다듬으며 말했다.

"미안. 오늘은 그냥 집에 가자."

"……."

그에 세정은 시선을 바닥으로 내리깔 뿐, 잠시 아무 말도 하지 않았다.

그러나 그것은 잠시뿐. 그녀는 곧 언제 그랬냐는 듯이, 다시 활기찬 미소를 지으며 힘차게 대답했다.

"네, 뭐. 어쩔 수 없죠. 근데 오빠, 지금 큰 기회를 놓치신 거예요."

그녀는 재빨리 걸어 먼저 차에 올라탔지만, 그 목소리의 떨림을 느낀 세진은 잠시 멈춰 설 수밖에 없었다.

속이 답답하고 쓰라렸다. 인간으로 존재할 수 있는 시간이 한정된다는 의미는 곧, 타인과 깊은 관계를 쌓을 수 없다는 것. 어느 순간부터 유세정이 자신에게 저토록 좋은 감정을 가졌는지는 모른다. 하나…….

"뭐해요 안 타고. 집까지는 데려다 줄게요."

그때 세정이 운전석 창문을 열고서 소리쳤다. 그는 터덜터덜 걸어 조수석에 올라탔다. 그 즉시 자동차의 엔진음이 울리고, 그녀는 능숙하게 레스토랑을 빠져나왔다.

"……맛있었죠?"

세정은 짐짓 아무렇지도 않은 척 말을 걸어왔지만, 운전을 하는 그녀의 상태는 빈말로도 좋다 할 수 없는 수준이었다. 억지 미소 너머로 살짝 굳은 얼굴이 오히려 더 미안했다.

김세진은 그날 이후로 진화에 더욱 열중했다.

그러나 최대한 해가 지기 전 까지만, 늑대는 물론 고블린과 아탄이까지 활용해 가며 정말 별의별 짓을 다했다.

하나 그럴수록 진화는 요원한데, 오히려 '토벌령'까지 내려졌다. 일명 [중하급~중상급 지대에서 활동하는 흑색갈기 웨어울프 토벌령].

그는 괴물 오크 때와 마찬가지로 기어코 살인은 하지 않았으나, 그때보다 강해진 야성에 의해 습격자들이 호소하는 정신적인 충격이 문제였다.

스킬 '포식자'는 모든 폼에 두루 적용되지만, 그래도 늑대 폼일 때 얻은 스킬이니만큼 늑대일 때 가장 효과가 강했다. 게다가 때로는 자신의 본능을 주체하지 못한 적도 있었으니…….

가장 심하게 당한 정은지는 아직까지도 병원에서 두문불출하고 있고 그 외, 스무 명에 달하는 기사들도 가벼운 정신적 충격을 호소하고 있어 기사단은 물론 정부에서까지 현상금을 내걸고 '토벌 명령'을 내렸다.

그렇게 몬스터 필드의 수호신이라고 까지 불렸던 웨어울프는 그 모든 명성이 악명으로 치환되고 말았다.

좌아악.

섬전처럼 내려쳐지는 짐승의 손톱이 기사의 방어구를 찢어발긴다.

서늘한 비명이 산세를 진동했다.

바야흐로 오늘 찾아온 상대는 칠흑 기사단의 중급 기사 4

인으로 이뤄진 파티.

오랫동안 합을 맞춰온 전우끼리 팀을 이룬 듯, 이들의 협공과 체력 안배 거기에 개개인의 능력은 모두 나무랄 데가 없었다.

그러나 이들과 자신 간의 근본적인 무력 격차가 너무 컸다. B-등급에 이른 영체화를 통해, 무려 5개의 명품이 이 육체에 내재하여 있었기에.

[C등급 암행]
[B등급 파괴력강화]
[C등급 기민함]
[C등급 파쇄]
[B등급 굴절]

여기에 강조해야 할 부분은 마지막 '굴절'이다. 날붙이를 사용하는 백병전에서 가장 중요한 건 상대방과 자신 간의 거리를 가늠하는 것, 그러나 이 굴절이라는 성질은 '거리'라는 개념 자체를 소멸시켰다.

손톱은 분명 하단으로 향했는데 막상 흉악하게 그어진 부분은 상단 또한 저 멀리서 한번 휘두른 손톱이 기묘하게 굴절되어 순식간에 코앞까지 쇄도한다.

게다가 늑대의 손톱은 성장과 성장을 거듭해 아다만티움

과 강도가 비슷해졌으니, 한번 한번의 일격이 문자 그대로 죽음과 맞닿았다 하겠다.

"끄…… 흐……."

그리고 네 명의 기사들은 그 변칙 공격에 모조리 휩쓸려 나갔다. 애초에 돌발적인 실전 경험이 없는 중급 이하의 기사들에게 늑대폼을 취한 김세진은 너무 벅찬 벽이었을 따름이다.

세진은 피를 철철 흘리며 엎어져 있는 네 명의 기사를 내려다보며 잠시 고민에 빠졌다.

정말 인간을 죽이거나 사지를 잘라내야 진화할 생각인지…… 만약 혹시라도 그렇다면. 정말 혹시라도…….

"그릉……."

그러나 그는 이내 발을 크게 굴러 그들에게서 멀어졌다.

김세진은 몬스터가 아닌 인간.

혹여나 인간을 해하는 것이 진화의 요건이라 하더라도, 받아들이지 않아야 한다. 그 행위 자체가 오히려 인간으로부터 멀어지는 것일 테니.

다음 날.

김세진은 이른 오전부터 주지혁과 함께 병원으로 향했다.

"정은지 기사님이요? 그분은 문안이⋯⋯."

"주지혁입니다. 은지도 저는 괜찮을 겁니다. 치유를 위해 온 것이니 기사단에서도 허락을 해줬구요."

정은지 때문이었다.

그 당시에는 늑대의 야성에 잠식당해 어찌할 수가 없었다 하더라도, 자신으로 말미암아 무려 한 달 동안이나 고생하는 기사를 그냥 두고 보기에는 양심에 찔렸다. 또한 늑대였던 자신이 병인(病因)이니, 그에 맞은 치료법 또한 자신이 가지고 있을 확률이 크다.

"근데 은지는 왜 갑자기⋯⋯?"

그녀가 입원해 있는 1인 병실로 향하는 와중 주지혁이 조심스레 물었다.

"아. 그⋯⋯ 제가 정은지 씨 팬이거든요. 그래서 일부러 고블린한테 포션도 받아왔어요."

정은지는 비록 기사이지만 연예계 활동도 활발했고, 그만큼 팬층도 두툼한 터라 그리 이상한 변명은 아니었다.

"엇, 예? 고블린이면 그 고블린 연금술사 말입니까?"

하나 주지혁은 그가 정은지의 팬이라는 말보다, '고블린 연금술사'에 더욱 관심을 가졌다.

사실 어쩌면 그럴 만도 했다. 요즘 일반인과 형편이 넉넉지 않은 일명 '흙수저 기사'들에게 고블린 연금술사는 거의 포션계의 종교나 다름이 없으니까.

중상급~상급 이상의 회복 포션만을 만드는 것이 더욱 돈이 됨에도 불구하고, 일부러 중하급 정도의 포션을 제조하여 싼 값에, 그것도 1인 1개의 원칙을 지켜가며 판매하는 그는 현재, '노블리스 오블리주'의 표본이라며 찬사를 넘어선 추앙을 받는 중이다.

물론 그 실상은 조금 달랐지만.

그가 만든 중하급 포션은 사실 직접 만든 포션이 아니라, 아탄이의 타액이다. 아탄이가 체내의 수분을 포션과 성질을 닮게 하여 배출한, 그러니까 '침'.

하루에 100L도 가뿐히 뿜어낼 수 있는 그 침을 굳이 비싼 돈을 받고 팔기에는 뭐해서 그냥 싼 값에 팔았고, 암포상 같은 되팔이들이 마음에 안 들어 오직 1인 1개를 설정했을 뿐이다.

"네, 그 연금술사요."

띠잉.

그가 그렇게 말한 순간 어느새 엘리베이터가 최상층에 도착했다.

정은지의 용태는 예상보다 심각했다. 수척한 얼굴과 창백한 안색. 거기다 짙게 내려앉은 다크서클까지. 그녀는 겁에 질린 사람처럼 연신 몸을 바들바들 떨었고, 누군가와 눈을 마주치는 것조차도 두려워했다.

"……후."

주지혁은 최대한 노력해서 그녀와 대화를 이어가려 했지만 쉽지 않았다. 지혁이 고개를 절레절레 저으며 포기하겠다는 뜻을 내비치자, 김세진은 씁쓸한 한숨을 내쉬었다.

"주지혁 씨, 잠시 자리 좀 비켜주시겠어요?"

"예? 아…… 예."

그는 아무 의심도 없이 병실 밖으로 나갔다. 세진은 아직까지도 몸을 벌벌 떨고 있는 정은지를 내려 보다가 이내 늑대의 동공을 발현했다.

역시 기운이 보였다.

그녀의 온몸에 퍼져 나오는 검붉은 기운, 그 진한 세기와 농밀한 농도가 현 상태의 심각성을 대변하는 듯했다.

그는 일단 주머니에서 진정 효과가 있는 포션을 꺼냈다. 마신다고 나아지지는 않겠지만, 그래도 편안히 수면을 취할 수 있을 터. 잠든 이후에 제대로 된 치유를 해보자.

"은지 씨?"

갑작스러운 호명에 그녀는 몸을 흠칫 떨더니 고개를 서서히 들어 올렸다.

"받으세요."

흑색 늑대일 때와 인간형일 때의 향기를 비교하자면, 전자가 훨씬 진하고 강해 두 개가 같은 것이라 생각하기에는 무리가 있다. 그러나 그 유사성은 일말이라도 있게 마련.

그녀는 감히 저항할 생각도 하지 못하고, 덜덜 떨리는 손으로 포션을 받았다.

"마셔요."

은지는 조용히 포션을 마셨다.

그리고 정확히 1분 뒤, 침대 위로 곯아떨어지게 되었다.

완전히 잠든 것을 확인한 그는 손톱을 날카롭게 세운 후, 그녀의 전신에서 퍼져 오르는 기운을 살짝 베어냈다. 그러자 부드럽게 일렁이던 기운은 마치 주인을 찾은 것처럼 세진의 손끝으로 모여들었다.

"……뭐야."

이 예상외의 반응에 그는 살짝 당황했다. 그저 막연히 베어지겠거니 생각했는데, 도대체 왜…….

하나 뒤이어 나타난 알람은 더욱 가관이었다.

[스킬, 탁기(濁氣)의 고리가 발현됩니다]

[탁기(濁氣)의 고리]

-공포와 두려움으로 인한 굴복 관계.

-지배자는 원하는 때에, 피지배자에게 공포와 두려움이라는 감정을 야기시킬 수 있습니다.

-피지배자는 지배자의 명령, 부탁, 제안 따위를 거절하는 것에 공포와 두려움을 느끼게 됩니다.(단, 피지배자는 이 고리의 인연을 인식하지 못한다.)

-지배자는 이 고리를 원하는 때에 끊을 수 있습니다.(단, 다시 연결하기 위해서는 똑같은 과정을 거쳐야만 한다.)

[앞으로 17명의 사람과 고리를 맺고, 그것을 유지하면 '라이칸슬로프' 로 진화할 수 있게 됩니다.]

정말 뜬금없이 라이칸으로 진화할 수 있는 힌트를 얻게 되었다.

그는 멍하니 알림창을 탐독했다. 확실히 그녀에게서 뿜어져 나오던 암적색 기운은 없어졌다. 근데 저 정보창에 적힌 문장은…… 거의 주인과 노예의 관계가 아닌가.

"으응……."

순간 정은지가 몸을 뒤척였다. 잔뜩 찡그려져 있었던 그녀의 얼굴은 어느새 편안한 무표정이 되었고, 몸의 떨림도 잦아들었으며 숨소리도 쌔근쌔근 아이처럼 안정적으로 변했다.

어쨌든 간에 일단 치유가 완료되었음은 확실. 세진은 도망치듯 병실을 나갔다.

벽에 기댄 채 기다리던 주지혁이 다가오자 그는 다급히 한마디를 내뱉고서 엘리베이터로 향했다.

"치유는 다 됐을 거예요. 근데 주지혁 씨, 혹시라도 이 여자가 깨어나서 이상한 소리 하면 다른 사람 말고 무조건 저먼저 부르세요."

"네?"

"……그냥 간호 좀 부탁하는 거예요!"

주지혁은 멍하니 그런 그의 뒷모습을 바라보다가 뒷목을 긁적이며 병실 안으로 들어갔다.

그로부터 약 3시간 뒤 주지혁에게 연락이 왔다.

내용은 간단했다. 정은지의 트라우마가 그 포션 덕택에 씻은 듯이 나았으며 김세진에게 감사를 전해 달라 부탁했다고.

'……상대가 인식을 못 한다는 게 이런 건가?'

세진은 자신의 SNS를 바라보며 볼을 긁적였다. 정은지가 환한 미소를 지은 자신의 사진과 함께, 장문의 메시지를 보내 놓았다.

[더 몬스터의 단체장 김세진 님께서 직접 병문안을 와주셨어요. 고블린 연금술사 님께서 만든 포션을 들고서. 포션 덕분에 몸은 다 나았는데…… 제가 깨어나기 전에 집으로 돌아가셔서 감사를 전할 길이 없어 이렇게라도 감사하다고 말하고 싶네요. 주지혁 바보기사가 김세진 님이 제 팬이라고 하셨는데…… 언제든 연락주세요!]

'그래도 다행이네.'

그는 별로 대수롭지 않게 생각하여, 메시지 잘 받았다는 뜻으로 '공유' 버튼을 눌렀다.

그리고 정확히 한 시간 뒤. 인터넷에서 김세진과 정은지와 관련된 기사가 터졌고 적어도 몇 주는 연락하지 않을 것 같았던 유세정은 이를 아득바득 갈며 전화를 걸어왔다.

그날 김세진은 공인의 삶이 무엇인가를 깨달을 수 있었다.

유명해져서 좋은 점은 별로 없다, 단지 일생이 귀찮아진다는 극히 치명적인 단점만이 남을 뿐.

그 이후로 김세진은 조금 비겁한 짓을 계속했다.

웨어울프폼으로 중하급 이하 기사를 습격하여 정신적 충격을 야기시키고─등급이 중하급보다 높은 기사들은 '고리'가 생길 정도로 정신력이 약하지 않았다─치료를 면목으로 고리를 생성하여 진화를 도모한다.

그러는 와중에 김세진과 고블린 연금술사 명성은 더욱 드높아졌고, 그 반대급부로 웨어울프의 악명은 하늘을 찌르게 되었다.

[웨어울프의 기사와 사냥꾼 습격, 오늘도 또다시 반복되다.]

[몬스터 필드의 깡패. 언제까지 지켜보고 있어야만 하나.]

[고작 몬스터 하나 처리하지 못하는 기사들의 무능이 만천하에 드러나다.]

위처럼, 언론들도 웨어울프를 들쑤셨다. 강자는 피해다니지만, 약자에게는 한없는 패악질을 부리는 간교하고 영악한 몬스터라며.

웨어울프는 어느 순간부터 '악'의 대명사가 되었고, 중상급 기사는 물론 상급 기사들까지 토벌에 나서기 시작했다.

그 탓에 김세진은 아쉽게도, 10명의 문턱에서 몸을 사려야만 했다.

그렇게 시간은 계속해서 흘러 어느새 8월 13일.

한 여름의 무더운 날씨 속, 강원도의 강연홀에서는 예정되었던 '더 몬스터'의 제품 시연회가 열렸다.

마나의 샘을 대체할 수 있을 정도로 성능이 좋아진 아탄이 2.0의 홍보가 주 목표였는데 이 시연회에는 국내외의 기사들과 기자들을 모두 합쳐 무려 3천여 명이 모여들었다.

이 숫자는 강연홀의 규모를 초과해 나머지 오백여 명의 사람들은 강연홀 밖의 모니터로 시연회를 관람해야만 했다.

시연회의 처음과 끝을 이끌어가는 역할은 조한성이었지만, 아탄이 2.0을 소개하는 것만큼은 김세진의 담당이었다.

그는 처음엔 무지 걱정했으나 예상외로 긴장 없이 끝낼 수 있었다. 사실 고작 10분밖에 나서지 않았고 할 말도 짧았으니 어쩌면 당연했다.

그냥 생각해도 무척 귀엽게 생긴 인형 하나를 품에 안고 가서,

"자. 먼저, 기사와 마법사님들? 이 아탄이에서 퍼져 나오는 마나를 한번 느껴보십시오."

이렇게 한마디를 해주고, 실제로 선연한 마나의 기류를 느낀 기사와 마법사들이 감탄할 때쯤. 일반인들도 알 수 있는 통계적 수치를 제시한다.

거기까지 끝나면 다음은 청중들의 몫이다. 기사들은 진심으로 놀라고 감탄하며 과장된 감탄사를 내뱉고, 마법사들은 괜한 질투로 얼굴을 찡그리며 기자들은 노트북이 부서져라 두드린다.

거기에 더해 마지막 불씨를 하나 더 던진다.

"또한 앞으로 3달 뒤. 아탄이 이외의 발명품도 곧 발매할 예정입니다. 더 몬스터만의 특색이 담긴 특별한 물품. 기대하셔도 좋을 것입니다."

강연홀은 그 즉시 열화의 장으로 돌변하고 자신은 무대 뒤로 사라진다.

"이런 걸 굳이 생중계로 할 필요가 있었나…… 아무래도 홍보팀을 문책해야 될 것 같은데."

TV속에서 흘러나오는 그 모든 영상들을 바라보며 김세진이 멋쩍은 미소를 지었다.

"네? 아뇨, 별로 안 그러셔도 될 것 같아요. 키가 커지셔서 그런지 되게 멋있게 나오신걸요? 아주 멋있어요. 내가 조금만 더 젊었으면 반했을 정돈데요~?"

하젤린이 사과를 오물오물 씹어 먹으며 말했다.

오늘 하젤린은 채무 관련 문제로 세진을 방문했다. 하나 이 번에는 채권자가 아니라, 채무자가 되는 쪽. 아닌 게 아니라, 그녀는 알케미하우스를 확장하기 위한 돈을 빌리러 왔다.

그 금액은 무려 50억 수준이었지만 전의 은혜가 있기 김세 진은 흔쾌히 빌려주었다. 그래서 그녀가 지금 이렇게 싱글벙 글하며 아양(?)을 떠는 것이겠지.

"하하. 그래요?"

"그럼요~ 아, 근데 아탄이 2.0 그거 예상 가격선이 최소 600억이던데, 세진 씨 돈 엄청 많으시겠네요?"

그녀의 목소리에는 부러움이 잔뜩 담겨 있었다.

"아하하…… 통장에는 별로 없어요. 지금 땅 사고 있는 중 이라."

"땅이요? 땅은 왜요?"

"아, 재무팀이랑 기획팀에서 조언해 줬거든요. 저희 사옥 에서 요선 알케미하우스까지 이어지는 땅을 사들이면, 나중 에 단체가 확장할 때 많은 도움이 될 거라고."

하젤린은 잠시 멍하니 이곳에서 알케미하우스까지의 거리 를 생각하다가, 이내 경악한 표정이 되어 입을 떡 벌렸다.

"여기에서 거기까지요? 돈 엄청 많이 들 텐데? 아무리 요즘 몬스터 사태 때문에 강원도 땅값이 떨어졌다고는 해도……."

"이미 거의 절반은 완료됐어요. 오크의 무기 가격이 엄청 비싸졌거든요."

하젤린은 넋이 나간 채로 그를 바라보다가, 침을 꿀꺽 삼키고 헛기침까지 한번. 그리고 나서야 조심스레 입을 연다.

"아~ 요즘 경기도 안 좋은데. 임대료를 올려야 하나~~? 세, 세, 세, 세진 씨, 세진 씨 의견은 어때요?"

잘 알려진 사실. 오크의 대장간 본점이 위치한 빌딩의 주인은 하젤린이다.

그 모습은 30대답지 않을 정도로 귀여워서 순간적으로 욕정이 들기에 충분했다.

"……아, 아하하……."

그는 그 본능을 애써 억누르며 힘겹게 미소를 지었다.

라이칸슬로프로 진화하기 위한 작업은 잠시 중단되었지만 세진은 게을러지지 않았다.

이번에 그는 인간 본연의 성장에 열중했다.

인간으로 있을 수 있는 시간을 쪼개고 쪼개 하루에 30분은 꼭 운동과 훈련에 매진했고, 인간인 상태로 몬스터를 사냥했다. 그러는 사이 그는 어느새 '최연소' 상급 사냥꾼이라는 타이틀을 거머쥐게 되었다.

"기사단과 제휴 말입니까?"

"네, 하고 싶은 기사단 많을 거 같은데요."

하나 혼자 훈련하기에는 한계가 있었기에 그는 조한성을 불러 기사단과의 훈련 제휴를 요청했다.

"……예, 아마 저희가 고르는 쪽이 되겠죠. 근데 그건 단체장님이 직접 새벽 쪽에 문의하시는 게……."

그 즉시 세진의 날카로운 눈빛이 그에게로 향했다. 직원 숫자도 세 팀 중 가장 많은 13명이나 되면서, 언젠가부터 일을 기피하는 것 같단 말이야…….

"아, 아닙니다. 곧바로 관련 문서를 보내도록 하겠습니다!"

그 눈빛을 눈치챈 조한성이 퍼뜩 허리를 숙였다.

"예…… 뭐, 아 맞다. 그리고 한성 씨, 이제 저희 부지가 넓어지는 거 아시죠?"

"네, 물론입니다."

"그래서 근처에 건물을 더 지을 예정이에요. 팀마다 최소 하나 정도의 건물을 통째로 쓸 수 있도록. 휴게실이나 낮잠을 위한 숙직실도 구비될 예정이니까, 다른 직원 분들한테도 전해주세요."

그때 한성이 별안간 눈을 빛냈다.

"그, 그렇다면 혹시 사탄 아니, 머핀이는……."

"홍보팀이 맡아야죠, 걔는. 까탈스러운 애라 사육사 바뀌면 안 돼요."

"……아…….”

조한성은 다시 나라를 잃은 표정이 되었다.

"하지만 저는 사육사가…….”

아닙니다. 오히려 노예라고 형용하는 게 옳아요.

"네?"

그러나 그 뒷말은 이어지지 못했다. 한성은 차오르는 한숨을 애써 속으로 삼키고서, 고개를 저을 뿐이었다.

그와 같은 시각. 김유린은 아주 오랜만에 기사단장의 호출을 받았다.

김현석, 칠흑 기사단의 기사단장이자, 세계에서 선정한 기사 랭킹에서도 2위를 차지한 명실상부 한국 최고의 고위 기사.

……또한 김유린의 아버지.

그는 무릇 자녀와 부하를 대하는 것에는 차별이 없어야 한다며, 김유린이 기사가 되어 칠흑 기사단에 입단한 해. 그러니까 고등학교 1학년 때, 울고 불며 싫다고 애걸하는 그녀를 강제로 독립시켰다.

김현석은 그 이후로 무려 10여 년이 지난 지금도 공적인 부분에서는 언제나 제 자녀인 김유린을 타인보다 못하게 대했기에 유린은 거의 4년 만에 기사단장실을 방문하게 되었다.

"……예? 외교전이라고요?"

"그래, '아탄'의 성능이 확실하게 밝혀졌고 해외 기사단에게도 그 판로가 열려 있어 지금 정부에까지 로비를 하는 외국 기사단이 몹시 많아졌단다."

그리고 오늘 김현석이 제 딸을 부른 이유는 역시 단지 업무 때문이었다.

지금 전 세계에서 수위를 다툰다는 기사단들은 저마다 총칼 없는 전쟁을 시작했다. 그 이유는 당연 '아탄이 2.0' 때문.

'마나 회복'과 '원기 회복'이라는 효과가 동시에 부가되어 A등급 마나의 샘보다도 효율이 좋다는 이 인형은 기사단의 위상과도 직결된 핵심 문제가 되어버렸다.

게다가 경쟁자 대부분이 국내 기사단이었던 이전과는 다르다. 타국에 빼앗기게 된다면, 이번에는 국가의 위상에도 이상이 생기고 만다.

"그…… 그런데요……?"

"네가 그 단체장과 몹시 친하다고 들었다."

김유린이 몸을 흠칫 떨었다.

"……그, 그……."

"혹시 거짓말이었니?"

"아, 아닙니다! 친합니다. 당장 어제도 연락했는데……."

유린이 고개를 거세게 저었다. 아버지가 자신을 공식적으로 불러 전적인 위임을 하는 경우는 이게 처음. 그만큼 이 일의 적임자는 자신 밖에 없고, 아버지가 자신을 믿고 있다는 뜻이겠지.

그녀는 아버지의 그런 믿음을 배신하기 싫었다.

"그래? 그럼 너에게 이 일을 맡겨도 되겠구나."

"……걱정하지 마십시오. 아…… 기사단장님."

아버지라는 말은 입안에서만 맴돌다 사라졌다.

그녀는 언젠가부터 김현석을 대할 때. 아버지보다는 '기사단장님'이라는 단어가 익숙해져 버렸다.

19장
사구

　선혈로 적셔진 제단에서는 음산한 기운이 번지고, 새까만 칠흑은 짙은 안개처럼 가라앉아 사방을 베일처럼 둘러싼다.

　이곳은 누군가는 저주라 부르고, 또 누군가는 제의(祭儀)라 부르는 의식(儀式)의 현장.

　이 의식의 목적은 사람의 응어리진 염원을 정신력으로 치환하여 실재적인 현상을 발현시키기 위함이다.

　"준비는 되었니?"

　중심의 제단보다 한 층 높은 곳에 위치한 '권좌'에서 고혹한 음성이 들려왔다. 영어도, 중국어도, 한글도 아닌 정체불명의 언어였다.

　하나 그 황홀한 목소리야 말로 그녀가 뱀파이어의 차기 제

왕이 될 후보자 중 한 명이라는 증거, 의식에 열중하던 9인의 뱀파이어들은 모두 작업을 멈추고 고개를 조아렸다.

"굳이 그럴 필요는 없단다. 그것보다 일의 경과를 말해주렴."

자애로운 목소리가 서늘하게 울려 퍼졌다. 그러자 9인 중 한 명, 로브를 깊게 뒤집어 쓴 적안의 뱀파이어가 조심스레 입을 열었다.

"거의 완료되었습니다. 현 로드님의 지혜를 통하여 저희 고향의 좌표를 알아내었고 이제 그간 모아온 마나석과 제물을 사용하여 고향으로 향하는 통로를 여는 것만이 남아 있습니다, 여왕이시여."

"……후훗. 아직 여왕은 아니라고 말을 했잖니. 그렇게 말하면 안 된단다."

말과는 달리 그녀는 목소리에는 다분한 만족감이 묻어나왔다.

"그래서 그 통로는 어디에 열리게 되는 거니?"

"총 세 군데입니다. 현재 저희가 위치한 영국과 드레툰 쪽이 거점으로 삼고 있는 중국 그리고 꼬맹이와 늙은이가 있는 한국이지요. 한데……."

뱀파이어가 꺼리는 기색을 내비치며 잠시 말을 멈췄다.

"괜찮아. 말하렴."

"그…… 실질적인 통로가 될 가능성이 높은 쪽은 한국입니다. 아무래도 그 나라는 좁은 땅덩어리에 사(死)균열이 무려 두 개나 있어, 저희 통로가 그것과 연계될 가능성이 높기 때문에…….”

뱀파이어가 돌연 말을 멈췄다. 그것은 필시 권좌에 앉은 여왕에게서 일렁이는 기운이 심상치 않아졌기 때문이리라.

“죄송합니다.”

방금 말을 꺼냈던 뱀파이어가 황급히 바닥에 몸을 엎드렸다. 하나 여왕은 한숨을 한번 내쉬고는, 문책이 아닌 격려를 해주었다.

“아니, 괜찮아. 오히려 잘되었어. 어차피 꼬맹이와는 결판을 내야 했으니까, 우리가 한국으로 가면 되지 무얼. 준비는 미리 다 해놨겠지?”

“……예? 아. 예. 그, 그렇습니다.”

“그럼 됐어. 나머지는 너희가 알아서 잘하리라 믿을게?”

그 즉시 제단을 짓누르던 위압감이 먼지처럼 흩어졌다. 9인의 뱀파이어는 그제야 숨을 깊게 몰아쉬며 마음을 진정시켰다.

“별로 노하지 않으셔서 다행이구나.”

“그렇긴 한데……. 그것보다 어떻게 할 겁니까? 저희가 도대체 무슨 준비를 해놨다고…….”

다른 뱀파이어가 답답해하며 물었다.

“……큼. 그냥 5성급 호텔 하나 잡아주면 좋아하실 거다. 여왕님은 세상 물정을 모르시니.”

"예? 그럼 투숙객들은요?"

"전부 여왕님의 수행인이라고 말하면 된다. 어차피 프레
드릭 고성(古城) 바깥을 직접 내디딘 적은 평생에 한 번도 없
으시니까, 오히려 수행인이 많아졌다고 기뻐하실지도 몰라."

그 어이없는 말에 화자를 제외한 8인의 뱀파이어가 모두
기가 막힌다는 표정이 되었다.

"정말 아무 문제없을 것이다. 어차피 저열한 핏줄과는 같
은 공간에 있는 것조차 극히 싫어하는 분이시잖나. 투숙객이
랑 마주칠 일 자체가 없어."

"……하지만."

"됐다. 그 말은 이만 하고 일단 가장 중요한 일부터 시작
하도록 하지."

청명한 햇볕이 내리쬐는 어느 여름날의 오후.

"흡!"

김세진은 오늘도 몬스터 필드의 중하급 지대에서 열심히
사냥을 하고 있다. 이것은 이제 매주 평일마다 반복되는 하
나의 일과. 여태 새긴 마력 문신과 영체화 덕분에 중하급 몬
스터 따위는 떼로 덤벼도 이겨낼 수 있을 정도로 성장했기
에, 별문제는 없었다.

"……퉤."

세진이 입술 사이로 들어온 몬스터의 선혈을 뱉어냈다.

벌써 7개체의 몬스터를 짓뭉갠 그의 현 상태는 가관이었다.

얼굴에는 미처 닦아내지 못한 핏자국이 말라붙었고, 갑옷은 누구의 것인지 모를 피로 칠갑이 돼있다.

이건 오크의 본능으로 인해 얻게 된 거칠고 투박한 전투 스타일 때문. 그는 괴물보다도 잔악하고 무도하게 몬스터를 짓이겼다.

"퉤, 퉤!"

누군가가 본다면 하나의 악귀라고 착각할 정도의 형상으로 그는 다시 발걸음을 움직였다.

하나 그렇게 고작 몇 발자국을 걸었을까.

별안간 기이한 진동이 그의 뇌리를 스쳤다. 그건 이해할 수 없는 종류의 진동이어서 그는 아주 잠깐 동안만 감각이 예민한 늑대의 형태로 변화했다.

'……이건.'

그리고 그는 아주 먼 곳에서부터 부서질 듯 희미하게 전해지는 비릿한 내음을 맡게 되었다.

이건 꽤나 익숙한 종류의 냄새.

'흡혈귀다.'

하나 향이 각기 다른 걸로 봐서 최소한 소수는 아니다. 적어도 10명은 넘을 가능성이 크다.

'……뭐야?'

단독 행동을 선호하는 뱀파이어들이 왜 떼거리로 몰려다니고 있는 건지 또한 방금 전해진 기묘한 진동은 무엇인지 그는 대단히 의문스러웠다.

하지만 거리가 너무 멀다. 극도로 예민하게 발동한 늑대의 후각으로도 겨우겨우 붙잡은 냄새의 근원지는 최소 10㎞ 혹은 그 이상.

"……너무 먼데."

다시 인간이 된 김세진이 미간을 찌푸렸다. 그냥 집으로 갈까, 생각했지만 역시나 꺼림칙했다. 흡혈귀들이 단체로 몰려 있다는 것은 즉 뭔가 미심쩍은 공작을 펼치고 있다는 뜻일 테니.

'일단 혹시 모르니 연락을 넣어 놓고…… 음?'

한참 동안의 고민 끝에 그가 일단 주머니에서 핸드폰을 꺼내 들었을 때.

별안간 흡혈귀의 냄새가 사라졌다.

그러나 그와 동시에 어디선가 점화된 굉연한 충격파가 온 사방으로 발산해 왔다.

콰아아아앙!

대기를 찢어발기는 굉음, 대지를 거세게 울리는 진동. 아니, 이건 고작 진동 따위가 아니다.

지각(地殼) 자체가 변화하고 있다.

"……씹."

방금까지 내딛고 있던 평지가 별안간 뾰족하게 솟아오르자, 김세진은 재빨리 몬스터폼을 취했다.

몬스터 필드는 보통 사(死)균열의 영향 범위에 있는 지역을 일컫는다. 여기서 사균열이란 문자 그대로 죽어버린 균열이란 뜻으로, 더 이상 넓어지지는 않지만 여전히 몬스터는 생성되는 균열을 일컫는다.

한데. 오늘 오후 2시경.

그런 사균열이 별안간 경상북도와 강원도 몬스터 필드의 경계선 부근에 '갑작스레' 생성되었다.

그 결과 사균열이 야기시키는 왜곡으로 인하여 지반 자체가 뒤틀리고 경상북도의 일부 지역은 구분이 없는 몬스터 필드화 되었다.

이것은 과연 국가 건립 이래 최악의 사태라 말할 만했기에 국가는 그 즉시 일시적인 비상 재난 사태를 선포했다.

─현재 사균열에서 몬스터가 범람하고 있는 지역은 문경, 울진, 봉화, 영주, 예천. 경상북도의 총 1/3에 달하는 넓은 면적입니다. 경상북도의 모든 주민분들은 최대한 남쪽으로

대피해 주시길 바랍니다…….

하나 강원도에 거주하던 거의 모든 기사가 조기 대응 했음에도 불구하고 현재 사망자는 이미 수천을 넘었고 재산상의 피해는 천문학적일 것으로 예상된다.

게다가 더욱 최악인 것은 그 피해 규모가 여전히 현재 진행 중이라는 점.

"저, 국장님……."

그 탓에 이런 사태를 미연에 방지해야 할 책임이 있는 특수경찰국에는 한여름 날씨와 대조되는 거친 한파가 몰아치고 있었다.

"왜."

"그…… 대통령 각하께서 청와대로 오시라고……."

연신 굳은 표정으로 뉴스의 생중계와 각지에서 올라오는 보고를 번갈아 보던 유백송은 부하의 말에 한숨을 푹 내쉬었다.

"후……."

미간을 찡그린 채 관자놀이를 문지르는 그녀의 책상 위에는 노트 하나만이 덩그러니 있었다. 용병 라이칸과 소통을 할 수 있는 유일한 수단.

그러나 이 신기한 노트에 라이칸의 답장은 오랫동안 없었다.

"흠. 대통령도 난리가 났나 보군. 다녀오겠다."

유백송은 짐짓 태연한 척 말했지만…… 수인이 감정을 숨기기란 여간 어려운 게 아니다. 실례로 언제나 빳빳이 세워져 있던 그녀의 순백색 호랑이 귀는 지금 축 늘어져선 그 상심을 여과 없이 표출하고 있었으니.

"내가 없을 때도 사태를 잘 정리해 두도록."

부하 직원들은 사지로 터덜터덜 걸어가는 유백송의 아담한 뒷모습을 안타까운 눈길로 바라보았다.

그로부터 정확히 1시간 30분 뒤 유백송은 나갈 때보다 더 풀이 죽은 채로 돌아왔다. 이번에는 귀는 물론 그 꼬리까지 생기를 잃은 채로.

그럼에도 그녀는 짐짓 활기찬 표정으로 선언하듯 말했다.

"기자 회견 준비해. 라이칸에게 사과한다."

순간 내부에 소란이 일었다.

자기 자신은 이미 모든 걸 알고 있다 말하며, 라이칸이 건넨 증거는 확실히 실마리가 될 만한 것이긴 하다. 실제로 소환석을 아주 우연찮게 발견하기도 했으니까.

그러나 '라이칸'이라는 인물 자체의 신뢰도가 문제다. 단지 20여 년 전의 날짜로 작성된 용병 신청서가 하나 남아 있을 뿐, 그 이외의 정보는 용병의 몰락과 함께 모두 소거되었으니 라이칸의 모든 업적과 능력이 진실인지 아닌지를 판가름

할 정보가 없다.

"하지만 그건 문제가 많은……."

"다 대통령이 허락해 준 사안이야. 몇몇 소수 종족 천부권 단체에 욕은 좀 먹겠지만, 아직 남아 있는 용병법을 적용하면 법률상으로도 무리 없어 그리고…… 이 사태가 천재지변이 아닌 게 명명백백 밝혀진 이상, 이제는 정말 지푸라기라도 잡아야 한다고."

하나 유백송의 결단은 단호했다.

애초에 그 누구보다 고고한 자존심을 지닌 백호가 사과를 하는 것은 외부의 압력만으로는 불가능했고 그녀도 어느 정도 자체적인 결심을 했다는 말이 된다.

그렇게 내린 결정은 쉽게 꺾이지는 않을 것이었기에 직원들은 별다른 말을 덧붙이지 않고 순순히 받아들였다.

유백송이 나름대로의 결단을 내린 것과 같은 시각.

김세진은 길을 잃었다.

별안간 지반이 뒤틀려 편안히 걸어왔던 길이 험한 산악 지대가 되고, 시냇가는 까마득한 단애 절벽이 되어버렸으니…….

게다가 설상가상으로 몬스터의 구분에도 문제가 생겼는지 중상급 몬스터를 세 개체나 맞닥뜨려버려, 가능한 꺼렸던

'오크 대전사'폼을 취해야만 했다.

'……돌아버리겠네.'

근데 그걸로 끝이 아니다. 거기에 더해 예상치 못한 짐짝들도 생겼다.

"지금 칠흑 기사단에서 이 부근으로 진입했다네."

자신의 등 뒤를 쫄래쫄래 쫓아오는 생존자 일행들이 그 짐짝이다.

지금으로부터 약 한 시간 전. 위협적인 중상급 몬스터 '칼날 귀신'을 정신없이 때려잡고 보니, 어느새 세 명으로 이루어진 생존자 일행이 다가와 이쪽을 사슴 같은 눈망울로 쳐다보고 있었다.

아마 익히 들은 괴물, 아니, 영웅 오크의 아름다운 명성에 기대고자 하는 심리였을 것이다.

'그때 내쳤어야 했나…….'

그때는 그냥 내버려 두면 몬스터에 몰살당할 것 같아 일단 아무 말 안 하고 뒤따라오게 놔두긴 했으나…….

"휴우…… 정말 다행이네요……."

"저 오크 덕분이죠, 뭐."

"예, 근데 영상으로 보던 것보다 머리랑 턱수염이 굉장히 길어졌네요. 윤기도 나고, 엄청 멋있어졌네."

출구가 있을 것이라 예측되는 '서쪽'을 향해 걷는 와중에도 생존자가 계속해서 달라붙어, 처음 3명이었던 생존자는 어느새 13명으로 불어났다.

9명은 사냥꾼이고 4명은 기사.

기사들한테 맡기고 도망갈까 생각도 해봤지만…… 대화를 엿들어보니 끽해봤자 중하급이 최대라, 중급~중상급 몬스터만 계속해서 출몰하는 지금에선 아무런 도움도 되지 않을 것 같아 그만뒀다.

"흠…… 저 뒤태 사진 찍어도 될까요? 몬스터 치고는 너무 섹시한데."

"……허, 목숨이 왔다 갔다 하는 판국에 그게 지금 할 말입니까? 오크 자극할 행동은 하지 마십쇼."

그 대화들을 들으며 세진은 속으로 한숨을 삼켰다.

그때 불현듯 직감이 경종을 울렸다.

다행히 기척은 하나다. 아니, 기척만 하나다.

"뭔가 온다! 무장해요!"

마찬가지로 그 기척을 느낀 기사가 크게 소리쳤다.

저벅저벅 가벼운 발걸음, 뒤이어 수풀 사이로 몸을 드러내는…….

"……어!"

한 명의 여기사, 김유린.

나뭇잎과 몬스터의 혈흔을 온몸에 뒤집어 쓴 그녀를 목도한 순간, 김세진의 심장이 덜컹 내려앉았다.

─이번 사태의 실종자 중에는 단체 더 몬스터의 리더 김세진도 포함되어 있는 것으로…….

사망자는 물경 수천에 다다르지만, 그중에서도 특히 한 명의 실종자가 세간을 더욱 떠들썩하게 만들었다.

그 실종자는 C+등급 단체 더 몬스터의 리더, 김세진. 그는 차세대 몬스터 산업을 이끌어 갈 인재라 촉망받던 남자였기에 이 실종이 야기하는 충격은 더욱 컸다.

"후우…… 이게 도대체……."

그리고 그 실종 소식 탓에 유세정의 가족과 그 가문 사람들이 머무는 본가에는 한바탕 난리가 휩쓸고 지나갔다.

물론 유세정 때문이었다.

현재 몬스터 필드는 몬스터 등급이 구분되지 않는 아수라장으로 변해 버렸다.

그래서 기사단은 최소 중급 이상의 기사만을 차출하여 필드 내부로 진입시켰다. 그 이하 등급의 기사들에게는 유지선 바깥에서 대기하라는 명령을 내렸고.

처음에는 유세정도 군말 없이 그 명령에 따랐다.

딱 김세진이 실종되었다는 뉴스가 나오기 전 까지만.

우연찮게 그 뉴스를 목도한 그녀는 갑자기 초조해져서는 어딘가로 열심히 전화를 걸더니, 잘 되지 않았는지 이내 유지선을 넘어 몬스터 필드로 진입하려 했다.

하나 당연히 그에 앞서 기사들과 군인들에게 붙들렸고 놓으라며 난동을 부리다가 본가로 끌려온 게 약 1시간 전의 일이다.

하나 세정은 본가로 끌려오고 나서도 포기하지 않았고 제 할아버지에게 울고 불며 매달렸다.

그녀의 할아버지, 유대호는 그녀의 이런 행동이 난생 처음이라 꽤나 당황했지만 그는 자신의 손녀를 사지로 보낼 수는 없었다. 그래서 대신 새벽의 모든 인력을 동원해서 김세진을 찾아주겠다고 당부했다.

하지만 그럼에도 유세정은 호시탐탐 탈출 기회를 노렸다. 결국 그는 저택에 상주하는 마법사까지 불러와 그녀를 방 안에 감금시켜 버렸다.

그래도 그녀는 유리창을 깨부수거나, 문을 쿵쾅쿵쾅 두드린다거나 하는 유대호로서는 도저히 이해되지 않을 발작적 행동을 계속해 왔다.

"세정이는 어떻지?"

"지금은 자고 계십니다."

새벽의 집사, 박현오가 착잡한 어투로 대답했다.

"그 진정인가 뭐시긴가 하는 신상 포션을 먹인게냐?"

"……예."

"아니, 세정이는 도대체 그 김세진이라는 놈이랑은 무슨 관계기에 애가 저 지경의 반응을 보이는 것이냐?"

현재 재난에 휩쓸려 생사도 모르는 인물이지만 유대호는 세정의 할애비로서 분노와 적의를 표출할 수밖에 없었다.

그 말에 박현오는 뒷목을 긁적이며 고개를 절레절레 저었다.

"생각하시는 그런 관계는 아니고 아마…… 아가씨께서 일방적으로 그분을 좋아하게 되신 것 같습니다."

"……뭐?"

유대호는 오히려 그게 더욱 열이 받았다. 도대체 누가 누구를 일방적으로 좋아한다는 말이냐. 남자 쪽이 세정이에게 매달려도 모자랄 판에…….

"그걸 인마, 네가 어떻게 알아!"

순간 열이 팍 오른 유대호는 집안의 최고 어른이라는 체통도 잠시 내려둘 수밖에 없었다.

"하하…… 아 그…… 주고받은 메시지 내역을 보면……."

"뭐야! 내 손녀 메시지 내역을 네놈이 왜 본다는 것이냐!"

"……어르신께서 아가씨가 성인이 될 때까지는 관리하라고 말씀하셨잖습니까."

"……크음."

집사의 대응은 침착했고, 유대호는 벌게진 얼굴을 잠시 진정시키며 의자 등받이에 몸을 기댔다.

"……그것보다 지금 경과는 어떻나?"

"김세진이 사냥을 나갔던 중하급 지대의 70% 이상은 수색을 완료했습니다. 하지만 아직 김세진으로 추정되는 사람이나 사체는 발견되지 않았습니다."

"……흐음. 잠깐, 벌써 70%나 수색을 완료했다고?"

불현듯 유대호가 고개를 갸웃했다.

지금 중하급 지대 부근은 지반의 왜곡 탓에 중급은 물론 상급 몬스터까지 판을 치는 지경이 되었다. 근데 수색이 어찌 저렇게 빠르게 진척될 수 있다는 말인가…….

"이건 저도 몰랐던 사실이었습니다만, 아무래도 알렌이나 베리타스를 비롯한 해외 여러 유수의 기사단에서도 기사를 급파해 수색에 도움을 주고 있다 합니다."

"……허어. 그네들도 참 속 보이는 짓을 하는군. 아프리카 사태 때는 코빼기도 비치지 않더니만……."

유대호가 살짝 못마땅한 표정으로 고개를 저었다.

이것도 다 아탄이니, 오크의 무기니 하는 콩고물 때문이겠지. 혹시나 아직 생존해 있다면 그를 구출해 내는 순간 그 보답을 받을 수 있지 않을까 하는 어리석고 속 보이는 의도.

"일단 나는 세정이 애비에게 가볼 테니, 너는 책임지고 아이를 막아 두어라."

현재 유세정의 실력은 충분히 중급 기사가 되고도 넘치지만 그래도 아직은 중하급이다. 게다가 지금 같은 불안한 정서 상태로는 가봤자 개죽음이라도 안 당하면 다행.

손녀를 지극히도 아끼는 할애비는 결코 그런 꼴을 보기 싫었다.

"예, 맡겨만 주십시오."

"김유린이다!"

생존자들이 수풀 사이로 몸을 드러낸 기사를 가리키며 크게 소리쳤다. 상황이 상황이다 보니 예의 따위를 따질 겨를은 없었다.

"괜찮으십니까?"

김유린은 마나가 서려 시퍼레진 검날을 괴물 오크에게 겨냥한 채, 생존자들에게 물었다.

"예, 예. 괜찮아요. 이 오크 덕분에……."

"……이 오크요? 일단 모두들 제 쪽으로 넘어오시지요."

그 즉시 생존자들이 김유린의 등 뒤로 우르르 몰려갔다.

세진은 일말의 허탈감을 느꼈다. 이래서 검은 머리 짐승은 거두면 안 된다는 말이…….

"저, 기사님? 근데 무기는 내리셔도 될 것 같아요. 저 오크는……."

"뒤에 다른 단원들이 있습니다. 그들과 함께 밖으로 빠져나가세요. 어서요!"

하나 유린은 검을 내려놓지 않았다. 그녀는 단호한 태도로 생존자들을 먼저 피신시키고서 영웅이라 불리는 오크와 마주했다.

그때까지도 그녀가 뻗은 검의 날은 한 치의 떨림도 없이 올곧게 오직 오크의 머리만을 가리키고 있었다.

'……이거 어떻게 하냐.'

오크, 김세진은 입이 바싹바싹 타들어갔다. 대전사가 되어 일신의 무력이 강맹해졌다 해도 고위기사는 무리다.

애초에 그녀는 대한민국 9등, 전 세계 33등이나 되는 고위기사. 오크의 본능마저도 서늘한 두려움을 느낄 정도로 무력의 격차가 심하다.

"……."

1초, 3초, 5초…… 시간이 흘러도 여기사는 침묵했고 오크는 식은땀을 흘렸다.

한밤중의 서늘한 바람이 불었다. 달빛이 환하게 비쳐지는 속에서 김유린은 전신에 내재된 마나를 체외로 끌어올렸다.

마치 불꽃처럼 거칠게 들끓던 마나는 이내 얇은 막의 형상으로 정제되어 그녀의 일신을 에워싼다. 마나 강기라 불리는, 오직 기사만이 자랑할 수 있는 최고의 보호기제.

그녀는 모든 준비를 마쳤고, 어쩔 수 없이 김세진도 메이스를 굳게 움켜쥐었다.

"그으으으……."

하나, 김유린이 세진을 향해 발을 살짝 뗀 순간.

어디선가 짐승이 그르렁거리는 낮은 소리가 마치 진동처

럼 울려 퍼졌다.

"……?"

심상치 않은 울림에 의해, 둘 사이를 팽팽하게 조이던 긴장이 느슨해졌다.

그리고 김유린은 주변을 두리번거리다가, 이내 세진의 뒤에서 고개를 치미는 형상을 발견하곤 눈을 휘둥그레 떴다.

그 유별난 반응에 세진도 덩달아 놀라 뒤로 돌아보았다.

그곳에는 문자 그대로의 괴룡(怪龍)이 있었다.

칠흑색 비늘로 뒤덮인 거대한 뱀의 몸체 그리고 덜 자란 드래곤을 닮은 얼굴.

아주 오래된 신화에서부터 전승되어 내려오는 전설적 괴수, 일명 작은 왕(Basiliskos), 바실리스크.

몬스터 필드의 상급 지대 중에서도 가장 깊숙한 굴에 거주하는 놈은 성체의 경우 사냥하는 데 최소 대여섯 명 이상의 '상급'기사가 필요할 정도로 악명이 높다.

그런 놈이 이런 곳에 있는 이유는 아마 지반이 뒤틀려 놈이 거주하던 동굴의 위치가 뒤바뀌었기 때문이겠지.

"……이런."

또한 유린의 낭패를 보면 알 수 있듯이 저 바실리스크는 완숙하게 성장한 성체임이 확실했다.

스으으으으…….

대가리를 높게 치켜들어 대지를 굽어보던 바실리시크, 놈은 이내 전방에 있는 먹잇감을 발견한 듯 이쪽으로 기괴한 안광을 쏘아 보냈다.

그 순간 세진은 발밑이 무거워진다는 기이한 감각을 느꼈다. 이건 아마 바실리스크가 성체가 되면 개안한다는 '석화의 마안'.

이 현상은 유린에게도 마찬가지로 적용되었고 그렇게 두 사람 아니, 한 명의 사람과 한 개체의 몬스터는 서로를 마주 보게 되었다.

유린의 복잡 미묘한 눈빛에 담긴 의미를 세진은 당연히 이해할 수 있었다.

협공을 통한 바실리스크의 토벌.

그는 말없이 그저 피식 웃고는 메이스를 거세게 움켜쥠으로써 의지를 표출했다.

"……후."

아무리 인간의 편이라 하더라도 오크의 미소는 어딘가 섬뜩한 면이 있었다. 그러나 김유린은 지금 그런 걸 따질 상황이 아니었다. 지금 자신이 저놈을 처리하지 않으면 등 뒤로 도망치는 생존자들과 동료 기사들이 위험해진다.

그녀가 세진에게 향하던 검을 거두었다.

그리고 그것은 하나의 신호가 되었다.

"그어어어어--!"

세진이 포효를 내지르며 메이스 대신 손톱을 휘둘렀다.

그는 지금 늑대의 동공과 늑대의 손톱을 발현한 상태. 오크폼이기에 하향 적용되지만, 그래도 충분히 이 '마안'의 효과를 제거할 수 있을 정도는 된다.

그는 자신과 김유린 사이에 이어져 있는 암갈색 기운을 빠르게 흩어버리고는 그녀에게 눈짓을 했다.

그리고 유린이 고개를 끄덕인 즉시 세진은 우레와 같은 발소리를 내며 바실리스크를 향해 돌격했다.

선풍의 질주와 역전의 전사를 가동하여 전신의 근육이 터질 듯 울긋불긋해진 채로 그는 노면을 거세게 박차고 창공으로 도약했다.

목적은 저 파충류의 머리를 강타로 짓이기는 것.

하나 과연 바실리스크는 그리 호락호락하지 않았다.

놈은 아가리를 크게 벌려, 활공하는 오크를 향해 진녹색 숨결을 뱉어냈다. 이건 아마 맞닿는 만물을 녹여버린다는 바실리스크의 숨결.

그러나 그 숨결은 어디선가 생성된 마나의 벽에 의해 상쇄되었다.

아마도 김유린의 능력이리라.

그녀는 '상급'을 넘어서, 일정한 경지에 다다랐다는 '고위 기사'이니까.

격전은 10분이라는 짧은 시간 안에 끝났다. 그 장대함과 화려함만큼은 세상을 번뜩이기에 충분했으나, 막상 전투가 벌어진 장소에는 무척 많은 상흔을 새길 수밖에 없었다.

바실리스크의 부식성 혈흔이 온 사방에 퍼져 썩은 내가 진동을 하고 반경 500m 내 모든 산림은 뿌리가 뽑히거나 두 동강이 나버렸다.

그 결과 격전지는 불과 5분 전 녹음이 무성했던 자리라고는 도저히 상상할 수 없을 정도로 황폐해져 있었다.

"……아……."

최후, 김유린은 검을 지팡이 삼아 온 힘을 다해 정신을 붙잡다 결국 단말마를 내지르고서 바닥으로 풀썩 쓰러졌다.

'……근데 진짜 대단하긴 하네.'

체내에 영체로 보관되어 있던 포션 덕에 그나마 여력이 남은 김세진은 방금 벌어졌던 짧지만 격렬했던 전투를 되새기며 깊게 감탄했다.

김유린이 쉬지 않고 쏘아냈던 반월형의 검격. '아름답다'는 형용이 지극히 어울릴 정도로 선명했던 마나의 검격은 장대한 장관이었다.

"후."

그는 사위를 한번 훑어보았다.

당장 이곳에 바실리스크가 등장했다면 그 이하 등급의 몬스터들은 어딘가로 피난했을 공산이 크다.

그러니 이제 긴장을 좀 놓아도 되겠지.

"후우."

꼼꼼하게 주변의 인기척까지 살핀 김세진은 인간으로 변해, 바닥에 엎어진 김유린에게로 다가갔다. 그러곤 그녀를 품에 안아…….

"……으음……."

그때 김유린의 잇새로 뭉개진 음성이 흘러나왔다.

순간 세진의 머릿속이 하얘졌다. 기절한 줄 알았던 김유린은 별안간 몸을 뒤척이기까지 하더니…….

"으응……."

"……휴."

그러나 다행히도 그녀는 단지 잠꼬대를 했을 뿐이었다.

그는 안도의 한숨을 내쉬고서 그녀를 품에 안은 채 발걸음을 움직였다.

"어! 사람이다!"

김세진은 얼마 걷지 않아 수색 중인 기사들을 만날 수 있었다. 기사들은 저 멀리서 다가오는 세진과, 그의 품에 안겨진 김유린을 발견하고는 헐레벌떡 다가왔다.

"기, 김세진 씨! 찾고 있었습니다. 저희는 고려 기사단 출신……."

"김유린 기사님 좀 맡아주실 수 있습니까?"

하나 지금은 정신이 상당히 몽롱했기에, 세진은 최대한 빨리 집으로 돌아가야겠다는 생각밖에 없었다.

김세진은 우르르 몰려오는 기자와 기사, 심지어 구급차까지 모두 물리치고 집으로 돌아왔다.

돌아오자마자 침대로 직행한 그는 아주 오랜만에 깊은 숙면을 취할 수 있었다. 아마 바실리스크와의 전투로 인해 오크의 투쟁심이 충족된 덕택이겠지.

그렇게 아침의 해가 다시 뜨고 세진이 상쾌함을 느끼며 잠에서 깨어나 습관적으로 TV를 켰을 때.

그는 순간적으로 뇌가 일시정지 상태가 되는 경험을 하게 되었다.

뉴스를 틀자마자 나오는 특수경찰국 국장의 기자 회견이 그 원인이었다.

특수경찰국(特殊警察局).

일반인이 아닌, 마나를 익혔거나 특성을 지닌 범죄자를 전문적으로 다루는 특수한 경찰국.

이 특수경찰국은 행정부의 산하 조직이지만, 그 업무의 특수성 탓에 거의 독립적인 기관으로 취급받는다.

게다가 소속 요원들이 받는 대우나 명예가 웬만한 기사단 보다 좋아, 오히려 유능한 기사가 특수경찰국의 요원으로 스카우트 되는 경우도 많다.

하나 그런 사회적 지위나 명예가 있는 만큼 특수경찰국은 조직 자체가 지닌 프라이드가 무척 강하다.

혹자들은 그것을 두고 '아집' 혹은 '오만'이라 비하하기도 하지만 설립 이래 수천수만의 특수범죄를 다루면서도 실패는 고작 한 자릿수에 불과했다는 자부심이 그 프라이드를 공고히 해왔다.

"……쟤 왜 저래."

그랬기에 김세진은 반쯤 놀리기 위한 목적으로 어쩌면 철 없이 '사과를 해야만 의뢰를 받아주겠다'고 했던 것이었다.

특수경찰국장의 사과, 그것은 기관 자체가 자존심을 접고 고개를 숙인다는 것이나 다름이 없고 그런 일은 여태 단 한 번도 일어나지 않았으니까.

─용병 라이칸은 이 사태를 미연에 예측하고 방지하기 위해 자신만의 노력을 해왔습니다. 하나 저희 특수경찰국은 그것을 추악한 증오 범죄로 규정하는 우를 범하고 말았습니다…….

유백송의 파르르 떨리는 입술로부터 흘러나오는 목소리는 가냘프고 처량했다.

세진은 어느새 자세를 고쳐 앉고서 TV의 볼륨을 키웠다.

—특수경찰국의 조사 결과 이번 사태는 의도된 범죄이며, 그 조사 과정에서 2년 전 국가에 보호신고를 요청한 뱀파이어가 용의선상에…….

그렇게 멍하니 유백송의 입술이 오물오물 거리는 것을 관찰하다 보니, 이번에는 핸드폰에서 요란한 알람이 울렸다.

그는 TV에 눈을 떼지 못한 채 그 전화를 받았다.

"여보세요?"

—……오빠! 저 세정이에요. 몸은 괜찮아요?

유세정의 연락이었다. 그녀의 목소리는 속삭임이라고 해도 무방할 정도로 작고 가느다랬다.

"응, 괜찮아."

—휴. 다행이다…… 저…….

하나 그녀의 말은 이어지지 않았다. 별안간 수화기 너머에서 '요 녀석이 또 그놈……' 따위의 고함이 터져 나오더니, 전화가 뚝 끊겨 버렸다.

"……뭐야?"

그리고 그 이상함에 세진이 고개를 갸웃한 순간,

-저 유백송은 특수경찰국의 국장으로서 용병 라이칸에게
정식으로 사죄하고 도움을 구하고자 할 것임을 천명하는 바
입니다.

　고고한 백호의 사죄 선언이 들려왔다.

　이튿날.
　난리도 이런 난리가 없었다.
　갑작스레 면적이 두 배 이상이나 넓어진 몬스터 필드에 대
한 걱정은 어느새 뒷전으로 밀리고 대한민국 전역은 라이칸
에 관한 소식으로 들썩였다.
　과연 평생 고개를 숙일 일이 없을 것 같았던 백호의 사죄
가 일으키는 파급력은 그 정도로 대단했다.
　그에 따라 대중과 언론은 앞으로 전해질 라이칸의 입장 표
명에 촉각을 곤두세웠다.
　전설적인 용병이라는 라이칸이 자신을 범죄자로 규정했었
던 특수경찰국의 사죄를 받고서 임무를 수락할 것인지 아니
면 여태 그래왔던 것처럼 은둔할 것인지.
　'돌아버리겠네, 진짜.'
　하나 정작 그 모든 난리를 일으킨 장본인, 김세진은 노트

로 전해지는 유백송의 메시지를 바라보며 후회와 고민에 빠진 채였다.

무심코 던진 돌에 개구리 맞아 죽다는 말이 이러할까, 생각해 보니 철이 없어도 너무 없었다. 특수경찰국에게 이 사건은 기관의 명성과 자존심이 걸린 문제였을 터. 한데 자신은 그것을 깃털보다 가벼운 마음으로 농락해 버렸다…….

"후……."

그는 한숨을 내쉬며 침대에 드러누웠다.

뱀파이어 또는 흡혈귀.

요 근래에는 신경을 쓰지 못했지만 놈들을 향한 증오의 감정은 여전하다.

왜 놈들은 하필 자신의 어머니를 살해했을까. 다른 특별한 이유가 있었을까, 아니면 단지 배가 고파서였을까 그리고…… 도대체 누가 그랬을까.

요즈음엔 그것들을 떠올릴 때면 자다가도 증오가 치솟아 벌떡 일어나는 경우가 잦다.

아마 몬스터의 영향도 없지 않아 있겠지. 늑대는 흡혈귀라는 종족 자체를 증오하고, 오크는 분노를 참지 못하는 몬스터니까.

아마 어떤폼과 동화되어 가든, 놈들을 향한 분노는 격화되어갈 뿐 연해지지는 않을 것이다.

그렇게 한참동안을 최대한 인간적인 마음과 두뇌를 사용

하여 고민하던 김세진은 결국 결론을 내렸다.

이것은 어차피 내 책임이 크다. 또한 나는 뱀파이어들에게는 갚아줘야 할 빚이 너무 많다. 게다가 이번 사태로 놈들이 대한민국의 국민을 상대로 사구(死球)를 던졌음이 명확한데 그냥 넘어가기엔 너무 억울하지 않은가.

마음을 다잡은 그는 일필휘지로 답장을 적어 내려갔다.

그리고 답장을 적고서 약 10여 분 뒤.

뉴스와 언론 등지에서 긴급 속보를 내보냈다.

[긴급 속보] [라이칸 특수경찰국 임무 수락](1보)
라이칸, 특수경찰국 임무 수락.

[댓글 4830개]
─대박. 임무 수락했네? 자기 범죄자로 만든 경찰국인데
ㄷㄷ; [찬성 2093] [반대 858]
　ㄴ솔직히 범죄자는 맞지. 뱀파이어 죽였잖아. [찬성 398]
[반대 693]
　ㄴ지랄하네. 이번 사태도 뱀파이어 OOO들이 일으킨 건데, 그 OOO들이 사람이냐? 짐승만도 못한 OOO 개OOO지. 이OOO 내 집 물어내 OOO련아. 이OOO년 뱀파이어 같은데 누가 위치 추적 좀 해봐 OOO. [찬성 673] [반대 203]
─아니, 근데 라이칸 진짜로 있었던 용병임? 용병 끝물 때

잠깐 용병일 했다던 우리 삼촌은 전혀 모르던데? [찬성 1681] [반대 1458]

　ㄴ니 삼촌은 시다바리니까 모르지 붕아. [찬성 381] [반대 158]

　ㄴ너희 같은 일반인이 아는 용병은 대부분이 그냥 잡졸들이야. 진짜 강한 용병들은 보통 자기 정보 같은 거 절대 안 남겨. 생명이랑 직결되는 문제거든. 그리고 용병 신청도 안 하고 용병노릇 하는 용병도 무지 많았는데, 기록이 남아 있을 정도면 신뢰도 99%. [찬성 481] [반대 38]

　ㄴ위에 말이 맞음. 애초에 20여 년 전 용병 역할은 적대 종족을 사살하는 거였는데, 미쳤다고 자기 광고하겠냐? 자칫 잘못하면 바로 다음 날 암살당할 텐데. [찬성 581] [반대 48]

　−와; 그럼 이제 다시 종족전쟁 시작되는 건가? [찬성 1581] [반대 958]

　ㄴ아니, 미쳤냐. 그냥 여기에 관련된 뱀파이어만 잡아 죽이면 되지. [찬성 581] [반대 358]

　ㄴ뭘 죽여 교화해야지 ㅉㅉ. 이런 놈 때문에 사회가 각박해지고 살벌해지는 거다. [찬성 181] [반대 458]

　ㄴ지랄하네. 감옥에 갇힌 뱀파이어 80% 이상이 자살한 거 알고는 있냐? 짐승 피 먹기 싫다고 버티다가 자살한 건데 교화는 개뿔. 그냥 죽여야 돼. [찬성 481] [반대 358]

라이칸의 임무 응낙 10분 뒤 게재된 인터넷 기사에는 3분 만에 무려 4천여 개의 댓글이 달렸다. 그만큼 대중들이 이 사건과 라이칸의 결정에 민감한 관심을 쏟고 있었다는 뜻이 겠지.

"……후우."

하나 정작 김세진은 노트에 적힌 내용을 바라보며 아주 정적인 한숨을 내쉴 뿐이었다.

[노트에 여백이 얼마 남지 않았습니다. 다른 통신 수단이 필요합니다.]

평범한 노트에 간단한 성질만을 부가했기 때문일까, 페이지가 모두 동이 나버렸다. 그간 특수경찰국이 정말 간절했었는지, 연락을 씹고 있을 때도 하루에 1페이지 이상의 메시지를 보내다시피 했으니 그럴 만도 했다…….

그는 잠시 생각에 잠겼다.

여기에 방법은 두 가지가 있다. 또 다른 노트를 만들어 건네주거나 아니면 직접 대면하여 얘기를 끌어나가거나.

전자는 간단하고 위험도 별로 없지만 후자는 방법이 복잡하고 리스크도 크다.

그러나…… 김세진은 후자를 선택하고 싶었다.

물론 정체를 완전히 드러내겠다는 것은 아니다. 그저 김세진을 라이칸의 대리인으로 내세우는 것뿐.

게다가 용병 기록에 적혀 있는 라이칸과 김세진은 완전히 다른 사람. 애초에 라이칸이 음지에서 비닉한 채 활동했다는 10여 년 전, 자신은 꿈과 희망을 잃은 고아원에서 잿빛 인생을 살아가고 있었기에 의심할 부분도 없다.

'역시 그게 낫겠지.'

만약 정체가 탄로 나면 대국민 사기죄로 구속될 만큼 위험하겠지만 그래도 세진은 후자를 선택하기로 했다. 무엇보다 그래야만 10여 년 전 뱀파이어에게 살해당한 어머니의 진상 조사를 요구할 수 있을 테니.

[앞으로의 통신 수단은 없습니다. 그저 저에게 하고 싶은 말은 더 몬스터의 리더 김세진에게 전하십시오.]

그는 이렇게 문장을 적어냈다.

그리고 그 메시지가 전해진 특수경찰국 지하의 회의실 내부.

"……."

유백송의 얼굴이 잠시 멍해졌다. 회의실에서 함께 작전을 구상하던 1급 요원들도 마찬가지였다.

"……여기서 김세진이 왜 나와? 야. 뭐야 이거?"

"예?"

그녀가 자신의 바로 옆에 앉은 요원을 툭툭 건드리며 물었다.

"그…… 그냥 친한 사이 아닐까요?"

"김세진이 가족 관계가 어떻게 된다고 했지?"

"없습니다. 전무해요."

"근데 라이칸이랑 어떻게 알아?"

유백송이 미간을 좁히며 요원을 노려봤다.

"……다녀오겠습니다."

그 시선을 잠시 마주보던 요원은 이내 한 줄기의 빛살이 되어 어딘가로 쇄도했다.

"김세진…… 요즘 진짜 자주 보이네."

그리고 유백송은 의미심장한 표정으로 의자에 등받이에 몸을 기댄 채,

"하아아암~"

크게 하품을 내쉬었다.

고작 40살밖에 되지 않은 신수는 여전히 어렸고 아직 많은 잠을 필요로 했다.

갑작스러운 사균열 사태가 어느 정도는 안정된 지금. 김유린은 핸드폰을 만지작거리며 깊은 고민에 빠져 있다.

"근데 김세진 진짜 대단한 사람인가 보다. 라이칸이랑도 연줄이 있고. 특성으로 미래에서 회귀했다는 소문도 있던데, 그게 진짜 거 아냐?"

"……아니, 그건 좀. 아 맞다. 야, 너 그거 서류 접수했어?"

현재 그녀가 휴식을 취하고 있는 곳은 몬스터 필드 근처에 마련된 임시 휴게실. 이곳에는 한 남자에 관련된 이야기로 가득했다.

"어떤 거?"

"더 몬스터 신입 단원 뽑는다고 공지 올라왔잖아."

"아 그거? 당연히 넣었지. 그거 새벽은 아예 상급 기사까지 싹 다 넣었다던데? 칠흑도 중상급까지는 넣은 것 같고."

유린은 들려오는 말소리에 신경을 끄고, 짧은 손톱으로 책상을 톡톡 두드렸다.

그녀는 지금 4일 전의 밤을 되새기고 있다.

영웅 오크와 함께 바실리스크를 토벌했던 날, 전투가 끝나자마자 쓰러진 자신에게로 다가왔던 김세진의 모습 동시에 홀연히 사라졌던 괴물 오크…….

'시간 차이가 너무 짧은데…… 어, 잠깐. 김세진은 몬스터랑 대화를 나눌 수 있다고 했으니까 혹시…… 괴물 오크도 길들이는 데 성공한 건가?'

아니, 근데 아무리 그래도 그런 어마어마한 놈을 길들일 수 있을 리가…….

"……으으으!"

생각하다보니 머리가 지끈거려왔다. 그녀는 관자놀이를 짓누르며 휴대폰의 액정을 바라보았다.

김세진. 082-2349-3048

그날의 의문과는 별개로, 도와준 것에 감사는 표현해야 하지 않을까.

그녀는 침을 꿀꺽 삼키고서 전화를 걸었다.

뚜루루-뚜루루-뚜루루.

그러나 그는 이번에도 받지 않았다.

"……아아아아."

또 부재중 전화 기록에 남겠네. 김유린은 쪽팔려하며 자신의 머리를 거칠게 헝클어트렸다.

김유린이 세진에게 전화를 건 것과 같은 시각.

'되려나…….'

고블린폼의 김세진은 지금 실험에 집중하고 있다.

'이번에 안 되면 마나오링인데.'

꽤 특수한 물건을 하나 만들기 위함이다.

그리고 특수한 만큼 제조 과정도 상당히 복잡하다.

이게 벌써 13번째 시도. 고작 물건 하나를 제조하다가 마나오링이 날 지경이다.

"후……."

먼저 D등급까지 성장한 '물의 지배자'를 사용해 비커에 담겨져 있는 김세진—자기 자신의 혈액 100㎖에서 마나만을 추출해 결정화한다.

이렇게 제조된 일명 '김세진의 마나 결정'은 그저 이 상태로는 별다른 쓸모가 없다. 하나 여기에 마력 문신이 덧붙여진다면 이야기는 달라진다.

본래 사람의 특성과 스킬은 그 사람의 '고유한' 마나 속에 저장되어 있는 법. 물론 마력 문신으로 자신의 특성 그 자체를 다른 물체에 이식하는 것은 평생토록 불가능 하겠지만, 관련 스킬의 등급이 오름에 따라 '패시브 스킬'의 일부를 옮기는 것은 가능해졌다.

그러니까 김세진은 지금 자신의 패시브 스킬 중 하나를 평범한 물체에 이식하여 특별한 도구를 만들고 있다는 뜻이다.

이식할 스킬은 '늑대의 후각', 이를 통해 만들 도구는 흡혈귀만의 희미한 냄새를 탐지하게 해주는 목걸이.

원리는 이러하다. 늑대의 후각을 이식한 목걸이의 알맹이에 성질까지 (오크의 단조를 통해) 부가하여 특정한 냄새를 맡는 순간 알맹이가 진동하고 붉은 빛을 발산하는 식.

이것은 시중에 판매되는 보통 마법 아티펙트와 비슷한 면이 있긴 하지만, 스킬 하나가—비록 하향적용 된다 하더라도—통째로 적용되는 만큼, 여타 보통 아티펙트의 성능은 가벼이 초월할 터.

지금은 일단 하나 만드는데도 벅차고, 갑작스러운 일이 생겨 그다지 실용성이 있는 물건이 아닌 수사용 물건을 만들어야 했지만…… 그래도 이런 제조 과정 자체에 익숙해지면 나중에 더욱 괜찮은 물건을 세상에 선보일 수 있을 테니 별 상관은 없다.

게다가 숙련도도 무지막지하게 오르고.

"……크응."

고블린폼인 김세진은 평범했던 목걸이에 사력의 힘을 다해 마력 문신을 새기고, 오크의 단조로 마무리까지 지었다. 이게 벌써 13번째 시도. 이번에도 안 되면 오늘은 그냥 포기하자…….

"……흡!"

그는 대기 중의 수분 성질을 조절하여, 최대한 뱀파이어와 비슷한 냄새를 생성하는 데 성공했다. 맡기만 해도 순간적인 분노를 야기시키는 비릿한 내음.

스물스물.

냄새가 서서히 퍼져 나가 목걸이에 닿자, 별안간 목걸이가 선명한 붉은색으로 발하기 시작했다.

"됐다!"

어느새 다시 인간이 된 김세진은 목걸이를 부여잡고서 안도의 한숨을 내쉬었다. 마나를 너무 많이 사용했기 때문일까, 순간 아득한 현기증이 몰려왔다.

하나 쉴 틈은 없었다.

똑똑똑.

"특수경찰국장입니다."

오늘은 유백송과 만나기로 약속한 날이었으니.

인간으로 있을 수 있는 시간을 확인해보니, 4시간. 충분하다.

그는 퍼뜩 현관으로 나가 문을 열어주려다가 순간 멈칫했다.

'……맞다! 향기.'

자신에게서 뿜어져 나오는 향기는 사람들에게 호감을 불러일으키는 정도에 불과하지만, 이 향기를 맡는 주체가 '수인'이라면 얘기는 조금 달라진다.

게다가 유백송은 전 세계에서도 여덟 개체밖에 없는 1세대 수인, 즉 '순수한 수인' 중 한 명. 여타 수인보다도 감각이 예민한 만큼 이 향기가 조금 치명적으로 작용할지도 모른다.

'……별문제 없겠지?'

그러나 이런 향기 따위의 유혹을 견뎌내지 못하면 그건 신수가 아니지 그는 긴장을 풀고서 문을 열었다.

"어서 오……."

김세진이 문을 열었다.

한데 전방에는 아무 사람도 없었다. 그가 의아해하며 고개를 내리자 그제야 불만스러운 표정으로 이쪽을 올려다보는 유백송이 보였다.

새하얀 머리카락, 날카로운 눈매와 고집이 엿보이는 꾹 다물린 입…… 오밀조밀 조각된 이목구비는 역시 신수다운 아름다움이었다.

하나 세진은 그런 인간의 이목구비보다는 그녀의 머리 위로 쫑긋 솟아오른 두 귀와 등 뒤에서 빳빳이 세워진 호랑이 꼬리에 더욱 눈길이 갔다.

'……생각보다 작네?'

세진은 약간 의외라는 듯이 유백송의 정수리를 내려다보았다. 기자 회견에서는 얼굴만 보여주기에 키가 더 클 줄 알았는데 이건 거의 중학생 수준이 아닌가.

끽해봤자 155? 156?

"큼큼."

유백송이 헛기침을 했다. 무섭게 보였던 첫 인상과 달리 아담한 체구와 날카로운 얼굴이 맞물리니 마냥 귀엽게만 느껴졌다.

"어서 오세요."

김세진이 고개를 꾸벅 숙였다. 그리고 유백송은 말없이 김세진의 얼굴을 올려다보았다.

그러길 잠시.

그녀는 그가 가장 우려하던 행위를 시작했다.

"킁킁."

유백송은 코를 킁킁거리며 세진에게서 퍼져 나오는 향기를 맡았다. 과연 그의 향기에는 중독성이 있었기에 그 행위는 한 번으로 끝나지 않았다.

"킁킁- 킁킁."

그녀는 이곳으로 찾아온 이유도 목적도 잊어버린 채 냄새 삼매경에 빠져 버렸다. 꼿꼿이 세워져 있던 꼬리는 어느새 살랑살랑 흔들리고 베일 듯 뾰족했던 귀는 둥그렇게 말아져서는 팔랑거린다.

"저기요?"

"······아, 실례."

세진의 부름에 잠시 향기에 빠졌던 유백송이 가까스로 정신을 차렸다.

"특수경찰국장 유백송입니다."

그녀가 작고 고운 손으로 명함을 건넸다. 새하얀 피부와는 대조되는 새까만 명함. 세진은 그것을 받아 들고서 그녀에게 손을 건넸다.

"김세진입니다. 굳이 직업이 있다면 단체장입니다."

"익히 들어 알고 있습니다. 들어가도 괜찮겠습니까?"

"예."

그가 비켜주자, 유백송이 현관문 안으로 발을 내디뎠다.

"킁킁."

그녀는 들어오자마자 또다시 냄새를 맡았다.

"……큼."

김세진이 초조해하며 침을 꿀꺽 삼켰다. 자신이 이 집에 거주한 지는 근 1년이 되어간다. 그 길다면 긴 세월 동안 다양한 몬스터폼으로 있었고 그만큼 꽤 진한 몬스터 체취가 쌓였을 터.

"집에 밴 냄새가 좋네."

하나 다행히도 유백송은 쉽게 날아가는 몬스터의 체취보다 진하게 가라앉은 늑대의 향내에 집중한 듯, 오히려 이 최상의(?) 환경을 무척 만족스러워 했다

"그런가요? 일단…… 따라오세요."

그는 쓴웃음을 짓고서 유백송을 거실로 안내했다.

아니, 하려했다.

그러나 그녀는 쉽게 움직이지 않았다. 몇 발자국 걷다 멈춰서 냄새를 맡고 잠시 정신을 차렸다가도 또 멈춰 서서는 다시 냄새 맡고…….

"……저기요?"

"……집 인테리어가 좋네."

그렇게 말하는 유백송의 얼굴에는 희미한 화색이 감돌고 있었다. 처음에는 그저 뚱하고 고집스러웠다면, 지금은 왠지 새치름하다고나 할까. 과연, 환경에 따라 기분이 정해진다는 수인다웠다.

"아…… 예, 그 일단 따라오세요. 보여주고 싶은 것이 있

으니까.”

“예.”

그제야 유백송은 김세진의 뒤를 쫄래쫄래 따라왔다.

복도를 지나 거실로 들어가면, 가장 먼저 세진이 틈만 나면 뒹굴 거리는 소파가 보인다. 그리고 유백송은 역시 그 소파를 그냥 지나치지 않았다. 그녀는 정말 아주 자연스럽게 거의 무의식적으로 그 소파 위로 직행했다.

“이겁니다.”

김세진이 목걸이를 집어 들며 자신만만하게 말했다. 하나 반응은 없었다. 그에 의아한 세진이 고개를 뒤로 돌리자.

“……”

소파에 얼굴을 처박고 누워 숨죽인 채 냄새를 맡는 유백송의 모습이 보였다.

“……저기요?”

세진은 그 이후로도 약 서너 번은 더 유백송을 불렀다. 하나 그녀는 들은 척도 하지 않았고 결국 김세진이 그녀의 목덜미를 잡아 소파 밖으로 직접 옮겨낼 수밖에 없었다.

“아, 뭐야!”

유백송이 신경질을 내며 온몸을 파닥거렸지만, 이내 자신이 방금 전 보였던 추태를 깨닫고는 헛기침을 한 번 했다.

“큼. 뭡니까? 초면에 사람 목을 잡다니.”

“죄송합니다. 너무 심취해 있으신 것 같아서.”

"심취는…… 어쨌든. 그래서 할 얘기가 뭔데요?"

"아. 그게……."

그는 유백송에게 방금 만든 목걸이를 하나 건넸다. 그녀는 자신의 손바닥 위에 있는 목걸이를 멀뚱멀뚱 쳐다보더니 고개를 갸웃하며 되물었다.

"뭐요."

"흡혈귀를 구분할 수 있게 도와주는 도구입니다. 이거만 있으면 일반인들도 근처에 흡혈귀가 있는지 없는지 판별해 낼 수 있어요. 일단 한 번 걸어보세요."

"……흐음."

유백송은 심히 못 미덥다는 표정이었지만, 그래도 목걸이를 걸려 했다.

"이거 왜 안 돼?"

하지만 평생 액세서리 따위에는 연이 없던 신수답게 쉽게 성공하지는 못했다.

"이런 씨……."

시간이 흐를수록 유백송의 얼굴과 기분만 찌그러져 갈 뿐 별다른 진전이 없었기에 결국 참다못한 김세진이 나섰다.

그는 그녀에게로 다가가 목걸이를 직접 걸어주었다.

"으아아……."

한데 그 와중에 왠지 모르게 기묘하고 뜨거운 숨결이 목 언저리에 닿았다. 김세진은 순간 깜짝 놀라 뒤로 물러섰다.

"······끙."

유백송은 부러 아무 일도 없었다는 듯 그의 시선을 피했으나, 홍조가 붉게 오른 그녀의 두 볼은 솔직했다.

"뭐, 뭐! 아니, 그것보다, 이게 뭔데!"

그녀는 부러 큰 소리를 치며 짐짓 공격적으로 으르렁댔다. 세진은 피식 웃으며 목걸이의 효능을 설명해 주었다.

"그냥 평범한 목걸이 같은데······."

유백송이 제 목에 걸려진 목걸이를 매만지며 중얼거렸다.

"믿어보세요. 이걸 끼고서 강원도 근처를 탐색하시다 보면, 사람 속에 숨어 있는 흡혈귀를 색출할 수 있으실 겁니다."

"나는 그런 거 없어도 흡혈귀 구분할 수 있는데?"

어느새 인가 유백송은 반말을 하고 있었지만 이상하게 기분이 별로 나쁘지 않았다. 어차피 그녀는 외면이 특출하게 어려 보일 뿐, 나이 차이도 스물 가까이 나니까.

근데 이상하게 이건 나이 많은 어른이 반말하는 느낌이 아니라 무척 어린 아이가 반말을 쓰는 느낌이다.

"예, 신수는 할 수 있겠죠. 하지만 다른 요원은 구분이 불가하잖습니까."

"······흠."

그녀는 두 귀를 쫑긋 세우며 잠시 생각에 잠겼다.

뱀파이어라는 종족은 자신을 숨기는 능력이 여간 특출한 게 아니라서 짐승보다도 감각이 예민한 1세대 수인들도 그

구별을 힘들어했다. 하물며 1세대 수인이 거의 멸종한 지금 아마 전 세계를 통틀어 단지 냄새만으로 흡혈귀를 구분할 수 있는 건 '신수' 유백송과 김세진뿐.

"이게 라이칸이 만든 거야? 나에게 전해달라고 그쪽한테 시킨 거고?"

"예? 아…… 뭐 저랑 라이칸이 공동 제작했다고 보시면 됩니다."

"흐응…….."

유백송은 그를 의심스레 한 번 흘겨보고는 고개를 끄덕였다.

"수사에 도움이 되긴 하겠네. 근데 그것보다."

그러곤 목걸이를 풀었다. 매는 것보다는 푸는 게 쉬웠기에, 이번엔 별다른 곤란이 없었다.

"라이칸이 우리한테 줘야 하는 정보가 있지 않나?"

"네? 아…… 그건 나중에 얘기하고. 일단 그 물건을 특수경찰국에 건네주는 대신, 조건이 하나 있습니다."

"……조건?"

갑작스러운 화제 전환에 그녀가 미간을 좁혔다. 상당히 탐탁찮은 표정이었지만…….

"네, 당연히 공짜가 아니죠. 그거 만드느라 얼마나 힘들었는데……."

세진은 은근슬쩍 그녀의 곁으로 다가갔다. 그녀가 향기를

더 진하게 맡을 수 있도록,

"으, 으응?"

단지 세 뼘 정도 가까워졌을 뿐이다. 그러나 그녀는 눈에 띌 정도로 당황해서는 세진의 눈을 마주치는 것조차도 힘들어했다.

"……그게 말입니다."

그는 제 어머니의 생각에 살짝 굳은 표정이 되어 그녀에게로 조금 더 가까이 다가갔다.

"자, 잠깐, 오지 마…….."

유백송은 바로 코앞에서 진하게 전해져 오는 향내에 정신을 차릴 수 없었다. 그녀는 정신력을 발휘하여 최대한 버텨보려 했지만…… 아직 어린 신수가 견뎌내기엔 그의 냄새가 너무 강했을 따름이다.

그날, 김세진은 유백송에게 확실한 응낙을 받을 수 있었다. 역시 고작 냄새 따위로 신수를 굴복시키는 것은 힘들었으나, 오히려 그녀가 1세대 수인이라는 점이 독이 되어 작용했다. 감각이 특히 예민하다는 것은 자신의 냄새에도 특히 유별나게 반응한다는 뜻이었으니까.

김세진은 특수경찰국의 요청에 따라 총 다섯 개의 목걸이를 더 만들었고, 경찰국은 개당 50억이라는 거금을 주고 그 아티팩트를 구매했다.

그 이후로는 라이칸의 도움 따위가 필요 없을 정도로 일사천리였다. 그만큼 특수경찰국 요원들의 실력은 대단했다. 그들은 일주일 사이에 무려 39인의 뱀파이어를 잡아들였고, 그중 7명이 이 사태에 직간접적으로 영향이 있음을 밝혀냈다.

그러자 뱀파이어 관련 옹호기사를 쓰던 몇몇 기자나, 흡혈귀의 인권을 주장하던 단체의 회원들이 잠적하는 일이 발생했다.

이것으로 인해 사회 속에 뱀파이어들이 스며들어 있었음이 어느 정도는 확실해졌다. 대중은 이에 공분하는 한편 특수경찰국의 대응과 김세진의 발명품에 찬사를 보냈다.

그리고 이 수사에 대한 공로를 인정받아, 더 몬스터의 단체 등급은 B-로 상향 조정 되었다.

게다가 기획팀과 재무팀에서 추천한 프로젝트의 일환이었던 강원도 부지 구매도 이번 사태로 강원도의 땅값이 폭락한 탓에 생각보다 금세 완료됐다.

문자 그대로의 전화위복.

그렇게 발족한 지 1년도 채 되지 않은 단체 더 몬스터는 어느새 강원도에 1만 평 이상의 부지를 갖게 된 대형 단체로 성장했다.

"단체 부지 개발이요?"

"예, 아마 이번이 적기가 될 것 같습니다."

기획팀장 소진희가 찾아와서 보고서를 제출했다. 그는 호기심 어린 눈으로 그것을 탐독하기 시작했다.

보고서에는 1만평에 달하는 부지를 어떻게 활용할지에 대한 아이디어가 많이 적혀 있었다. 아탄이를 상징으로 삼은 테마 공원, 김세진이 앞으로 만들 여러 가지의 아티팩트를 판매하게 될 고급 마법 상점 그리고 하젤린의 요선 알케미하우스와 협력 관계를 맺어 그 근처 일대를 고블린과 오크의 구역으로 만들겠다는 계획까지.

"좋긴 한데…… 돈이 많이 들지 않을까요?"

"아뇨! 유동 아저씨와 함께하면 최대한 절약해서 할 수 있습니다! 게다가 외국에서는 이미 유명한 단체들이 이런 사업도 해서 큰 성공을 거두고 있기도 하고요! 저희는 더 성공할 수 있어요! 게다가 몇몇 기사단이 도와주겠다고도 했습니다!"

소진희는 참 씩씩했다. 세진은 그런 그녀를 보며 미소를 지었다.

어차피 자신이 뽑은 사람들은 능력적인 면에서 걱정은 안 해도 되고 돈을 쌓아두기만 하는 것은 곧 잃는 것이나 다름이 없으니 차라리 이렇게 투자를 하는 것이 백 번 옳겠지.

"……그래요. 열심히 해보세요."

허가를 내린 김세진은 보고서에 결재 사인을 했다. 그러자 소진희는 솟구치는 감정을 애써 억누른 채 크게 인사를 하고서 단체장실 밖으로 나갔다.

그녀가 나가자마자 아싸! 하는 환희의 소리가 전해져왔다.

그에 엷은 미소를 지은 김세진이었으나 그는 이내 다시 표정을 굳히고 책상 서랍 속에 넣어둔 서류를 하나 꺼냈다.

2주 전.

'더 몬스터'는 뜨거운 화두가 되어 10월의 시작을 화려하게 장식했다.

김세진은 신입 단원을 뽑기 위해 홈페이지에 관련 내용을 올리고 SNS를 통해 광고했다. 총 250명까지 가입할 수 있는 단체에 고작 6명밖에(직원 제외 그리고 그마저도 김세진이 세 명분을 하고 있다) 가입되어 있지 않은 건 낭비라고 생각했기 때문이다.

보통 비밀리에 단원을 섭외하는 여타 다른 B등급 이상 단체와는 달리, 공개적으로 단원을 뽑겠다는 더 몬스터의 공지에 홈페이지가 잠시 마비되었고 뉴스에서도 그 사실을 중점적으로 보도했다.

그 소식에 당장 새벽 페이지를 비롯한 기사단 커뮤니티에서도 대난리가 나서 같은 기사단의 기사들은 서로 어떻게 해야 할지 모여서 회의까지 했다고 한다.

그렇게 일주일의 기간 동안 지원한 국내는 물론 국외의 기사, 사냥꾼, 마법사의 머릿수는 무려 3,000. 다른 직업까지 합치면 물경 사천에 달하는 어마어마한 수였다.

한데 그중에선 세진을 살짝 불안하게 만드는 지원자도 있었다.

김유손, 용병의 선술집 주인장이자 자신을 라이칸이라는 전설적 용병으로 둔갑시킨 장본인.

'알고 있을까?'

김유손의 특성은 꿈과 인물에 관련되어 있다. 꿈속에서는 잠시 특정한 인물의 시각으로 세상을 볼 수 있다고.

그 말은 즉…… 김유손은 김세진이 라이칸임을 알고 있을 가능성도 있다는 얘기.

"흠……."

하지만 오히려 불안하기에 자신이 품어야 하지 않나 싶기도 하다. 게다가 직접 대면하지만 않았다 뿐이지 신뢰도는 확실.

애초에 그가 박쥐같은 사람이었다면 특수경찰국에서 쑤시고 들어온 즉시 모든 사실을 불었을 테니까.

게다가 김유손은 이미 일면식도 없는 자신을 위해 꽤나 치밀하게 노력해 왔다. 과거 이름 없는 A등급 용병이었던 자신의 임무 기록과 라이칸의 임무 기록을 짜 맞춰, 특수경찰국이 라이칸을 조사하면 조사할수록 의심이 아닌 확신을 얻게 만들었을 정도로.

─단체장님, 김유손이라는 분께서 찾아오셨습니다. 들여보낼까요?

호랑이도 제 말하면 온다더니…… 김세진은 심호흡을 한

번 했다.

"들여보내세요."

그는 얼마간의 긴장을 한 채 김유손을 맞이했다.

"……그럼 꽤 오래전부터 알고 계셨던 거네요?"

김세진의 불안한 예감은 적중했다. 김유손은 약 삼 개월 전. 그러니까 그가 한창 괴물 오크로 난리를 피울 때부터 그의 정체를 알아챘다고 한다. 아니, 알아챘다기보다는 '알게 되었다'는 표현이 더욱 옳겠지.

"예, 라이칸이 단체장님이라는 사실은…… 어느 순간 알아지게 되더군요."

"그것 이외에도 말이죠?"

"……예."

그동안 김유손은 많은 착각을 했다고 한다. 어느 때는 오크의 시점에서, 어느 때는 늑대, 인간의 시점에서부터 시작되는 꿈.

갑작스레 몬스터의 꿈을 꾸었기에 처음에는 특성이 성장했나? 싶었다고 한다. 그러다 본격적으로 알게 된 계기는 김세진이 괴물 오크폼으로 수많은 시민을 구했을 때라고.

"이것 참. 부끄럽네."

그러나 늑대의 동공으로 엿보이는 김유손에게는 어떠한 악한 의도도 없었다. 애당초 악한 의도가 있었다면, 그 사실을 알게 된 즉시 협박을 하거나 했겠지.

"그 사실이 알려져도 괜찮으신 겁니까?"

막상 불안이 현실이 되었음에도 불구하고 이상하게 속이 시원했다. 어차피 평생 동안 영원히 비밀이 유지될 거라곤 생각하지 않았고 언제까지고 비밀로 둘 수도 없는 노릇이니.

"아뇨, 그런 건 아니죠. 당연히 제 치명적인 아킬레스건인데…… 흠. 어쩔 수 없네요."

"……예?"

세진의 말에 순간 김유손이 몸을 흠칫 떨었다. 중년의 사내는 그의 말을 마치 폐기선언이라고 생각한 듯. 뒤로 슬금슬금 물러서려 했다.

"저랑 평생 함께 가셔야겠네."

그러나 김세진은 그저 웃으며 손을 건넬 뿐이었다.

"……아. 하하. 예, 감사합니다."

그날 김유손이 주인장으로 있는 새로운 '용병의 선술집'이 더 몬스터 단체의 부지 내에 건설되기 시작했다.

B-등급 단체가 되니 할 일이 많아졌다. 법인 설립이니,

사업 허가니, 신입 단원 선발이니 뭐니 하면서.

그 탓에 세진은 인간으로 있을 수 있는 시간의 대부분을 단체 일에 할애해야만 했고 그러다 보니 자연스레 사적인 일로 사람을 만나는 게 소홀해졌다.

"사람들 뽑는 거. 꼭 오빠가 직접 봐야 되는 거야?"

그래서 유세정은 할아버지의 체벌이 끝난 이후로 퇴근 후에 단체장실을 찾아오는 게 일상이 되었다. 이곳이 아니면 김세진이 만나주질 않으니 어쩔 수 없었다.

"어. 어차피 남은 건 100명밖에 안 되잖아."

"흠…… 나도 도와줄 수 있는데."

"100명이면 30분이면 끝나. 그리고 중급밖에 안 되면서 뭘."

"아 진짜. 또 무시하네. 최연소 중급이랑 그냥 중급은 다른 거라니까."

유세정이 짐짓 퉁명스레 미간을 좁혔다. 그는 그녀의 불만을 그저 웃어넘기며 마지막 결재를 완료했다. 지원자들과 직접 대면하는 건 내일부터 시작이기에 이걸로 모든 업무가 끝.

"저 오빠."

유세정은 자리에서 일어나는 그의 눈치를 살짝 살피다가, 손가락을 꼼지락거리며 물었다.

"……오늘도 시간 안 돼?"

매일 매일. 그녀는 세진과 같이 무언가를 하고 싶어 했다.

그러나…… 그는 남은 시간을 살폈다. 남은 시간은 1시간

30분. 그녀와 함께하기에는 너무 촉박하다.

"아니, 뭐 별로 어디로 놀러가는 거 없이. 그냥…… 오빠 집에 가서 놀아도 되고……."

그 기색을 눈치챈 유세정이 조심스레 덧붙였다. 그녀의 수줍은 모습은 가슴에 응어리진 음심이 동하기에 충분했으나 세진은 가까스로 참아내고 고개를 저었다.

"아직 어린 애가 무슨 남자 혼자 사는 집에 온다고. 지하 훈련장에서 훈련이나 열심히 하고 있어."

그는 유세정의 머리를 한번 쓰다듬어주고서 단체장실 밖으로 나갔다.

목적지는 몬스터 필드. 지반 자체가 뒤틀린 탓에 일반인은 물론 등급이 낮은 기사들의 출입까지 엄격하게 통제되었으나 김세진은 그곳에서 해야 할 일이 있었다.

"음?"

한데 갑자기 유세정이 성큼 다가와 그의 팔을 잡아챘다.

고개를 돌아본 그는 잠시 할 말을 잃었다. 꽉 다물린 입술과, 어느새 촉촉해진 눈가.

유세정은 한숨을 깊게 한번 내쉬고서는 천천히 입을 열었다.

"어디 가는데? 나도 같이 가면 안 돼?"

"……어, 안 돼."

그러나 세진은 단호했다.

물론 언젠가부터 그녀가 품게 된 감정. 그것은 바보가 아닌 이상 눈치챌 수 있었다.

퇴근하면 항상 자신을 만나러 오고, 헤어지고 나서는 잠에 들기 전까지 문자를 보내온다. 애틋한 감정이 없다면 하지 않는, 할 수 없는 것들이다.

"왜요. 왜 맨날 나는 안 되는데."

"너는 어리잖아."

평생 여자와 깊은 관계 따위를 가져본 적이 없는 세진은 단지 이런 변명밖에 생각이 나지 않았다.

아니, 마음만 굳게 먹는다면 자신의 이 빌어먹을 특성에 대해서 솔직히 말할 수도 있다. 이미 김유손도 자신의 실체를 모두 알고 있으니까.

하지만 그녀는 김유손이 아니다. 유세정이라는 여인은 김세진이라는 남자가 엮어낸 귀한 인연 중 하나이기에 너무나도 꺼려졌다.

그녀가 몬스터로 변하는 자신을 두고 혹시라도 품을 수 있는 오해, 공포, 두려움이 마음에 걸렸다. 무엇보다 그녀가 자신에게 이러한 감정을 품게 된 이유는…… 몬스터의 스킬 때문이지, 결코 그녀 스스로 키워나간 감정이 아니다.

그녀가 그 사실을 알게 되면 어떤 생각을 할지.

몬스터의 본성은 그런 건 상관하지 않아도 된다고 외쳤지만 그러나 인간 김세진은 아직 어리고 여린 그녀를 상처 입히기 싫었다.

"너무……."

그러나 유세정은 그 이유가 납득이 가질 않았다. 어리다는 이유로 계속 뒤로 내뺄 거면 그동안 왜 스킨십을 하며 여지를 줬는지.

그녀가 두 주먹을 꽉 쥐었다. 이게 말로만 듣던 어장관리냐고, 근데 나는 물고기치고는 너무 큰 대어 아니냐고 소리라도 크게 한번 지르고 싶었다.

하지만…….

"……알았어요."

그녀는 이런 자신이 너무 처량하고 초라하지만 그에게 미움 받고 싶지 않았다.

"끄허어어……."

맨티코어가 기묘한 울음소리를 내며 바닥에 쓰러졌다. 흑색 늑대, 김세진은 사체가 된 놈의 심장을 향해 손톱을 쑤셔 넣었다.

[맨티코어의 마나석 흡수]

-능력치가 상승합니다.

-패시브 스킬 '인면구조'를 습득합니다.

[인면구조] [등급F]
-등급이 오르면, 언어를 구사할 수 없는 몬스터도 말을 할 수 있게 됩니다.

'……이건 뭐야?'

몬스터 필드로 진입하자마자 처음 맞닥뜨린 몬스터는 이미 한 번 전투 경험이 있는 맨티코어였다. 그때에는 정신이 없어 마나석을 흡수하는 것도 잊었었기에, 잘 만났다 싶어 달려들었다.

몸속에 영체가 되어 스며든 '명품'의 힘으로 생각보다 쉽게 승리를 거머쥘 수 있었지만.

'스킬이 왜 이렇게 쓰레기야?'

놈으로부터 얻은 스킬이 영 마음에 들지 않았다.

김세진이 '흡수'를 하는 데 있어, 중상급 이상의 몬스터는 특별하다.

단지 마나석을 흡수하기만 하면 스킬 하나를 공짜로 주기 때문이다. 그 덕에 중상급 몬스터는 원활하게 사냥만 성공하면, 김세진에게 기하급수적인 성장을 전해주는 연료나 다름이 없다. 게다가 이 필드는 출입이 통제된 탓에 기사나 사냥꾼도 별로 없고.

'오늘이 아닌가?'

하나 그것은 단지 부수적인 목적일 뿐. 김세진이 매일 밤 몬스터 필드를 배회하는 이유는 김유손의 예언 때문이다.

'흡혈귀 하나가 홀로 몬스터 필드를 거니는 꿈을 꾸었습니다. 잡아서 겁박하거나 회유를 하여 입을 열게 한다면, 꽤나 큰 성과가 되지 않을까 싶습니다.'

"흐음."

김세진은 괜히 헛기침을 한번 했다.

"음?"

한데 정말 인간처럼 발음이 되었다.

"머야?"

물론 정확한 발음은 아직 무리였다. 이래서 맨티코어가 노래를 부를 수 있었던 거구나, 김세진은 괜히 납득했다. 그렇게 쓸모 있는 스킬은 아니지만 일단 스킬은 다다익선이니까 만족하기로 하고, 그는 발걸음을 움직였다.

그리고 얼마 걷지 않아. 김세진은 찾아 헤매던 냄새를 발견하게 되었다.

몬스터 필드의 뒤틀린 지리를 조사하기 위해 파견된 말단 뱀파이어 드웨인은 영국 국적의 히스패닉으로 선진국 출신 사냥꾼이라는 신분 덕분에 별다른 의심 없이 한국으로 입국할 수 있었다.

그가 맡은 임무는 고향으로 향하는 '통로'와 '사균열'까지의 지리를 조사하여, 보다 고귀하신 분들에게 전달하는 것.

샤샤샥.

그렇게 지리를 조사하며 발걸음을 움직이던 중, 등 뒤에서 풀숲이 흔들리는 소리가 들렸다.

드웨인은 재빨리 뒤를 돌아보았으나 생명체는 전무. 바람이겠거니 싶은 그는 별생각 없이 다시 앞을 바라보았다.

"……어."

그리고 그런 그의 시야를 가득 메우는 것은.

한 마리의 늑대였다.

이족 보행하는 거대한 늑대.

늑대는 비릿한 미소를 지으며, 그 소름끼치는 아가리를 천천히 벌렸다.

"오랜만이다."

"……."

낮고 묵직한 저주파 소리. 늑대는 단지 한마디를 했을 뿐인데, 드웨인은 게거품을 물며 기절했다.

"……뭐."

꽤나 의외의 반응이었으나, 김세진은 곧 그 이유를 파악해 낼 수 있었다.

자신은 목소리와 관련된 특성 2~3개 정도 있다. 그러한 특성들이 늑대의 목소리와 연동되어, 공포효과가 배가 된 것이겠지.

'어쨌든 일은 덜었네.'

세진은 기절한 놈의 위로 발산하는 검은 탁기를 확인하곤, 진한 '탁기의 고리'를 형성했다.

김세진은 포로로 삼은 뱀파이어에게 '심문에 적극 협조할 것'이라는 암시를 걸어두고서, [괴롭히면 정보를 뱉어낼 것입니다]라는 쪽지와 함께 놈을 인적 드문 곳에 감금해 놓았다.

그 이후 집에 도착한 김세진은 유백송에게 전화를 걸었다.

그간 세진의 어머니와 관련된 일로 몇 번 더 개인적인 만남을 가졌었기에, 유백송과 자신은 서로 꽤나 친해졌다고. 김세진은 생각했다.

"백송 씨."

─……끊는다.

"예? 왜죠?"

─내가 성씨 안 붙이면 상대 안 하겠다고 몇 번이나 말했을 텐데?

그러나 유백송은 역시 까칠한 신수다웠고 냄새의 영향력

이 닿지 않은 곳에서는 언제나 차가운 태도를 유지했다.

"유백송 씨."

－그래, 왜.

"제가 불러준 주소로 부하 요원 좀 보내세요. 라이칸이 흡혈귀를 거기에 잡아뒀다네요."

－……흡혈귀를?

그는 흡혈귀를 가둬놓은 주소를 불러주었다.

"그런데 제가 부탁한 건요?"

－그거 관련 정보는 이미 준비해 뒀어.

"그럼 내일 만나죠."

－만나자고?

유백송은 꺼리는 기색을 내비쳤다. 역시 향기 때문이겠지.

"예, 그중요한 자료를 택배 배송을 하거나 부하 직원을 시킬 순 없잖습니까."

－……알겠어. 내일 내가 다시 연락할게.

그녀는 여전히 삭막한 어투를 유지한 채 전화를 끊었다.

20장
새로운 시작점

바로 다음 날, 햇볕이 쨍쨍한 정오.

김세진은 서울 도심에 위치한 호랑이 굴속으로 직접 걸어 들어가야만 했다. 사물에 깊게 밴 향기의 영향을 최대한 적게 받기 위해, 유백송이 만남 장소로 그녀 자신의 집을 선택했기 때문이었다.

그리고 지금 그는 유백송의 집 안에서, 그녀와 상당한 거리를 유지한 채 극비 서류파일을 살펴보고 있다. 김세진의 표정은 무척 심각했으나, 유백송은 그 와중에도 은은하게 풍겨오는 향내를 킁킁대며 꼬리를 살랑였다.

"……허."

서류를 탐독하던 세진이 무의식적으로 헛웃음을 터뜨렸다.

그녀가 건네준 정보에는 세진 자신도 모르던 사실이 기록되어 있었다.

자신의 어머니는 과거 용병이었고, 단 한 번도 얼굴을 보지 못한 아버지는 기사였다는 사실. 그리고 어머니는 자신을 임신한 사실을 알게 된 즉시 용병을 은퇴했고, 아버지는 어머니 대신 나간 마지막 임무에서 흡혈귀에 의해 살해당했다는 것.

그리고 무엇보다. 이 모든 정보가 대한민국에서 '폐기처리'되었다는 이해 못 할 진실까지.

"그 당시에는 내가 국장이 아니었던 때긴 하지만 확실히 미심쩍은 점이 많아. 무엇보다도, 우리 특수경찰국에서도 그 사건을 조사한 흔적이 있는데…… 누군가가 그 결과를 모조리 삭제해 버렸어."

유백송은 서류를 탐독하는 세진의 눈치를 보며 말을 이었다.

"게다가 네 어머니는 너를 낳고 사망할 때까지, 약 8년간 경찰국의 특별 관찰 대상이었어. 이건 보통 중요한 증인 혹은 유력한 용의자에게 내려지는 명령인데, 왜 네 어머니가 그런 관찰을 받아야 했는지는 나도 자세히 몰라. 말했다시피 모든 정보가 삭제되었거든."

세진이 고개를 들어올렸다. 어느새 충혈된 그의 눈가는 얼마간의 물기가 고여 있었다.

"그러니까 어쨌든 자세히는 모른다, 이 말입니까 지금?"

"……그래. 아직까지는 여기까지가 한계야. 시간이 좀 지나야 뭐라도 해볼 수 있어."

"시간은 왜?"

유백송이 미간을 살짝 좁혔다.

"현재 특수경찰국장은 나 유백송이지만, 만인지상인 건
아니야. 우리는 엄연한 행정부 소속이라고. 전임 국장도 아
직 행정부에서 근무하고 있는데, 괜히 오래전에 폐기된 사건
을 들쑤셨다가는 어떤 문제가 생길지 몰라. 나는 그런 위험
을 감수하고 싶지 않아."

그러나 김세진의 시선은 쉽게 거두어지지 않았다. 유백송
이 결국 한숨을 푹 내쉬었다.

"……게다가 가용 요원 숫자도 딸려. 모든 요원이 이 흡혈
귀 사태에 집중하고 있는 거 너도 알고 있잖아? 이 난리가
해결될 때까지 한 3년만 기다리면 돼."

"……후."

아마 유백송의 말이 옳을지도 모른다. 이미 10여 년 전 종
결 난 사건을 파헤치는 건, 게다가 그게 모종의 이유로 은폐
까지 되어버린 사건이라면, 아무리 유백송이라 하더라도 위
험부담이 크겠지.

하지만 지금의 김세진은 굳이 그런 것까지 배려해 줄 수
없었다. 그게 비록 비겁한 방법으로 유백송을 이용하는 행위
라 하더라도, 그는 최대한 빨리 모든 진실을 알아야만 했다.

"……유백송 씨."

세진이 늑대의 향기를 최대한 강하게 가동시켰다. 목소리도 일부러 낮게 깐 중저음으로. 그는 그녀의 가장 예민한 감각, 후각과 청각을 동시에 공략했다.

"마, 말했잖아. 안 된다면 안 되는……."

그가 그녀에게로 성큼성큼 다가갔다. 그리곤 뒤로 물러나려는 그녀의 어깨를 붙는다. 가녀린 몸이 흠칫 떨렸다.

"6개월, 그 이상은 못 기다릴 거 같은데. 어때요?"

김세진이 그녀의 귀에 대고 목소리를 흘려보내자, 호랑이 귀가 미세하게 경련했다. 목소리에 감응한다는 신호. 그는 파닥파닥거리는 유백송의 귀를 부드럽게 쓰다듬으며 다음을 이었다.

"공짜라는 이야기가 아닙니다. 저희 단체에서 제공할 수 있는 것 중, 원하는 걸 하나 드리지요. 그거면 혹시라도 화가 날 나랏님들도 만족할 수 있을 텐데요."

그가 조건을 하나 더 추가했다. 아탄이 2.0은 정부에서도 제발 달라고, 달라고 애원했던 물건. 그거라면 충분히 몇 개의 잘못은 눈감고 넘길 수 있을 정도겠지.

"그, 그런…… 건 나는 잘 모른단……. 말이야……."

유백송의 목소리는 애처로울 정도로 떨렸다. 그녀로서는 난생 처음 느껴보는, 몸이 뜨겁게 달아오르는 기이한 감각이었다.

"좀…… 놔줘……."

저항을 해야 하는데…… 이놈은 한 주먹거리도 안 되는데…… 이상하게도 몸이 제 의지대로 움직이질 않는다. 귀에서부터 전해지는 따스한 느낌이 정신을 몽롱하게, 몸을 황홀하게 적신다.

"흐……."

결국 유백송은 달뜬 호흡을 내뱉으며 그의 품에 안기다시피 기대고 말았다.

"걱정 안 해도 돼요. 이거 엄청 좋은 조건이니까."

김세진이 서늘한 미소를 지은 채 그녀의 귓가에 대고 속삭였다. 그것은 마지막 결정타가 되었다.

이틀 전, 특수경찰국은 인적이 드문 야산으로 출동했고, 라이칸의 말대로 그곳에는 겁에 질린 흡혈귀 하나가 나무에 묶여 있었다. 요원들은 놈을 본부로 끌고 가 이틀간 심문했다.

신기하게도 라이칸이 포획한 뱀파이어는 여타 다른 흡혈귀와는 달리 알고 있는 모든 걸 털어놓았다.

놈은 말단이었기에 그렇게 구체적인 정보는 가지고 있지 않았으나, 이 사태와 직접적으로 관여한 뱀파이어로부터 얻어낸 개괄적인 정보도 지금의 특수경찰국에는 가뭄의 단비나 다름이 없었다.

특수경찰국은 관련 내용을 토대로 비밀리에 수사를 할까 생각도 해보았지만, 현대사회에 스며든 뱀파이어에게 위협을 가하기 위해 모든 정보를 언론에게 전달했고, 언론은 앞 다투어 세간에 발표했다.

그렇게 발표된 정보는 국내는 물론 세계에서도 큰 반향을 일으켰다. 뱀파이어에 우호적인 입장을 견지하고 있던 독일, 프랑스, 영국을 비롯한 서유럽에서는 이상한 기류가 솔솔 피어올랐고 가장 극단적인 중국에서는 아예 종족말살작전이 재개될 법한 전운이 감돌았다.

"언론 등지에서 발표한 내용대로, 라이칸과 특수경찰국의 합동수사를 통해 알아낸 뱀파이어들의 최종 목적은 균열을 크게 벌려 원래 뱀파이어들의 고향으로 향하는 통로를 여는 것입니다."

특수경찰국이 미리 모든 정보를 사전에 공개했음에도 기자회견장에는 수많은 기자들이 모여들었고, 유백송은 그들 앞에 서서 육성으로 선언했다. 그에 플래쉬가 눈이 아플 정도로 터졌지만 그녀는 눈 하나 껌뻑하지 않았다.

"또한 예상외로 사회 속에 스며든 뱀파이어의 수가 많으며, 그들은 각각 다른 지도자를 섬기는 파벌로 나뉘어 있다고 합니다."

여기까지가 드웨인이라는 흡혈귀가 고백한 모든 내용이었다.

"이제 질문을 받도록 하겠습니다."

유백송이 질의응답을 시작하자 기자들은 기다렸다는 듯 경쟁적으로 손을 들어올렸다. 그녀는 가장 앞자리에 앉은 기자를 가리켰다.

"더 몬스터의 김세진과 라이칸은 무슨 관계인 건가요?"

"……모릅니다. 최대한 사건과 관련이 있는 질문을 해주십시오."

여기서 김세진의 이야기가 왜 나와. 유백송이 미간을 찌푸리고서 다른 기자를 지명했다.

"라이칸과 유백송 국장님도 '더 몬스터'라는 단체에 가입한다는 소문이 들려오고 있는데……."

이건 또 뭐야. 유백송은 기자의 말이 채 끝맺기도 전에 질문을 잘라냈다.

"그럴 일 없습니다. 그럼 질문은 이만 받겠습니다."

보아하니 별로 쓸모 있는 기자가 없는 것 같았기에, 유백송은 예상보다 훨씬 빠르게 질의응답을 끝내고 뒤돌아섰다. 그에 기자들이 뒤늦게 마구잡이로 질문을 던져 댔다. 그러나 그녀는 냉정했을 따름이다.

그렇게 기자회견은 예상보다 짧게 끝났지만, 어쨌든 라이칸의 활약 덕에 사건의 실마리를 찾을 수 있었다는 내용이었다.

한데 이러한 라이칸의 연이은 활약에 의해 뱀파이어들의 '목적'이 세간에 까발려짐에 따라, 전 세계 곳곳에서는 이상한 붐이 일어났다.

이른바 '용병이 되고 싶어요'.

베일에 싸인 전설적 용병, 라이칸의 존재에 의해 쇄락을 넘어 몰락했던 용병계가 다시금 되살아날 기미가 보이기 시작한 것이다.

　—임무가 조금 많이 들어왔습니다. 추적, 탐색, 발본 등등 다양합니다.

　"……그래요?"

　그 탓에 난데없이 김유손의 업무가 갑자기 바빠졌다.

　—모두 거절해야겠지요?

　"예."

　물론 어쩔 수 없이 다 거절해야 했지만, 김유손의 목소리에는 즐거움이 진하게 묻어나왔다.

　—그리고 또 요즘 용병이 되고자 하는 사람들이 많이 찾아온답니다. 현직 기사들도 몇몇 있더군요. 그래서 말입니다, 단체장님. 이참에 용병단이라도 하나 만드는 게 어떻겠습니까?

　"예? 용병단요?"

　—그렇습니다. 몬스터 용병단, 이런 이름이 되겠지요. 물론 과거의 용병들은 대부분이 개인용병이긴 하였지만서도, 사회가 바뀐 만큼 저희도 바뀌어야 하지 않겠습니까? 제 아들도 도와주기로 하였으니 단체장님과 생각만 맞으면 저와 아들이 어떻게든…….

　"네. 하세요."

　세진의 대답은 빨랐다.

　단체 산하 용병단이라면 대충 사병처럼 운용할 수도 있고,

유백송에게 정보를 받은 이후로 그는 그런 걸 내심 바라고 있었다. 언제까지나 유백송을 기다리기만 할 수 없는 노릇이니.

─예? 저, 정말입니까? 고민을 안 하셔도 괜찮으시겠습니까?

"네. 예산은 재무팀가서 받으세요. 아! 그리고 혹시 첩보원도 육성할 수 있을까요?"

─아, 아 당연히 가능합니다! 제가 소싯적에 그런 일에 전문이었습니다!

김유손은 거의 함성을 내지르다시피 대답했다.

"좋아요. 그럼 김유손 씨가 직접 맡아서 해보세요. 용병단장 뭐 이런 직책을 드릴 테니. 아, 대신 뽑을 용병은 저한테 한번은 데리고 오셔야 해요. 얼굴 좀 보게."

─아, 알겠습니다! 하지만 용병단장은 김세진 단체장님이 하셔야지요. 저는…… 용병단 감독, 이런 걸로도 족합니다.

"그러시다면야 믿고 맡기겠습니다."

김유손의 만족스러운 미소를 끝으로 전화를 끊은 세진은 즉시 기획과 재무팀에게 전화를 걸었다.

그날, 단체 부지의 한 자리에는 훗날 '몬스터 용병단 본부'가 될 건축물의 뼈대가 들어서게 되었다.

"와, 이게 뭐야?"

기사단에서 퇴근한 유세정은 언제나처럼 김세진이 있는 단체장실로 들어왔다.

한데 오늘은 다른 날과는 달랐다.

미리 그녀를 기다리고 있던 김세진은 자신이 만든 아티펙트 하나를 선물로 건넸고, 유세정은 갑작스런 목걸이 선물에 눈이 휘둥그래졌다.

이것은 지극히도 아름답게 세공된 루비 목걸이, 김세진이 특히 많은 노력을 기울인 역작(力作)이다.

그는 이 루비 목걸이에 '역전의 전사'의 원리를 변화시킨 후 새겨 넣었다. 만약 착용자가 이 루비 알맹이에 마나를 불어넣으면, 그 마나량에 따라 스킬의 효능과 지속시간이 다르게 적용된다.

물론 어디까지나 본래 스킬의 열화(劣化)판일 뿐이지만, 사소한 차이가 우열을 가리는 기사들에게는 돈을 주고도 못 구할 만한 아이템이겠지.

"내가 만든 거야. 아티펙트인데, 평범한 아티펙트와는 달라."

"아, 그 특수경찰국한테 줬다는 목걸이랑 비슷한 거야?"

그녀는 방실방실 웃으며 그 즉시 목걸이를 목에 걸었다.

"응. 근데 좀 달라. 우리 단체 부지 내에 아티펙트 숍 생기는 거 알지?"

"……어? 아…… 거기서 팔 물건이야, 이거?"

하나 기쁨은 잠시, 그녀는 너무 이른 실망을 했다.

"하하. 아니, 그건 내가 너한테 선물해 주는 거라니까."

그는 피식 웃고서 목걸이에 관한 설명을 해주었다. 유세정으로서는 난생 처음 듣는 종류의 아티펙트였기에 눈이 휘둥그레졌다.

"정말? 지금 한번 시용해 봐도 돼?"

"당연하지."

그 즉시 그녀는 목걸이에 마나를 불어넣었다. 그러자 신비한 활력이 체내에 분류하기 시작했다. 마치 전신의 마나가 통째로 들끓는 듯한 폭발감. 그것은 고작 60초밖에 지속되지 않았지만, 그녀에겐 대단히 신선한 충격으로 와 닿았다.

"……."

유세정인 잠시 정신이라도 나간 듯, 입을 떡 벌린 채 세진을 응시했다. 수많은 아티펙트를 구매하고 착용해 왔던 그녀는 단 한 번의 경험만으로도 알 수 있었다.

아름다운 외관과 특별한 효력. 이건…… 말로 형용할 수 없을 정도로 대단한 물건이다.

"그동안…… 조금 미안해서 주는 선물인데, 그렇다고 너무 부담스러워하지는 마. 그렇게 순수한 선물은 아니니까. 너 요즘 예능 출연 많이 하지? 촬영할 때 그거 꼭 끼고 가라. 한 번이라도 안 끼면 반납해야 된다."

그녀의 정말 솔직한 반응에, 김세진은 뿌듯한 미소를 지었다.

그럼에도 유세정은 한참 동안이나 반응 없이 그를 바라보더니, 갑자기 눈물을 한 방울 흘렸다.

"뭐야, 왜 우는데? 내가 뭐 잘못했나?"

"……아니, 그게 아니라……. 그냥."

고마워서.

그러나 세정은 그 한마디 대신, 한 발자국 크게 성큼 다가
가 그를 꽈악 껴안았다.

"……어……."

다소 갑작스런, 예상조차 못한 난데없는 스킨십이었기에,
인간 김세진은 잠시 동안의 혼란을 경험했다. 그리고 그 혼
란 속에서 이 상황에 직접 대응을 한 것은, 그의 또 다른 본
능이었다.

그는 그녀의 허리를 부드럽게 감싸, 자신의 품으로 더욱
강하게 끌어안았다.

그렇게, 두 사람의 포옹은 김세진이 가까스로 정신을 차릴
때까지 계속되었다.

전라도 시골의 한 전원주택에서는 예능프로그램의 촬영이
한창이었다. 촬영 중인 프로그램은 '기사들의 전원주택'이라
는 예능으로, 요즈음 마구잡이로 범람하는 기사예능 중에서
도 가장 핫하다고 여겨진다.

이 예능의 컨셉은 '기사들의 전원주택'이라는 제목 그대로다.

9명의 기사들이 몬스터 청정구역인 전라도의 시골에 머물

며 제작진이 짜놓은 미션과 게임도 하고, 식사도 스스로 준비하고, 진솔한 얘기도 나눈다.

언뜻 들으면 평범한 컨셉이지만 캐릭터가 확실한 9명의 기사들이 출연하니 무척 재미있는 그림이 많이 나왔다.

일례로, 9명 중 8명이 어린 나이부터 기사가 되기 위한 조기교육을 받아온 터라, 밥을 지을 수 있는 사람이 단 한 명밖에 없어 밥 하나를 짓는데도 난리가 났다.

그리고 그런 각양각색의 출연자 중 가장 인기 있는 기사는 단연 유세정이었다.

언제나 차가운 표정을 유지하지만, 이따금씩 짓는 햇살 같은 미소가 너무나도 매력적인 여인. 그녀의 공식적인 팬클럽이 생기게 된 이유가 이 프로그램이라고 해도 과언이 아닐 정도로, 유세정은 이 프로의 최대 수혜자임과 동시에 최대 공로자였다.

"세정이 너무 오랜만이야~ 언니가 너 보고 싶어서 미치는 줄 알았다니까~?"

"······2주 전에 봤는데요, 뭘."

2주에 한번, 3박 4일로 촬영하는 탓에 꽤 오랜만에 모이게 된 9명의 기사들. 그들은 서로서로 반가운 인사를 나누고선, 여느 때처럼 PD가 줄 미션을 기다리기 위해 거실에 모였다.

"우와? 세정아, 너 그 목걸이 뭐야?"

그러는 와중에 김희수라는 여기사가 세정의 목걸이를 가

리키며 물어왔다.

"네, 네넷?"

예상했던 바였지만 막상 닥치니 세정은 긴장을 할 수밖에 없었다. 비록 방송국에서도 허락해 준 간접광고라는 명목이 있긴 하지만…… 이 목걸이는 그 남자가 자신에게 처음 선물해 준 물건이니까.

"흠. 남자 친구가 사준 것 같은데?"

그에 소파에 앉아 괜히 무게를 잡고 있던 남기사가 탐탁지 않은 기색으로 툭 내던졌다.

그는 고려기사단의 상급기사 '손철준'으로, 유세정과 미묘한 러브라인이 감돌고 있었다. 러브라인이라고 해봤자 요리를 죽도록 못하는 유세정이 그를 이용했을 뿐이지만, 가장 비쥬얼이 좋은 두 사람이니만큼 PD와 작가, 시청자들이 앞장서서 엮어버렸다.

"와. 진짜야? 이야, 이거 촬영 시작하기도 전에 대사건인데?"

"촬영은 이미 시작됐어."

"……어쨌든 세정아, 진짜 남자 친구가 선물해 준 거야? 아니, 세정이 남자 친구 있었어? 우와, 철준 오빠 엿 먹었네~"

그 즉시. 9명의 기사들이 유세정의 목걸이를 주제로 와자지껄 떠들기 시작했다. 오디오가 겹친다는 표현이 무엇인지 여실히 알 수 있는 광경이자, 이 예능프로만의 매력이었다.

"아, 아니에요!"

결국 유세정이 소리치고 나서야 저들끼리의 대화소리가 잦아들었다.

세정은 기사와 스태프, 총 60여 명의 시선집중에 얼굴이 터질 듯 붉어졌다. 평소의 그녀였다면 그저 언제나와 같은 냉소적인 태도로 넘겼을 테지만, 그러나 김세진이 관련되니 평온을 유지할 수 없었다.

"일단 선물을 받은 거긴 한데……."

"남자 친구는 아니다, 이 말인가?"

손철준이 짧은 웃음을 터뜨리며 괜히 머리를 쓸어 넘겼다.

"……."

하나 유세정은 대답하지 않았다.

사실 그녀는 어울리지 않게 모태솔로였는데, 연애경험이 없기 때문일까. 김세진이 무척 신경 쓰였다.

포옹을 하긴 했지만 고백을 받지는 않았으니 연인사이가 아닌 건 확실하다. 하지만 여기서 아니라고 단언해 버리면 혹시라도 그가 싫어하지는 않을까…….

"……뭐야, 진짜야?"

그에 손철준이 잠시 여유로움을 잃어버렸다. 그럼에도 유세정은 한참 동안이나 입을 열지 않다가,

"남자 친구는 아니고, 협찬 겸 선물로 받은 거예요……."

결국 아니라고 대답했다.

손철준이 안도의 한숨을 내쉬자, 이번에는 여자 기사들이

득달같이 달려들었다. 기사라 하여도 어쨌든 여자인 법. 그녀들은 예쁜 목걸이를 두고 어디서 샀냐, 얼마냐, 그 루비가 진짜냐, 따위의 말들을 쏟아냈다.

"자, 진정하시고. 이제 본격적으로 촬영 들어갑시다!"

결국 PD가 나서고 나서야 그 소요사태가 진정되었다.

'징조가 좋네.'

그런 PD의 입가에는 큼지막한 미소가 걸려 있었다. 고작 촬영을 시작한 지 30분밖에 지나지 않았는데, 엄청난 화제를 불러일으킬 만한 꼭지를 따게 되었으니 그럴 만도 했다.

게다가 유세정이 수줍어하는 아주 희귀한 모습은 자신이 보기에도 껴안아 주고 싶을 정도니……

'아니 이건 아니고.'

PD는 고개를 거세게 젓고선 준비해 온 미션판을 들어 올렸다.

"일단 출출하시죠? 밥부터 먹읍시다."

햇볕이 쨍쨍하게 내리쬐는 오후, 7인의 기사는 먹을거리를 구하기 위한 미션 혹은 채집을 하러 떠났다.

유세정은 손철준에게서 요리를 배우고 있다. 요리라고 해 봤자 재료가 없는 지금은 밥을 짓는 것뿐이지만, 그래도 세정은 손철준의 말을 경청했다.

평소에는 어쩔 수 없이 카메라가 있으니까 요리하는 시늉만 했지만, 언젠가부터. 아니, 정확히는 김세진과의 그 일이 있은 이후로 생긴 심경의 변화 때문이었다.

그가 자신이 해주는 밥을 맛있게 먹는 모습…… 그건 상상만으로도 즐거웠다.

"이거면 된 거예요?"

세정은 쓸데없이 결연한 표정으로 쌀이 담겨 있는 냄비를 주시했다.

"어. 물 양도 적당하고 좋네."

그 귀여운 모습에 철준은 피식 웃고서 그녀의 머리를 쓰다듬으려 했다. 그러나 세정의 반응속도는 상당했고, 그의 손은 허공을 휘적거리고 말았다.

"……커흠. 아 모기."

철준은 괜히 머쓱해져서 실제로 벌레가 있는 척 두어 번 더 허공을 휘적였다.

"이제 다음은 국을 만들어 보자."

"나중에 내가 더 비싼 걸로 사줄게."

휴식시간, 철준이 별안간 세정의 목걸이를 가리키며 느글

느글한 미소를 지었다.

"네?"

"그거 말이야."

재벌 3세에게 물건의 금액을 운운하는 요상한 말이었지만, 유세정이 이미지 메이킹을 위해 평소에는 용돈을 받으면서 생활한다고 인터뷰를 했기에 이해할 만했다.

"이거보다 비싼 거요?"

유세정이 살짝 어이없는 표정으로 그를 올려다보았다. 몬스터 아티팩트는 아직 세간에 공개되지 않은 사안이라서 그런가. 유세정은 선물해 준 목걸이를 우습게 취급하는 태도가 괜히 기분이 나빴으나, 손철준은 무척 당당했다.

"당연하지. 물론 선물의 가치가 오롯이 금액으로 결정되는 건 아니지만, 너한테 어울리는 더 예쁜 목걸이가 있을 것 같아서."

약간 오묘한 표정의 세정은 그런 그를 한참 동안이나 바라보다가,

"……이거보다 더 비싸려면 핑크 다이아몬드라도 가지고 와야 될 텐데……."

나지막하게 중얼거렸다.

그러나 방금 자신의 멘트에 취해 있던 손철준은 자세히 듣질 못했다.

"응? 뭐라고?"

"……아니에요."

유세정이 김세진을 위해 요리를 배우고 있을 때, 그는 더 몬스터 사옥 지하에 위치한 단원 전용 훈련실에서 훈련을 하는 중이었다.

"와. 이거 뭐야?"

하나 훈련실 안에는 김세진 혼자만 있는 것이 아니었다. 단체와 제휴를 맺은 기사단, 칠흑 기사단에서 그의 훈련을 도와줄 기사를 보내주었기 때문이다.

"세진 님, 신체능력이 상당히 좋으시네요!"

그렇게 해서 파견된 기사, 이혜린이 그를 칭찬했다.

이혜린은 칠흑 기사단에서 김유린 다음가는 얼굴마담으로, 그 붙임성 좋은 성격 탓에 연예계 활동은 오히려 김유린보다 활발하다. 그리고 취미가 TV 보기밖에 없는 김세진은 그녀의 얼굴이 무척 익숙했다. 무엇보다 그녀는 오크의 무기를 구매한 여인이기도 했으니.

"기사로 따지면 어느 급 정도가 될까요."

"글쎄요……? 아마 중하급? 정도가 되지 않을까 싶네요."

칠흑 기사단이 많고 많은 기사 중에 특별히 이혜린을 보낸 이유는 역시 흔한 미인계, 김세진이 남자이기 때문이었다.

"아…… 그래요?"

그녀의 말에 김세진은 실망 아닌 실망을 했다.

아직 영체화를 통해 몸을 강화시키지 않았다. 그 말은 즉 오직 '인간 김세진'의 스펙으로만 중하급 기사까지 도달했다는 뜻.

충분히 만족해도 될 수준이긴 하지만…….

'직접 나서기에는 아직 멀었네.'

인간인 상태로도 흡혈귀들을 상대하기 위해서는 아직 부족하다.

"뭐야, 왜 그렇게 실망해요? 이것도 엄청 대단하신 거예요~"

이혜린은 그런 김세진을 양껏 칭찬했다. 하지만 그는 그런 예우적인 금칠보다는 실질적인 훈련을 원했다.

"그럼 일단 다음 훈련 갈까요? 무기술(武器術)인가?"

"아, 예 바로 넘어가죠. 빨리빨리~"

신체능력측정 이후는 무기술의 훈련이었다. 일단 오크의 특성인 '무기 마스터리'가 지금도 적용되긴 한다. 스킬의 등급은 고급자, 이론적으로는 모든 종류의 무기를 고급 이상으로 다룰 수 있다.

"무얼 먼저 할까요~ 알아 맞춰 봅시다……."

이혜린은 살랑살랑 걸어 전시장에 놓여진 훈련용 롱소드를 두 개 집어 들어, 하나는 세진에게 건넸다.

"우선은 검. 가장 보편적인 무기예요. 일직선으로 쭈욱~

뻗은 탓에 마나 검기를 두르기에 쉽고, 진입장벽도 가장 덜 하답니다. 하지만 이 검에도 여러 가지 종류가 있는데요. 먼저 저희가 쓸 검은 롱소드라는…….”

이혜린은 방실방실 웃으면서 참 많이 떠들었다. 원래 성격이 저렇게 쓸모없이 긍정적인지, 처음에는 짜증이 났던 김세진이지만.

“이렇게 샥샥! 어때요. 잔상도 안 남지요?”

계속 보고 있자니 미소를 지을 수밖에 없었다. 괜히 기사보다 연예인으로 유명한 게 아니구나, 싶기도 했다.

“아, 혹시 검술 배워 보신 적 있으세요?”

김세진이 익숙한 손놀림으로 검집에서 검을 빼어 들자, 이혜린이 살짝 놀란 표정으로 물어왔다.

“아뇨. 그냥 사냥하면서 익혔다 뿐이지, 특별히 배우지는 않았습니다.”

“아…… 그러시구나.”

이혜린은 살짝 긴장하며 대련 자세를 취했다.

“그럼 일단 실력 측정을 좀 해볼까요?”

“네. 근데 너무 봐주시지는 않아도 됩니다.”

그가 손을 풀기 위해 검을 살짝 휘젓자, 그 궤적은 마치 뱀처럼 휘며 허공을 수놓았다.

“……어. 정말 안 배우셨어요?”

그 모습을 평범하다 보기에는 도통 힘들었기에 이혜린이

재차 물었다.

"네. 근데 제가 아마 재능이 좀 있을지도 몰라요."

애매한 대답. 이혜린은 약간 불안한 표정이 되었다.

그녀는 사실 검술 그 자체가 아닌, 특성과 마나의 도움으로 중상급기사까지 된, 그러니까 흔히들 말하는 '특성빨' 기사다. 노다니는 것을 좋아해 매일 반복이 생명인 검술을 경원시했기 때문이다.

물론 애초에 워낙 재능이 뛰어나 검술도 중급기사 수준은 되겠지만서도…….

"……마나나 특성은 쓰지 말아야겠죠?"

"그럼 당연하죠. 제가 마나를 못 쓰는데."

김세진이 이혜린에게로 검을 겨냥했다. 진검의 검날이 서늘하게 번뜩였다.

"갈까요?"

"……예? 아, 예. 오, 오세요."

혜린은 침을 꿀꺽 삼키고서 자세를 바로잡았다.

김세진은 별다른 신호 없이 쇄도했다.

인간인 채로 기사와 싸워본 적은 처음이다. 그래서 이런 대련에서는 어떻게 임전해야 하는지 잘 모른다. 그래서 그는 그저 본능에 맡기기로 했다.

혜린의 지척에 닿은 그는 순간적으로 몸을 숙여, 검을 아래에서 위로 치밀었다.

"……!"

그녀는 황급히 검을 비틀어 막아냈으나 위력이 장난이 아니었다. 단지 일격을 막아냈을 뿐임에도 검을 쥔 손아귀가 아려올 정도.

하나 감탄할 시간은 없었다. 세진은 쉴 새 없이 검격을 쏘아냈다. 맹렬하고 저돌적인, 어느 교본에도 적혀 있지 않은 검술이었다.

쾅―쾅―

검을 막아낼 때마다, 무슨 폭탄이 터지는 것만 같은 폭음이 울려 퍼졌다. 이게 정말로 마나가 담기지 않은 검술이라고?

혜린은 도저히 이해할 수가 없었다.

"으, 으아…… 잠깐! 항복! 하앙복!"

둘 사이의 대련은 길게 이어지지 않았다.

사선으로 내려치는 호쾌한 일격에 담긴 강맹한 힘, 그녀는 그것을 이겨내지 못하고 검을 놓쳐버렸다.

"아웃."

이혜린은 처량한 자태로 바닥 위로 엎어져서는, 피가 살짝 새어 나오는 손아귀를 매만졌다.

"어? 이겼네?"

김세진이 멍하니 중얼거렸다. 그리고 그것은 혜린이 지닌 기사로서의 자존심을 건드려 버렸다.

그녀가 이를 까득 깨물고서 몸을 일으켰다.

"……이건 제가 쓰는 무기가 아니라서…… 저기요, 세진 씨. 정말 누구한테 안 배우셨어요?"

어느새 호칭은 세진 님에서 세진 씨로 격하되어 있었다.

"네. 그럼 이제 훈련은 그만할까요?"

"그만한다뇨? 아직 무기는 많이 남아 있는걸요?"

이혜린은 억지 미소를 지은 채 전시장 안에 있는 수많은 종류의 무기들을 가리켰다. 그녀는 세진이 오직 검술에만 특출한 능력이 있다고 추측한 듯, 콧김을 씩씩 뿜어대며 이번에는 창을 하나 집어 들었다.

"롱소드는 제 손에 안 맞는군요. 창술을 가르쳐 드리지요."

혜린이 자신만만하게 선언했다.

그리고 그녀는 정확히 일곱 번 연속 패배했다.

다른 건 몰라도, 마지막 대련은 그녀가 주무기로 사용하는 얇은 장도를 사용한 대련이었다.

하지만 혜린은 패배했고, 자존심이 완전히 짓밟혀 버린 그녀는 눈가에 물기가 가득 고인 채. 거의 울면서 집으로 도망갔다.

"일은 잘되어가고 있어요?"

ㅡ……노력하고 있으니까 재촉하지 마.

유백송의 퉁명스런 목소리가 들려왔다.

"아니. 재촉은 아니에요. 그냥, 혹시라도 도움이나 인력이 필요하면 망설이지 말고 저한테 부탁하라고 전해드리려고. 아시죠? 저 요즘 용병단 육성하는 거……."

─필요 없어. 끊는다.

"아, 잠깐만요."

유백송은 시리도록 냉정했다. 진심으로 신기한 노릇이었다. 직접 만났을 때는 아무런 반항도 못하면서, 전화 통화만 하면 무슨 살쾡이마냥…….

"그거 말고 또 하나 있는데."

─또 뭔데.

그래도 차마 먼저 끊지는 않는 걸 보면 영향이 아예 없지는 않은 듯했다.

"라이칸이 말하길, 호텔이 수상하다네요."

이건 김유손이 건네준 정보, 그러나 세진은 그의 특성이 들키지 않게 라이칸의 정보라 둔갑했다.

─무슨 호텔?

"몰라요. 그냥 호텔."

─……장난해 지금?

유백송의 목소리에 살짝 노기가 스몄다. 김세진은 엷은 미소를 머금었다. 괜히 화난 고양이 같고 그렇다.

"진짜예요. 라이칸을 무시하시는 겁니까?"

―……그건 아니지만. 그래도 그냥 호텔이라고 하면 어떻게 해. 전국의 호텔을 다 수색하라고?

　"그래도 한번 노력은 해주세요. 저도 지금 막 인력을 모으기 시작한 터라 가용인원이 별로 없어서."

　―아니…… 후.

　유백송은 한숨을 푹 내쉬고는, 마지못해 알았다 답해주었다.

　또다시 찾아온 몬스터 필드, 김세진은 흉악한 힘을 담아 대호의 머리에 메이스를 내려쳤다.

　콰아아아앙―!

　그 가공할 만한 일격은 굉연한 굉음을 내며, 다이아몬드보다 단단하다는 대호의 머리통이 움푹 함몰시켰다.

　"그으으으……."

　검치대호는 정수리를 가격당했음에도 연신 발톱을 휘두르며 김세진을 위협했지만, 그건 잠시 일 뿐. 놈은 곧 나비처럼 비틀거리다가 노면 위로 쓰러졌다.

　김세진은 놈에게 다가가 이빨을 뽑아 주머니에 넣고, 심장은 흡수를 했다.

[액티브 스킬-검치대호의 기운] [등급 F]

-소모한 체력과 마나를 순간적으로 회복합니다. 하지만 회복된 체력과
　마나는 10분 뒤에 소멸되고, 시전자는 원래의 상태로 돌아옵니다.

김세진은 막바지에 얻은 성과는 꽤 만족스러웠기에 이제 집으로 돌아가려 했다.

그러나 그가 등을 돌린 순간.

초롱초롱한 눈빛을 보내는 오크 재규어 두 마리의 얼굴이 그의 시야를 가득 매우고 있었다.

"크어!"

그 그로테스크한 형상에 놀란 세진이 저도 모르게 비명을 내질렀다.

단지 비명일 뿐이다.

하지만 지금 그가 취하고 있는 몬스터 폼이 문제였다.

뜻밖의 강자 검치대호는 늑대폼으로는 상대하기에 벅찬 포식자였고, 그는 어쩔 수 없이 오크 대전사폼을 취해야만 했었다.

부르르르─

그 탓일까. 그가 내지른 비명은 천둥보다 웅장한 사자후가 되어 산세를 진동시켰다.

"구우구우!"

그에 앞서 있던 오크 재규어들이 황급히 엎드렸다. 그리곤 마치 절을 하는 듯한 행위를 반복한다.

"……뭔."

상황이지.

김세진은 한참 동안이나 요상한 두 오크를 쳐다보았다.

'아. 설마?'

그러다 그의 머릿속에서 전구가 반짝이고, 이 기이한 상황을 확실히 설명할 수 있는 가설이 도출되었다.

오크는 보통 자기보다 강한 '동족'에게 종속되고자 하는 특성이 있다. 그런 점에서 지금의 자신은 어쩌면 몬스터 필드의 모든 오크를 굴복시킬 수 있을 만한 강자다.

게다가 방금 전, 자신은 대호에게 목숨을 잃을 위기에 처해 있던 이놈들을 구해주지 않았던가. 물론 스킬에 눈이 멀어서였지만, 어쨌든 충분히 이 오크들이 자신에게 반할(?) 만한 상황이 맞긴 했다.

"……알았으니까 가라."

납득한 세진은 손을 내저으며 두 오크를 보내고 갈 길을 가려 했다.

하지만 두 오크 재규어는 계속해서 세진을 따라왔다. 그가 힐끗힐끗 뒤돌아볼 때면 예의 초롱초롱한 눈빛도 잊지 않았다.

그러기를 20분.

'왠지 측은하네.'

지금 자신이 오크 폼이기 때문일까. 괜히 이 두 연놈의 오크가 불쌍해졌다.

무장을 보아하니 그래도 중급 쪽의 부족에서 살던 놈인 것 같은데…… 아마 지반이 뒤틀린 탓에 본래 머물던 부락을 상실한 것이겠지.

게다가, 몬스터의 등급까지 뒤섞여 버린 몬스터필드에 이런 소수의 오크들이 오랫동안 살아남을 확률은 몹시 낮다. 어쩌면 지금까지 살아남은 게 기적이라 해도 될 정도.

"후."

김세진은 나지막한 한숨을 내쉬고서 하늘을 올려다보았다.

태양은 이미 까마득한 어둠 속에 파묻혔다. 어쩔 수 없다, 이들을 보살피기에는 시간이 너무 늦지 않았는가.

그는 다시 고개를 내려 두 오크를 바라보았다.

"……어휴."

자세히 보니 얼굴이 참 정감가게 생겼다. 귀엽게까지 느껴졌다. 왜 이렇게 흉측하게 생긴 놈들이 귀여워 보이는지는 스스로도 모를 노릇이지만.

"키워 두면 언젠가 도움은 되겠지."

결국 김세진은 결단을 내렸다. 어차피 인간이 아닌 몬스터 폼이라면 남아도는 게 시간이다.

"따라와라."

그는 나지막이 읊조리고서, 두 명의 오크를 데리고 새로운 부락을 건설할 지리를 물색하기 시작했다.

뒤쪽에는 가파르게 융기한 절벽이 있어 방어가 용이하고, 멀지 않은 곳에 시냇물이 흘러 식수를 쉽게 얻을 수 있는 곳.

김세진은 이 천혜의 지세에 부락을 짓기로 결정을 내렸다.

하나 그 전에, 일단 각인작업이 선행되어야만 했다.

"잘 봐라."

김세진은 두 오크를 앞에 세워 두고 자신의 각기 다른 폼을 보여주었다. 인간, 고블린, 늑대인간. 아탄이는 뺐다.

"으헝!"

놈들은 김세진의 형체가 변할 때마다 눈을 동그랗게 뜨며 놀랐지만, 그래도 '포식자'와 '향기'를 비롯한 여러 특성 탓에 대들지 않고 복종했다.

그렇게 각인 작업을 끝마친 세진은 오크의 단조를 이용해 대규모 토목 공사를 시작했다. 능력의 등급이 B-등급에 다다른 덕에 세진 자신도 놀랄 정도로 간단하고 효율적이었다.

토양의 성질을 바꾸어 특정 위치에 강철보다 강도가 단단한 목책이 솟아오르게 한다. 또한 그렇게 솟아오른 목책에는 '피해 반사'의 성질을 부가했다. 그러면 이 목책에 당도한 몬스터는 자기가 자기를 상처 입히고 있다는 사실도 모르는 채 죽어가겠지.

그렇게 7시간, 오크의 부락은 아침 해가 밝아올 때쯤 완성되었다.

'번식은 지들이 알아서 하겠지.'

오크는 발정기 때마다 교미하고 한 달에 열 이상의 자식을 낳는다고 들었다.

고작 두 개체가 부족을 꾸리게 된다면 훗날 근친으로 인한 위험이 생길지도 모르지만 어차피 오크는 핏줄을 가리지 않는 몬스터이니 그것까지는 어떻게 할 수 없다.

"어찌어찌 제대로 끝냈네."

뜻밖의 노동을 끝내고 흘리는 땀은 상쾌했다. 그는 저 멀리서 멍하니 자신을 지켜보는 오크들을 한번 눈에 담고서 떠나려 했다.

'아, 그 전에.'

하마터면 깜빡할 뻔. 그는 두 오크에게 다가가 어깨에 손을 올리고 의념을 흘려보냈다. 과거 머핀이에게 했던 것과 비슷한 의미의 의념이었다.

'사람은 너희의 친구다. 위험에 처한 사람이 있으면 도와주고, 그들이 생명을 위협한다면 비록 싸우기는 할지라도 절대 죽이지는 말아라. 자식교육도 단단히 하고…….'

나중에 필요할 때 갑자기 사람이랑 싸우면 안 되니, 오크에게 사람을 해하지 말라는 행동원리를 단단히 심어 준다.

물론 사람이라는 카테고리에 흡혈귀는 포함되어 있지 않다.

그렇게 오크들의 마음속 깊이 의념까지 새겨 두고서, 김세진은 발걸음을 움직였다.

"……."

하지만 자꾸 눈에 밟혀 발이 쉬이 떼어지지 않았다.

단지 부족만 만들어 주고 너희가 알아서 살아가라, 하기에는 당장 내일 죽어버릴 것 같았으니.

"……후."

세진은 결국 다시 몸을 돌렸다.

그는 한 시간의 시간을 더 소비해 오크들의 해진 무기를 명품에 준하게 탈바꿈해서 쥐어주고, 자신의 피를 이용한 마력 문신까지 여러 개 새겨주었다.

근력과 민첩 등을 비롯한 신체능력을 증진시켜 주는 문신과 영웅오크와 동류라는 것을 표현하기 위한 '레비아탄의 비늘'까지.

물론 레비아탄의 비늘은 등급이 무지하게 격하된 채 적용되어 비늘 따윈 없이 단지 피부만 조금 파래진 정도지만, 그래도 파란 오크라 하면 모든 사람들은 영웅오크와 연관이 있을 거라 추측하겠지. 그럼 자연스레 공격도 덜할 테고.

'여기까지 해줬으면 알아서 쑥쑥 커서 훗날 내 도움이 돼라.'

이게 마지막 의념.

김세진은 당장에라도 눈물을 흘릴 듯 감동하는 오크를 등 뒤로 남겨둔 채 쉽게 떼어지지 않는 발걸음을 움직였다.

그렇게 두 마리의 오크와 이상한 인연을 쌓은 뒤로 일주일의 시간이 흘렀다.

김세진은 유세정이 촬영한 '기사들의 전원주택' 방영 하루 전, 단체 부지 내에 건설한 '몬스터 아티팩트(Monster Artifact) 상점'을 개장했다.

일단 내놓은 아티팩트는 고작 8개에 불과하지만 그 가격대가 하나같이 어마어마했다. 제일 값싼 머리핀이 100억일 정도니…….

당연하게도 개장 당일에는 이 아티팩트 상점에 아무도 관심을 주지 않았다. 하지만 '기사들의 전원주택'이 방영되자, 홈페이지를 관리하는 기술팀도 놀랄 정도로 폭발적인 반응이 일었다.

그러나 막상 '유세정 목걸이가 뭔가요' 하고 문의해 왔던 사람들은 그 가격대를 확인하고는 기함하며 물러날 수밖에 없었다.

물론 그 사람들 중에는 손철준도 포함되어 있었다. 대충 몇 백, 최고 몇 천이라 생각했을 뿐인 그 목걸이는.

[전사의 영혼 (Soul of Warrior)]
[품절-15,000,000,000KRW]

이라는 어마어마한 가격표가 붙어 있었으니까.

이 어마어마한 가격을 목도한 사람들은 목걸이가 뭐 이렇게 비싸냐고 투덜거렸지만 김세진이 그 범상치 않은 효능을 밝히자 모두 입을 다물었다.

그러자 이번에는 기사와 마법사들이 달려들었다. 더 몬스터에 비치된 아티펙트는 모두 현장 판매, 예약 방문이었기에, 거의 100여 명의 기사, 마법사가 더 몬스터로 찾아와 대기표를 뽑아갔다.

"어때요?"

그렇게 폭풍 같았던 이틀이 지나고. 유세정이 의기양양한 표정으로 단체장실을 찾아왔다.

"오구, 세정이 왔어?"

세진은 그녀의 머리를 부드럽게 쓰다듬어 주었다. 유세정은 그 애정이 잔뜩 묻어나오는 손길을 기분 좋게 만끽했다.

"나는 안 피하네? 그 손철준은 기민하게 피하던데."

강아지처럼 좋아하는 그녀의 모습을 보고 있노라니, 갑자기 그녀가 손철준과 요리를 했던 장면이 떠올랐다.

방영분 중에서도 꽤나 인상 깊은 장면이었다. 자신을 대할 때와는 사뭇 다른 유세정의 태도, 그리고 손철준이 모기 잡는 시늉을 하는 모습.

"당연하죠. 오빠는 아저씨랑 완전 다르니까……. 아, 맞다. 그리고 오빠."

유세정은 갑자기 가방을 뒤적이더니, 봉투 하나를 꺼내 그에게 건넸다.

"음? 이게 뭐야?"

그리곤 방긋 미소를 짓는다.

"내 성인식 초대장."

"……음?"

그 예상외의 대답에 김세진은 고개를 갸웃했다. 일반인이라면 보통 성인식은 굳이 하지 않고, 한다 하더라도 성년의 날 혹은 자기 생일에 맞춰서 하는 걸로 알고 있는데…….

"너 생일 4월 20일 아니야?"

하나 유세정의 생일은 아직 반년 가까이 남아 있다. 김세진은 그걸 염두에 두고 한 말이었으나, 그녀는 별안간 깊은 감동을 받은 표정이 되었다.

"알고…… 있었던 거야?"

"아니, 뭐…….."

어제 본 예능프로에서 네 생일이 몇 월 며칠인지 나왔으니까.

하지만 그는 굳이 그걸 언급함으로써 산통을 깨고 싶지는 않았다.

"그것보다 반년이나 남은 거잖아. 왜 벌써부터 주는 건데?"

"아…… 그게 생일이 아니라 1월 1일에 하기로 했어. 원래 생일날 하기로 했는데…… 그냥 내가 빨리하고 싶다고 졸랐거든. 어쨌든 꼭 와야 해?"

유세정이 결연한 표정으로 세진의 손을 꼭 잡았다. 제 딴에는 아주 자연스러운 스킨십이었지만, 시간이 지날수록 그녀의 얼굴은 점점 붉어지고 있었다.

"……알았어."

그 얼굴이 터지기 직전까지 붉어졌을 때, 세진이 조심스레 손을 빼고서 초대장을 품 안에 넣었다.

"아 맞다 그리고. 우리 단원은 뽑은 거예요?"

"응. 이제 발표만 남았어."

김세진이 점찍은 인물로는 김유손의 아들과 이혜린 두 명뿐. 의도는 하지 않았지만, 뽑을 만한 사람만 뽑다보니 거진 2,000 : 1에 달하는 극악의 경쟁률이 되어버렸다.

"누군데~? 나도 알려줘요~"

유세정은 세진의 몸에 제 어깨를 비벼대며 교태를 부렸다. 별로 비밀은 아니니 김세진은 사실대로 말해주었다.

"……이혜린 기사님?"

"어, 너도 알지?"

순간 유세정의 얼굴이 차갑게 굳었다. 하나 김세진이 마음에 든다는 투로 말하자, 그녀는 애써 억지미소를 지었다.

"아…… 응, 알지. 좋네, 실력도 좋고. 잘 뽑았네……."

그녀는 가슴에서부터 치미는 씁쓸함을 꾹꾹 눌렀다. 마음이 불편했지만, 괜히 여기서 이상한 모습을 보이면 그가 속 좁은 여자로 생각할 수 있으니까.

"그렇지?"

하나 그 사실을 모르는 김세진은 속 편한 미소를 지을 뿐이었다.

10월 27일. 더 몬스터 공채 최종 합격자가 발표되었고, 일순 전 세계가 동시에 들끓었다.

그리고 합격자에게는 사람들의 극렬한 관심이 해일처럼 밀려들어왔다.

세간의 관심에 익숙한 이혜린은 괜찮았으나, 김유손의 아들 김선호는 그러지 못했다.

그는 기사를 퇴직하고 용병으로 전향한 특별한 스토리까지 있었던 탓에 기자들이 특히 들쑤셔댔고, 결국 그는 외부인 출입이 금지되어 있는 단체 사옥의 숙직실에 잠시 머무를 수밖에 없었다.

"와, 대박. 이거 뭐야? 단체장님, 이거 봐요~"

그 난리통이 여전히 현재 진행 중인 주말 오후. 훈련을 끝내고 구내식당에서 식사를 하는 와중, 이혜린이 호들갑을 떨며 핸드폰을 올려놓았다.

"야, 주지혁. 너도 봐."

"……뭔데?"

이혜린의 옆에 앉아 있던 주지혁이 괜히 얼굴을 붉히며 핸드폰 위로 투사되는 영상에 집중했다.

네 명의 중급기사가 지반 탐사를 하는 와중 몬스터에 포위당하는 위험에 빠진다. 그런데 어디선가 온몸이 시퍼런 오크두 마리가 나타나 그들을 도와 몬스터들을 함께 격파한다. 그렇게 전투가 끝나자 오크는 기사들에게 식수까지 선물해주고서 어딘가로 사라진다.

그러니까 이 영상의 주인공은…… 아마도 두 마리의 파란 오크.

"……어."

그 모든 장면 하나하나는 김세진의 입 속에 있던 음식물이 튀어나오게 만들기 충분했다.

"신기하죠? 이거, 그 영웅오크의 부족원이라면서 우리 칠흑 커뮤니티에 돌고 있는 영상이에요. 아직은 신입공채 때문에 묻혀 있지만, 나중에 엄청 크게 난리날 것 같지 않아요?"

아무것도 모르는 이혜린의 웃음기 가득한 모습에, 김세진은 억지로 고개를 끄덕일 수밖에 없었다.

21장
준비(1)

"김유린 씨가 저희 단체에 가입해 준다면야 뭐, 최대한 긍정적으로 검토해 볼 수도 있겠지요."

　새로이 증축된 '더 몬스터' 중심 사옥의 단체장 사무실 내부.

　김세진은 김유린과 업무관련 미팅을 하고 있다.

　"그건…… 저도 그러고 싶지만, 저는 단체장님께서 내건 조건처럼 오랫동안 머물지 못합니다. '10년 이상'이라는 단체의 규칙을 어기는 민폐가 될 바에야 단체에 가입 안 하는 게 나을 거구요. 그러니 너그러운 이해를 좀 부탁드리겠습니다……."

　그녀는 오늘 두 개의 안건 때문에 김세진을 직접 찾아왔다.

하나는 아직도 '기술점검'이라는 명목으로 판매처를 심사하는 중인 아탄이 2.0의 진척 상황을 물어보기 위함이고, 다른 하나는 아티펙트 숍에 올라온 매물을 구매하기 위함이다.

그 아티펙트는 '늑대의 손톱'이라는 이름의 흑요석 팔찌.

착용자의 신체를 강화함과 동시에, 활성화/비활성화로 나뉘어 활성할 경우에는 팔찌가 손 전체를 감싸는 건틀렛이 되는 신비한 아티펙트.

역시 그 이름답게 '늑대의 손톱'을 변형하여 새겨 넣은 물품이다.

이 아티펙트에는 190억이라는 무지막지한 가격표가 붙어 있긴 하지만, 보통 전투용 아티펙트는 하나를 구비해 놓으면 많은 기사들이 대여를 통해 돌려쓰기 때문에 그다지 비싼 것도 아니다.

게다가 근력과 지구력을 비롯한 신체 능력이 무려 30% 가까이 증진된다는 효용은 이미 증명이 되었고, 품질보증 기간이 무려 30년이라 했으니, 이 팔찌를 통해 보장할 수입과 안전을 생각하면 오히려 싼 값이라 해도 과언이 아니다.

"그러시다면야 어쩔 수 없지만…… 그래도 생각은 한번 해보세요. 언제나 길은 열려 있으니까요."

그는 입맛을 다시며 아쉬워했다.

실은 그에겐 아직 하나 더 남은 계획이 있었다. 강원도, 몬스터필드와 인접한 위치에 지어진 단체 부지이니만큼, 땅을 좀 더 매입해 '단체 산하 기사단'을 만드는 계획.

물론 김세진의 머릿속에서 나온 생각은 아니고 기획팀에서 추천했다.

인건비, 건축비, 로비 비용 등을 다 합산하면 초기 자본만 최소 수천억, 유지비만 연간 몇백억 정도 가까이 드는 게 기사단이지만, 그래도 세진은 추진하고 싶었다.

"어……. 그럼 면담은 이걸로 끝인 건가요?"

"네."

김유린이 조심스레 묻자, 김세진은 냉정하게 잘라냈다.

"……."

그녀의 동공이 지진하기 시작했다.

아탄이 2.0과 아티펙트와 관련해서 얻은 답변은 오직 '생각해 볼게요'라는 대답뿐. 확답은 물론 긍정적인 여지 따위도 받아내지 못했다. 그렇다고 단체에 덜컹 가입하겠다고 할 수는 없는 노릇.

"이제 가셔야지요?"

그리고 김세진은 그걸 노리고 있었다. 물론 그녀가 단체에 가입하더라도 훗날 결성될 기사단의 장(長) 자리를 맡아줄 확률은 희박하다. 하나 그런 걸 차치하고서라도 김유린은 내 사람으로 만들고 싶은 기사다.

"아, 아직 할 말이 하나 더 남아 있습니다!"

김세진이 직접 자리에서까지 일어나면서 쫓아내려 하자,

김유린이 다급하게 소리쳤다.

그는 일단 자리에 착석했다.

"무슨 일이죠?"

"요즘 더 몬스터에서 엔터테인먼트 사업도 시작하셨다고 들었습니다."

"네, 그렇죠."

한 달 전쯤, 김세진은 기획팀의 전언으로 새로운 수익모델을 창출했다.

이른바 엔터테인먼트, 혹은 소속사.

더 몬스터에 소속된 단원들은 유세정과 이혜린 말고도 대부분이 화제성이 짙은 인물이었기에 기획팀에서 강력 추천한 사업이었다. 게다가 장비 같은 걸 미끼로 삼아 기사들의 가입을 유도할 수도 있고.

그리고 사업을 시작한 지 고작 한 달이 되는 지금, 몬스터 엔터테인먼트는 문자 그대로 승승장구하는 중이다.

일단 이미 대스타나 다름없는 유세정과 이혜린은 두말할 것도 없고, 더 몬스터라는 후광에 이끌려 기사는 물론 유명한 연예인들까지 계약 관련 문의를 해왔을 정도니.

"거기에 저, 김유린이 소속되겠습니다."

"……아, 그래요?"

이것은 김유린이 어렵게 내린 결정이었으나, 김세진의 반응은 시원찮았다. 그에 순간 그녀는 자신이 하찮아진 것 같은 착각이 들었다.

"근데 그거는 제가 아니라, 관련 팀장에게 문의를 하셔야 되겠는데요."

"······네? 아니······ 저, 저 출연료가 회당 삼천만 원인 데······요?"

"아, 그래요? 세정 씨는 이천오백인데. 비슷비슷하네요."

김세진은 음흉한 미소를 지은 채 유린을 도발했다.

"그······ 그런가요? 겨우 오백밖에 차이가······ 아······! 하지만 저는 그간 방송 활동을 많이 안했기 때문입니다? 그러니까 받아만 주신다면 더 열심히 해서 세정이와의 차이를 더욱 벌리도록······."

그리고 그녀는 멋들어지게 걸려들었다.

첫눈을 기다리는 12월 초순.

'더 몬스터'가 사업의 성공을 인정받아 등급이 B−에서 B 등급으로 상승하자, 온 사방에서 견제가 들어오기 시작했다.

아주 사소한 꼬투리를 잡아서 사업 허가를 무지막지하게 늦추거나, 환경관련 법률을 지키지 않았다는 식으로 수십억에 달하는 환경부담금을 강요하고, 부동산 투기를 했다는 악의적인 루머를 퍼트리는 등······ 참으로 치졸한 수법들이었다.

"지금 정황상으로는 복수의 대기업과 트릴로지가 합작한 걸로 추측되지만…… 확실히는 모릅니다."

그래서 세진은 전담 대응팀까지 따로 만들 수밖에 없었다. 어느샌가 지고서는 못 참는 성격이 되어버렸기에.

"……그래요? 알았어요. 일단은 증거가 확실히 나올 때까지만 기다립시다."

하나 화를 내는 것 자체가 지는 것이나 다름이 없으니, 김세진은 최대한의 평정을 유지했다.

"트릴로지는 일단 확실한 거죠?"

"예. 그 단체의 간부가 로비한 정황이 포착되었습니다."

아마도 트릴로지는 대한민국 최고의 단체라는 아성을 위협당하는 것 자체가 마음에 들지 않는듯했다.

물론 싸움 붙이길 좋아하는 언론이 이미 '더 몬스터'와 '트릴로지'의 일대기까지 비교하고 있으니 그럴만도 했지만, 그래도 이건 너무 더러운 수작이 아닌가.

"아, 그리고 단체장님. 길드 신청은 해둘까요?"

"네. 물론이죠."

'길드', 반년 전에 발의한 법안이 저번 주에 발효되어 드디어 대한민국에 정식으로 생겨난 개념이다.

쉽게 말하자면 단체의 진화형.

B등급 이상의 단체에 한하여 길드로 승격할 수 있는 기회

가 주어지고, 3개월간의 복잡한 심사 과정을 거쳐 '길드'가
되기에 마땅한 단체라 판명되면 단체에서 길드로 승격하게
된다.

서유럽의 선진국이나 미합중국을 비롯한 여러 국가에서는
이미 시행되고 있는 제도였으나, 대한민국은 여러 가지 사정
이 겹쳐 이제야 시행되었다.

그리고 사실 이 법안이 이렇게 늦게나마 통과하게 된 이유
는 더 몬스터의 공로가 컸다.

그 법안을 둘러싼 뒷배경은 이러하다.

트릴로지와 관계가 그리 좋지 않았던 새벽은 이 '길드제도'
를 어마어마한 로비까지 하며 막아내고 있었다. 안 그래도
껄끄러운데, 길드제가 시행되면 트릴로지의 영향력이 더욱
강해질 테니까.

그때 마침 단체 유세정이 창립멤버로 새벽에 우호적일 수
밖에 없는 '더 몬스터'가 신성처럼 등장했고, 새벽은 국회에
로비할 금액을 모조리 더 몬스터에 투자해 트릴로지의 대항
마가 될 '더 몬스터'의 발전에 조력했다.

그리고 그렇게 새벽의 로비가 사라지자 자연스레 '길드법'
이 통과된 것이다.

물론 길드법안이 발효되었다고 해도 더 몬스터가 무조건
길드로 승격할 것이라는 뜻은 아니다. 일단 새벽에 비우호적
인 재벌들의 간부들 중에는 단체 트릴로지에 소속된 사람들

이 많으니, 지금보다 더욱 추잡하고 더러운 뒷공작이 치열하게 펼쳐지겠지.

"그리고 아직 하나 더 남아 있습니다."

"또요? 허어…… 요즘 직원들이 많이 바쁜가 봐요?'

거의 3시간 연속으로 계속되는 보고서 행렬, 김세진은 정신적 피로로 인해 어지러운 머리를 문질렀다.

그만큼 단체일이 참 많아졌다.

인력도 부족해서 계속 뽑다 보니 어느새 직원의 머릿수는 세 자리를 가벼이 넘기게 되었다. 세 개의 팀을 더 개설했고, 각 팀당 팀원 숫자는 평균 23명으로 당장 3달 전에 비해 4배 가까이 늘어났다.

그 탓에 인건비로만 년에 200억 가까이 나가는 실정이지만, 김세진은 처음에 다짐했던 대로 사람에게 쓰는 돈은 아끼지 않았다. 또한 그렇게 대우가 좋다는 사실은 자연스레 소문처럼 퍼져나가, 아주 가끔씩 추가 직원을 뽑을 때면 국내 굴지의 대기업은 물론 전 세계적으로 유명한 기업의 직원들도 심심찮게 지원서를 보내왔었다.

"하하, 괜찮습니다. 개인에게 배정되는 숙직실도 웬만한 가정집보다 좋고 해서, 철야를 해도 무리는 없습니다."

"요즘처럼 일이 많은 날은 어쩔 수 없지만, 조금 한가해지면 정시퇴근은 최우선으로 지켜주세요."

"예. 알겠습니다. 그럼 이번에 결재해야 하실 건 기술

팀……."

조한성이 말을 이었다.

"오빠, 또 무슨 생각해?"

"……응?"

세진은 유세정과 함께 레스토랑으로 왔다. 일은 바쁘고 머리는 어지러웠지만, 그녀의 애절한 눈빛을 무시할 수가 없었기 때문이다.

"아, 김유린 기사님 생각했지? 어제 면담했다며."

또 괜한 질투가 발동한 듯, 유세정이 입을 삐죽 내빼고선 눈을 가늘게 떴다.

"아니야 그런 거. 그냥…… 오늘 조금 피곤해서."

인간으로 존재할 수 있는 7시간 중 무려 4시간을 오롯이 설명을 들으며 서류를 읽고 결재하는 데에만 할애했으니 지칠 만도 했다.

"……그럼 오늘도 바로 집에 가야되겠네?"

"응, 미안."

"오빠 집에 나는 영영 못 가는 거고?"

"그건 원래부터 당연했던 거지. 아직 고등학생 딱지도 안 뗐으면서 어디 남정네 혼자 사는 집에 오려고……."

그녀는 잔뜩 토라진 표정으로 스테이크를 거칠게 씹었다. 질경질경- 왠지 화난 강아지 같아서 별로 위협적이지는 않다.

"……아. 갑자기 생각났는데, 오빠. 혹시 나 졸업식 때 와줄 수 있어요?"

이미 말을 편하게 하기로 했으면서도, 그녀는 부탁을 할 때면 언제나 존댓말을 사용하는 이상한 습관이 있었다.

"음? 보통 그런 자리는 가족끼리 가지 않나?"

그의 물음에 유세정이 씁쓸한 미소를 지었다. 그는 늦지 않게 제 실수를 알아차릴 수 있었다. 가족이 온다면, 자신을 초대할 이유도 없겠지.

"아빠는 바쁘고, 할아버지도 이제 곧 연말이라 바쁘고, 이혼한 엄마는 어딨는지도 모르겠고, 나는 외동이라 형제자매도 없거든요? 그래서 올 사람이 오빠밖에 없어요."

그녀는 담담했다. 하지만 목소리에는 숨겨지지 않는 슬픔이 담겨 있어, 세진은 잠시 말문이 막힐 수밖에 없었다.

"와줄…… 거예요?"

굳이 그녀를 기다리게 할 필요는 없다, 어서 고개를 끄덕이자.

"……고마워요."

유세정이 그와 눈을 마주하며 씩씩한 미소를 지었다. 세진은 그 미소가 외롭게만 느껴졌다. 그래서 탁자 위의 손을 살짝 움직여, 그녀의 손을 부드럽게 감싸 쥐었다.

'아싸.'

그리고 그녀는 속으로 쾌재를 불렀다.

올 사람은 있다. 집사 '박현오'. 하지만 이제 그는 졸업식에 오지 못하게 되겠지.

"매번 고맙네."

김세진과 유세정이 서로를 마주보며 미소를 지었다.

"그렇게 고마워?"

의미심장한 물음.

세진이 고개를 갸웃하자, 유세정이 그의 앞으로 슬금슬금 다가갔다. 그리곤 그가 거부할 틈도 주지 않고 기습적으로 그를 꼬옥 껴안는다.

"……뭐."

"작별 포옹. 서양에서는 다 이러잖아. 그러니까 나도…… 고마우면 조금만 이러고 있어줘요……."

세정이 그의 가슴팍에 머리를 기댔다.

역시 이 남자의 품은 너무 좋다. 피로와 불안이 싹 가시고 마음이 편안해진다. 이 품에 안겨 기분 좋은 향기를 온몸으로 만끽하고 있노라면…… 세상 그 어느 무엇도 부럽지가 않다.

"가만히만 있지 말고…… 오빠도 안아줘요."

유세정이 그를 그윽하게 올려다보았다.

애틋한 눈빛과 간절한 목소리.

그는 그녀의 허리에 자신의 팔을 둘러, 더욱 진하게 감싸 안았다.

to be continued